끝없는 탐구와 도전

끝없는 탐구와 도전

ⓒ 이봉진, 2024

초판 1쇄 발행 2024년 5월 20일

지은이   이봉진
펴낸이   이기봉
편집   좋은땅 편집팀
펴낸곳   도서출판 좋은땅
주소   서울특별시 마포구 양화로12길 26 지월드빌딩 (서교동 395-7)
전화   02)374-8616~7
팩스   02)374-8614
이메일   gworldbook@naver.com
홈페이지   www.g-world.co.kr

ISBN   979-11-388-3132-1 (03810)

끝없는 탐구와 도전

92세 로봇박사 이봉진 인생기록

이봉진 지음

좋은땅

자서전自敍傳을 쓰게 되기까지

-Author's preface-

아내가 세상을 떠나고 7년이 지났다. 그간에 쓴 책이 30여 권이다. 아내의 일생, 살아온 이야기, 관련된 시, 수필 등 다양하다.

의식지 않았던 나이가 드니 주변에 친하게 지내던 학우, 친구들이 떠나는 것을 보며 나도 언젠가 가야 한다는 마음이 생겨 죽기 전에 자신의 이야기를 쓰고 싶어졌다.

아내가 떠난 해 Weekly Biz 최원석 기자와 4차 산업혁명에 관해 이야기를 나눈 일이 있었다. 이것을 인연으로 최 기자를 내가 재직한 Fanuc, 인공지능 AI, 산업 로봇Industrial Robot 분야에서 세계 제일가는 회사의 현장을 안내해 기사를 쓴 일도 있었고, Fanuc의 현황을 조선일보에 싣기도 했다. 현대 연구소에서는 책으로도 발간했다.

오랜만에 생각이 나서 최원석 기자와의 통화가 되어 점심을 같이 할 기회가 있었다.

우연히 우리나라 중공업 이야기가 나와 이야기 중 오원철 청와대 제2경제 수석 이야기가 나왔다.

나는 최 기자에게 예전에 중화학 공업 계획을 작성하다가 오원철

수석과는 종종 이견으로 논쟁이 있었고, M16 설비 검사 때 수석과 크게 싸운 일이 있었다고 말했다. 그런데 이야기를 듣던 최 기자가 놀라면서 '내 이야기'를 써 보고 싶다고 말을 꺼냈다.

나는 지난날의 추억을 되살리면서 사실 그대로를 쓰는 것도 좋을 것 같아 원고를 쓰고 나면 최 기자에게 교정을 부탁하려고 했었다.

그렇지만 다시 생각해 보니 내 이야기는 사랑하는 손녀와 딸이 교정을 보고 마무리하는 것도 의미가 있을 것 같아서 계획을 변경했다. 그렇게 나온 책이 이 自敍傳이다. 사랑하는 윤혜야, 유진아, 고맙다!

목 차

나의 어린 시절

우리 어머니는 불교 신자이셨는데 이상하게도 나는 기독교 단체가 운영하는 유치원을 다녔다.

1년쯤 지났을 무렵에 아버지는 멀쩡히 잘 다니고 있던 유치원을 그만두게 하더니 서당에 보내서 한자 공부를 하게 했다. 내가 천자문을 떼던 날 어머니는 소쿠리 한가득 떡을 짊어지고 오셨는데 서당 학생들에게 떡을 나누어 주시던 모습이 아련히 떠오른다.

8살이 되자 소학교지금의 초등학교에 들어가기 위해서 시험을 봤다. 무사히 제주 북초등학교에 입학했다.

당시 1학년은 4학급으로 편성되어 있었다. 입학시험에 합격한 학생은 1반, 불합격한 학생들과 나이 많은 학생은 2~3반, 여학생반은 4반으로 배치됐다.

내가 초등학교에 입학할 즈음 큰누나이인실는 일본에 있는 양재학교로 유학을 떠났다. 지금 생각해 보면 사업으로 늘 바쁘신 부모님을 대신해서 나를 키워 준 분은 큰누나다.

큰누나는 유학 중에도 나를 챙겨 주셨는데 이것저것 좋은 책이니까 읽어 보라면서 때때로 책을 보내 주셨다. 그리고 그 때마다 담임 선생님께 전해 드릴 선물까지 함께 보내 주셨다. 큰누나의 세심한 배려 덕분인지 나는 담임 선생님으로부터 사랑받은 기억이 난다.

초등학교에서 나는 줄반장을 맡았다. 그리고 학교에서 일본어를 쓰지 않는 학생을 감시하는 일본어 전용 감시원 역할도 맡았다. 또래 친구들이 몰래 한국어로 대화하고 일본어를 잘 못하는 것을 보면서 자극을 받아 일본어를 열심히 사용했던 것 같다.

어찌됐든 다른 학생들보다 일본어를 많이 사용해야 했으므로 결과적으로는 그 일본어가 밀항을 갔을 때 큰 도움이 되었다. 한국인임이 들통나지 않을 정도의 일본어 실력을 갖출 수 있어서 여러모로 다행이었다.

2학년이 되던 해, 작은누님도 큰누님이 계신 일본 양재학교로 유학을 떠났다.

우리 집은 미곡상을 하고 있었는데 당시 다른 집보다 유복한 형편이었고 어머니는 가끔씩 누나를 보러 일본에 다녀오기도 했다. 언젠가 한번은 일본에서 내 자전거를 사서 갖고 오셨다.

틈만 나면 자전거가 타고 싶었던 나는 방과 후에 아버지를 졸라서 일부러 배달 심부름을 나가기도 했다.

6학년이 되자 졸업 후 진로를 조사했다. 당시 나는 육군 유년학교 군인이 되는 초중학교에 간다고 적어서 제출했던 것으로 기억한다.

일제 강점기 막바지에 이르자 모든 물자가 부족해진 탓인지, 신발을 못 신게 해서 맨발로 학교에 다니게 되었다. 그리고 제주 공항을 만드는 데 학생들이 동원되어 한라산 근처에서 잔디를 떼어 등에 짊어지고 비행장 활주로현재의 제주 공항까지 나르던 기억이 난다.

1945년 8월 15일 일본이 전쟁에서 패했다는 일본 천황의 방송을 들으면서 눈물을 흘리던 기억이 나는데 당시에 나는 내가 한국인인지 일본인인지도 구분하지 못했던 것 같다.

골목대장의 개과천선

일본의 패전으로 전쟁이 끝나자 국외에 흩어져 있던 동포들이 제주도로 돌아왔다. 그런데 하필이면 그때 괴질도 함께 들어왔다. 제주도 내에 괴질이 유행하자 도 전체에 외출금지령이 내려졌다.

꼼짝없이 집에 갇혀 지내는 시간이 길어지면서 나는 지루함에 몸이 배배 꼬였다. 집 밖으로 놀러 나갈 수는 없고 시간은 남아도는데 교과서를 한번 읽어 볼까 하는 마음이 생겼다. 그래서 난생처음으로 진지하게 책을 보면서 공부라는 것을 하게 됐다.

자타공인 동네 골목대장으로 말썽만 부리던 내가 도내 외출금지령 덕분에 공부에 취미를 붙이게 되다니 놀라운 변화였다. 그 덕분에 중학교를 졸업할 무렵에는 담임이 나더러 서울로 가서 공부를 계속하라는 추천을 할 만큼 우등생이 되어 있었다.

당시 중학교 1학년은 A, B 두 반으로 나뉘어 있었는데 나는 A반 반장(당시 급장)이 되었다.

집에서는 아버지를 대신해서 은행 업무를 맡았다. 당일 판매 대금을 입금하는 일이 내 소일거리였다.

제주도 제주읍에는 일제 강점기 시대에 설립된 농업학교는 있었지만 일반 중학교는 없었다. 그러다가 처음으로 도내에 생긴 유일한 일반 중학교가 바로 오현중학교다.

제주도에서 가장 똑똑한 5명 모두 오현중학교 출신이라는 전설이 남아 있는 곳이다.

오현 동산에는 그 다섯 명의 비석도 있다. 여기에 관한 이야기는 뒤에서도 다시 언급하겠지만, 학도병으로 끌려가서 살인을 계획한 주범으로 몰려 사형 선고를 받았다가 풀려난 양명율 선생님이 만든 학교다.

제주도의 첫 일반 중학교, 오현중학교에는 괴질이 돌기 전에 입학을 했고 4.3 사건으로 잠시 휴학을 했지만 병이 진정되자 재교하여 다행히도 무사히 졸업까지 하게 됐다.

나에게는 제주도에 괴질이 돌아 강제로 집에 갇혀 지낸 시간이 인생의 전환점이 되었다. 그 시간에 공부에 취미를 붙인 덕분에 졸업할 당시에 이사장상, 우등상, 제주도 도지사상 등 상이란 상은 모조리 휩쓸었던 기억이 난다.

졸업식을 마치고 집에 돌아왔는데 나보다 먼저 담임 선생님이 우리 집에 와 계셨다. 슬쩍 분위기를 살펴보니 선생님은 진지한 표정으로 우리 아버지와 어머니를 설득하고 계시는 것 같아 보였다.

봉진이가 영민하니 제주도 농업학교가 아니라 서울로 유학을 보내셔야 한다. 봉진이는 공부를 계속 시켜야 한다는 그런 설득이었다.

중학생 눈에 비친 4.3 사건

중학생이 된 나는 매일 새벽같이 일어나서 일찌감치 등교를 했다. 급장^{반장}을 맡았기 때문이다.

4.3 사건 당일에도 여느 때와 마찬가지로 새벽같이 학교에 갔다. 수업 시작 전에 나는 교무실에 가서 출석부를 받아와 선생님이 들어오시기 전까지 급우 이름을 부르면서 출석부 확인을 마쳤다. 그리고 선생님이 들어오시면 모두를 기립시켜 경례를 하는 게 정해진 반장의 일과였다

4월 3일 새벽. 여느 때와 마찬가지로 등교를 하려고 집을 나서는데 어디선가 날카로운 사이렌 소리가 들려왔다. 그리고 이어서 누군가가 피를 흘리고 있는 사람을 들쳐 업고 정신없이 달려가는 광경이 내 시야에 들어왔다. 당시 제주는 읍 단위로 인구가 한정되어 있어서 도내에 큰 병원이라고는 한 군데밖에 없었다.

서둘러 학교로 가 보니 교문에 '동맹 휴업'이라는 플래카드 같은 게 걸려 있고 학생들이 웅성거리고 있었다. 고지식한 나는 그 와중에도 평소처럼 출석부를 부르고 등교한 학우들 출결을 확인했다. 그러니 당연한 결과로 다음 날 학교에 등교하자마자 '청년 동맹인'에게 끌려가 못매를 맞았다.

"이 반동 새끼"라는 욕을 들으면서 정신없이 얻어터졌다. 코피가 터지고 얼굴이 부어올랐다. 얻어터진 꼴로는 도저히 등교를 할 수가 없어서 그대로 집으로 돌아가야 했다.

그러나 나쁜 일이 있으면 좋은 일도 있는 법. 나에게 '반동 새끼'라는 꼬리표가 붙은 덕분에 따돌림을 당하게 되면서 사회주의, 공산주의로 들어오라는 권유조차 없었다. 그 사실이 후에 나를 살렸다.

이 사건으로 말미암아 B반 반장이던 김덕주 군은 아버지를 따라 밀항선을 타고 일본으로 건너갔다. A반에서 친하게 지내던 친구 유원철은 반란군에게 속아서 한때 산으로 들어가 버렸다. 그러다가 얼마 후 내려와서 자수를 하고 제주에서 창립된 해병대에 혈서 지원서를 쓰고 입대했다. 그리고 장교가 되어 후일 5.16 쿠데타에 작전 참모로 활약하고 중앙정보부 부장, 차관까지 되었다.

이야기를 되돌려서 당시는 제2차 세계대전이 끝날 무렵이라 특히 일본은 B29 공습으로 몹시 어수선했다. 일본에 거주하던 동포들이 하나둘 고국으로 돌아오던 시절이다.

첫사랑

당시 소학교는 남녀 합반이었는데 일본에서 제주로 돌아온 강애정이라는 학우가 있었다. 고백하자면 내 첫사랑인 강애정은 나보다 2살 연상으로 예쁘고 세련된 데다가 달리기도 잘하고 게다가 공부까지 잘하니 남학생들 사이에서 인기가 좋았다.

그녀는 초등학교를 졸업하고 제주여자중학교에 진학했다.

당시 제주도에서는 일본 대학으로 유학을 떠나는 사람이 많았다. 그런데 대학교 재학 중에 일본 학도병으로 징집되어 일본 군인이 되었다가 2차 세계대전이 끝나자 대거 제주도로 귀향했다.

그들 가운데에는 철학, 경제, 경영을 전공하던 병아리 학자들이 제주도 내 교사가 되었다. 그 바람에 중학교 수업에 관념론, 유무론을 주입하는 내용도 꽤 많았다.

그런 분위기 속에서 내 첫사랑 강애정은 잘못된 이념 교육으로 희생된 재녀가 아닌가 하는 생각이 든다.

글씨를 예쁘게 쓰던 문학소녀. 서울로 유학 가는 나에게 당시 내가 모르던 우주의 공전 자전을 쓴 편지를 건네주었다. 이 편지가 내가 태어나 처음 받아 본 연애 편지다.

사계사절四季四節 푸른 소나무靑松가 되어 기다립니다.

우주 세계는 태양과 지구
지구는 자전自轉하며
태양 주변을 돌며 공전公轉하는 이 세상

나는 맑고 높은 산에서 청록 소나무가 되어
사계절 언제나 청청하게 살며
사랑하는 당신 내 임이 오실 때까지
기다리겠습니다.

중학교 1학년이던 강애정이 내게 보내온 편지의 일부다.

이 편지를 동생 강기찬(후에 서울대 상과를 나와 두산건설 회장이 되었다.) 군이 누나 대신 배웅을 나와서 내게 전해 주었다.

서울로 유학 가는 나를 기다리겠다는 서약을 적은 편지다.

54년 후 첫사랑 동생에게 도움을 받다

강애정에게는 강기찬이라는 남동생이 있었다. 강애정도 재녀였지만 동생도 무척 영민해서 들리는 소문에 두산 사장이 되었다고 했다. 두산 본사는 우리 집 근처에 있어서 지나갈 때 늘 생각이 났는데 어느 날 우연히 볼일이 있어 두산 본사 사옥에 들렀다가 생각난 김에 전화를 걸었다.

강기찬 군을 처음으로 만난 것은 1949년이다. 내가 서울로 유학을 떠나던 날, 누나 심부름으로 편지를 전해 주면서 딱 한 번 나를 만난 것뿐인데 고맙게도 내 이름을 기억하고 있었다.

전화로 내 이름을 말하자마자 "형님!"이라며 금세 반가워하는 게 아닌가.

그때는 마침 내가 역삼동에 5층짜리 작은 건물을 지을 때였다. 나는 뻔한 구조의 건물이 싫어서 설계를 프랑스에서 건축 공부를 하고 온 아내 지인의 남편분께 맡겨서 조금 색다른 구조로 만들려고 하고 있었다. 우리 집의 부엌은 요리를 좋아하는 아내의 희망을 반영해서 넓게 확보하고 부엌 옆에 테라스를 만들어 바비큐를 하거나 꽃을 키울 수 있게 했다. 2~4층까지 임대층에는 입주민들끼리 차를 마시며 담소를 나눌 수 있는 공간을 만들고 건물 주변을 빙 둘러서 화단을 만드는 등, 약간 특이한 공간을 계획했다.

당시 건물 도면을 본 세무사는 이렇게 말했다.

"임대 사업을 하시려는 게 맞습니까? 여기 이렇게 중간 공간을 낭비하면 이익이 나질 않습니다."

"그래도 그 정도 공간은 있어야 같은 층 분들끼리 인사라도 나누고 지낼 수 있지 않을까요?"

여하튼 결론적으로는 내가 꿈꾸던 이웃 간의 소통은 현실적으로 이루어지지 않았다.

그 건물의 시공사는 설계자의 지인이라는 지방 건설사로 정했다. 당시 나는 건설 쪽 속성을 전혀 몰랐고 사람을 너무 믿었다. 공사에 필요하니 건축비를 선불로 전액 지불해 달라는 요구에 아무런 의심 없이 청구받은 건축비를 한꺼번에 다 주고 말았다.

그러고는 당연히 양심껏 잘 지어 주리라 믿었다. 그러나 현실은 전혀 달랐던 것이다.

내 잘못된 판단 덕분에 건물 짓는 내내 마음고생은 마음고생대로 하면서 매일 골치 아픈 일이 이어졌다. 그 와중에 두산건설에 있다는 강 사장이 생각나서 연락을 해 본 것이다.

염치없지만 비전문가인 내가 건축을 하면서 겪고 있는 고충을 말하고 도움을 청했다. 그러자 강 사장은 아무런 조건 없이 전문기술 사원을 보내서 필요한 부분을 챙겨 줬다. 이후 완공과 감리까지 무사히 마칠 수 있었다.

강 사장 덕분에 무사히 완공된 건물은 건축물 전문 잡지에 매해 서울시가 소개하는 아름다운 건축 소개란에도 실리게 되었으니 두고두고 감사하게 생각한다.

작은매형 이야기

나의 매형들 이야기를 해 볼까 한다.

작은매형은 대학 재학 중에는 관념론 학자였다. 전쟁이 끝날 무렵^{작은누님과 만나기 전} 일본 학도병으로 징집되어 용산에서 대기 주둔을 하고 있었는데 감옥에 들어갔다 출소하고 작은누나와 만나 결혼하기까지의 우여곡절을 겪었다.

일본군이 오키나와전에서 패하고 제주도에서 최종 결전을 하려는 움직임 포착되자 제주도에서는 요새를 만들기 위해 초등학교 학생들까지 총동원하여 건설 중인 비행장^{지금의 제주공항} 활주로에 필요한 잔디를 일일이 짊어지고 옮겨 오게 했다.

우리는 산에 올라가 4각형으로 균등하게 자른 잔디를 등에 짊어지고 비행장까지 옮겨야 했다.

큰매형^{강일구 일본 중앙대학 경제학과 중퇴}은 학도병 징집을 피해 제주 북초등학교 교사로 재직하고 있었다. 어느 날인가 내가 잔디를 짊어지고 가다가 길가에 앉아 쉬고 있었는데 나를 발견하고는 왜 이렇게 미련하게 한꺼번에 많이 짊어지고 가느냐며 내 대신 비행장까지 잔디를 옮겨 주기도 했다.

일본에서 거주하다가 전쟁통에 제주도에 피난 와서 지내던 큰누님 네는 일본이 패전을 선언하자 다시 일본으로 건너가 형부의 대학 공부를 마치기 위해 제주도 세간을 정리하고 계셨다. 일본 신혼 시절 때 찍은 사진 앨범이 나와 잠시 사진을 보고 있는데 어깨너머로 앨범을 쳐다보던 하숙인이 갑자기 누님에게 물었다.

"이 사람을 아세요?"

누님은 안고 있던 첫째 딸강현지, 일본 이름 코우 요시에을 내려놓으며 그를 쳐다봤다.

"그러요, 현지 아빠 친구예요."

그러자 하숙인이 놀래며 말을 더듬었다.

"이, 이 사람 지금 헌병대 감옥에 갇혀 있습니다."

누님이 놀래서 벌떡 일어나 학교로 출근한 큰매형에게 연락을 했다.

이후에 매형은 친구를 출옥시키려고 사방팔방으로 애를 썼다.

패전국이 어째서 외국으로 전송해야 하는 무고한 사람을 감옥에 가두고 있냐는 항의 서한을 보냈다. 법학을 전공하려는 사람답게 법적으로 항의를 했다.

작은매형의 죄명은 독살 주모라고 했다.

당시 작은매형양명율은 용산에 일본군 일등병으로 있었는데 함께 주둔 중인 일본군을 독살하기로 한국인 학도병들과 모의謀議를 하고 실행에 옮겼다고 한다. 그런데 하필이면 독약을 넣기로 한 병사가 너무 긴장을 하여 손을 파르르 떠는 바람에 사방에 흰색 가루를 흘려 버린 것이다. 그것을 감시병이 발견하고 수상한 가루라고 조사한 결과

성분이 독으로 밝혀지고 독살 주모자를 찾아 잡아냈는데 그 사람이 바로 작은매형이라고 했다.

작은매형은 제주도 형무소로 이송되어 일본군사재판에서 사형 선고를 받았는데 일본이 패전하자 매형을 감옥에 남겨둔 채 일본으로 퇴각한 상태였다.

그 후 작은매형은 사정이 참작되어 형무소에서 출소했다. 그러나 당장 지낼 집이 없어서 일본에서 중소기업을 경영하는 아버지가 귀국할 때까지 큰매형 집에 잠시 머물기로 했다. 그러다가 언니네 집에 드나들던 작은누나를 보고 반해서 결혼까지 하게 된 것이다.

작은매형의 아버지는 사업가라 집안이 상당히 유복했다. 아들에게 신혼집을 장만해 주고 하고 싶은 일을 하게 했다.

당시 제주도에는 기술을 가르치는 실업학교만 있고 대학 진학을 목표로 하는 일반학교가 없었다. 작은매형은 미곡상을 하는 우리 아버지는 물론이고 주류 장사를 하던 황환본 씨 등 제주도의 유지들을 설득해서 현금을 모으고 서울로 올라가 교육청에 제주도 중학교 설립 허가를 받아 왔다. 그렇게 해서 제주도의 첫 일반학교인 '오현중학교'가 설립되었고 작은매형이 초대 교장이 되었다.

오현중학교는 앞에서도 조금 언급했지만 좌우이념이 다른 교사들이 공존하므로 지금 생각해 보면 정말 희한한 교육이 행해졌다. 교장 선생님은 공민시간에 들어와 '인간에게 마음心이 있는 한, 결코 평등을 내세우는 공산주의가 될 수 없다.'고 가르치셨고, 역사 선생님은 '인간은 모두가 한 가족처럼 같은 밥을 먹고 형님 아우 하는 평등한 이념사회, 공산주의를 만들어야 한다.'고 가르쳤다.

이루어질 수 없는 첫사랑

일본이 세계 2차 대전에서 패하자 제주도에 있던 일본인 교사들은 서둘러서 귀국해 버렸다. 일본인 선생님들이 빠진 자리는 대학생 재학 중에 학도병으로 끌려갔다가 제대한 분들이 맡았다. 그 가운데에는 나의 작은매형 양명율梁明律도 있다. 당시 학교에는 유물론과 관념론을 가진, 이념이 다른 선생님들이 공존하여 수업에서 자기 이념이 옳다고 가르치는 분위기였다. 어느 학교나 공산당共産黨 계열의 민노 청靑, 민노 녀女 조직이 있었다.

총명하고 예쁜 눈의 여학우 강애정은 여女명회에서 권유받아 가입한 듯했다. 4.3 사건 당시 치안군에게 반란을 일으킨 폭동들을 따라서 한라산으로 도주했다고 들었는데 해가 지나고 어느 날 강애정의 어머니가 나를 찾아왔다. 산에서 지내던 애정이가 어젯밤 집으로 돌아왔는데 자수를 시켜야 하냐 어떻게 하는 게 좋겠냐는 의논을 하러 온 것이었다. 나는 그녀의 어머니와 함께 평소에 나를 아끼던 중앙정보부 특무 최원식崔元植 상사를 찾아갔다. 강애정을 내 누나라고 설명하고 제발 살려 달라고 애원했다.

그녀는 자수를 했고 이틀 만에 귀순자로 석방이 되었다. 그녀의 어머니는 몹시 기뻐하며 나에게 적당한 시기에 당신 딸과 결혼을 하라고 했다. 나도 그녀가 좋았기에 장래에 결혼하기로 언약을 했다. 그리고 집으로 돌아와 약혼녀가 생긴 사실을 어머니에게 말했다. 그러자 어머니는 부모도 모르게 약혼하는 법이 어디 있냐며 노발대발 반대를 했다. 서울로 유학 가기 전, 그녀의 막냇동생 강찬우(후일 서울대 상대를 졸업하고 두산건설 사장 회장이 됨) 군이 누나의 편지戀書를 전해 주고 갔는데 그 편지는 6.25 피난 통에 잃어버렸다. 편지의 내용은 "사시사철 푸른 소나무가 되어 기다린다."로 생생하게 기억한다.

최원식 상사와 형님 아우 사이로 친하게 지낸 덕분에 강애정은 자수를 하고 구사일생으로 풀려나왔지만 5.16이 터지자 4.3 사건의 전과자들을 모조리 재수감하는 상황이 벌어지면서 그녀는 또다시 생사의 갈림길에 처하게 되었다. 하루는 전과자들을 학교 운동장에 모아 놓고 바다에 수장을 했는데 끌려 가기 직전에 전과자를 감시하던 헌병의 눈에도 그녀가 들어왔는지 그녀를 데리고 탈영을 감행해 일본으로 밀항해서 도망갔다고 소문이 났다. 그러나 일본으로 도피한 그녀는 마음에도 없는 사람과 결혼하여 아이를 낳고 살다가 거듭된 자살 미수로 폐인이 되어 있었다. 나는 오랫동안 그녀의 생사조차 모르고 지내다가 일본 동경대 대학원생 시절 어머님 문병 차 제주도에 다녀갈 때 그녀 소식을 전해 듣게 되었다. 일본에서 어머니와 함께 살고 있다고 하는 것이다. 당장 그녀 전화번호를 알아내 연락을 했다. 이제부터라도 나와 같이 살자고 프로포즈를 했다. 그러나 그녀는 이 몸으로는 자격이 모자란다. 당신 아내가 될 수 없다며 거절했다. 지금은 일본에서 사업하는 큰동생 식구들과 같이 살고 있다는 것으로 알고 있는데 그녀가 지금도 살아 있는지는 모르겠다.

그녀는 아름답고 총명하고 재주가 많았다. 아프기 전까지는 일본 시부야에 있는 클래식 음악다방 "르네상스"에서 클래식 음악 해설자로 일하고 있었다고 했다. 매형은 제주도 대표로 미국에서 내한하는 유네스코 사절 대표로 선발되어 서울로 갔다가 귀국길에 지금 고향으로 돌아가면 모함을 받아서 죽을 수도 있다는 이야기를 듣고 일본으로 피신을 가다가 배의 난파사고로 익사하고 말았다. 작은누나는 외아들 하나를 두고 20대의 젊은 나이에 미망인이 되었다.

이 외에도 4.3 사건이 빚은 비극은 너무 많다.

우리 아버지는 곡물상을 했는데 "마차 가득 쌀을 실어서 반란군에게 갖다 줬다."라는 모함으로 큰일 날 뻔했다. 당시 우리 집에서 세를 살던 월남 경찰관(후일 해병대로 인천상륙작전에 참가하고 서울을 수복하자 우리 집 하숙집으로 나를 찾아왔었다) 덕분에 간신히 누명을 벗었던 일이 생각난다.

반동분자를 처형하지 않고 용서했으나 애인을 데리고 행방을 감추는 일도 있었다.

학창
시절

학창 시절의 나는 건강한 편이라 운동이란 운동은 안 해 본 것이
없었다. 야구, 축구, 배구, 씨름 등등 제주도에서 주최하는 육상대회
200미터 달리기에 학교 대표로 출전해서 우승을 하기도 했다. 그러나
후배가 선배를 이겼다고 6학년 선배들에게 끌려가 몰매를 맞았다. 한
번은 제주도 주최 축구대회에서도 중간 수비수로 출전해 정보부 팀
과의 결승전에서 중간 수비 영역에서 찬 볼이 운 좋게 골대에 들어가
1 대 0으로 우승하기도 했다. 이것이 인연이 되어 파견 정보부장 박
태원朴泰元 소위少尉 : 5.16 이후 장성으로 헌병 감, 내무부 치안국장, 경기도 지사를 지냄와
악수를 하면서 인사를 나누었고 일본에서 잠시 서울에 왔을 때 내무
부 치안실에서도 우연히 마주쳐 다시 반갑게 인사를 나눴다. 약혼녀
의순 씨가 도쿄에 오기 전에도 인사를 하고 왔다.

서울로 유학 온 시골 학생

1. 제주도에서 서울로

우리 아버지는 자식 교육에 별다른 관심이 없으신 분이었다. 선생님의 거듭되는 설득에도 아들놈이 중학교를 졸업하면 당연히 제주도에 하나뿐인 농업학교로 진학할 거라는 식으로 시큰둥한 반응을 보였다. 그렇지만 어머니는 아버지랑 다른 생각을 갖고 계셨다.

어느 날 아침, 어머니가 급히 나를 불렀다.

"봉진아!"

"예?"

"가자!"

"네? 어딜 가요?"

"어디긴 어디야 서울이지. 어서 서둘러라."

떠날 채비를 재촉하셨다.

부둣가에서는 연락선 고동 소리가 들리고 어머니는 나더러 빨리 나오라고 야단이셨다.

우리는 서둘러 부둣가로 가서 연락선을 타고 목포로 갔다. 그리고 목포에서 다시 서울행 기차를 탔다.

서울행 완행선 기차를 타고 가다 보니 기차가 잠시 정차할 때마다 상인들이 올라와 이것저것 물건을 팔았다.

"인절미 사세요, 새벽에 만든 맛있는 인절미 사세요."

고향에서는 한 번도 보지 못한 신기한 풍경이었다.

"여보세요."

어머니의 목소리에 상인들이 몰려들었다. 어머니는 그중에서도 맛있어 보이는 인절미를 고르고 다른 먹거리도 사서 달리는 열차 속에서 나에게 먹으라고 권했다.

"이것도 맛있으니까 좀 먹어 보렴."

그때의 어머니 목소리는 지금도 생생히 기억난다. 나는 그저 묵묵히 먹기만 했다. 지금에 와서 그때의 내 행동이 후회스럽기 그지없다. "어머니도 같이 드셔 보세요."라는 살가운 말 한마디를 왜 못 했을까. 열차가 정차할 때마다 또 맛있는 게 없나 사방을 두리번거리던 어머니의 모습이 떠오른다. 어머니와의 기차 여행은 그것이 처음이자 마지막이었다.

목포에서 출발한 기차는 날이 어두워질 무렵 서울역에 도착했다. 상인과 사람들이 쏟아져 나오는 서울역의 광경은 섬에서 태어나 자란 나에게 무척 낯선 광경이었다.

어머니는 어디서 이야기를 들었는지 본능인지 가슴에 짐꾸러미를 꼭 끌어안고 서울역 앞에서 택시를 탔다. 목적지는 어머니 친구분이 계신다는 을지로 2가 황금성이라는 가게였다.

어머니는 지인과 미리 의논을 하여 지인의 조카 남편인 서울대 법대 고광림 교수와도 연락을 해 놓은 상태였다.

우리는 고 교수를 만났다. 고 교수는 나를 경동 고등학교의 강 교장에게 데리고 가서 입학을 부탁했다. 교장은 내 성적표를 보더니 제주도에서 수재가 왔다며 내일부터 당장 등교하라고 했다.

2. 고광림 교수에 대한 추억

고광림 교수는 제주 애월 출신으로 해방이 되던 해에 경성제국대학 법학과를 졸업하고 박종식 씨의 고명딸과 결혼했다. 고명딸은 사범학교를 졸업하고 내가 다니던 제주 북초등학교 선생으로 부임해 있었는데 예뻤던 기억이 난다.

선생님은 창씨개명을 하여 우리는 선생님을 일본 성씨, 시마다 선생님이라고 불렀다. 고광림 교수님과 시마다 선생님 사이에는 딸이 한 명 있었는데 후에 하버드대 의과대학을 나와 의사가 되었다고 한다.

훗날 고 교수님을 만났을 때 시마다 사모님은 안타깝게도 폐암으로 입원한 상태이고 교수님은 연구차 미국으로 갈 예정이라고 하셨다. 그 후 사모님은 결국 폐암으로 돌아가셨고 평양 출신 여성분과 재혼을 하셔서 두 아드님을 더 두셨다고 했다.

첫째 따님도 재녀인데 두 아드님도 예일대 법학부 학장, 국무성 차관보를 맡아서 제주도에서는 고 선생님 댁이 대단한 명문가라고 소문 났다.

제주도 애월에 가면 고광림 교수의 동상이 있다.

고광림 교수님과 나와의 인연은 서울 중학교 입학 이후에도 이어졌다. 6.25 당시 교수님 친척 중에 내 중학교 동기가 있었다. 그 친구 하숙집에 놀러가면 맘씨 좋은 주인이 늘 내 밥까지 챙겨 줘서 배부르게 잘 먹고 왔었다.

일본에서 유학하다 고향에 돌아갔을 때 들려온 슬픈 소식은 그 친구는 인민군에게 끌려가 낙동강 전선에서 총알받이로 전사했다고 한다. 전쟁터에서 안타깝게 사라진 친구를 생각하니 이루 말할 수 없이 슬프다.

3. 서울 학교 생활

나는 가능한 한 이른 시간에 아침을 먹고 장충단 공원을 넘어 을지로 2가에서 붐비는 시간을 피해 노상 전차를 타고 통학했다. 그러나 당시는 전기 사용이 불안정한 탓에 정전사고가 잦아서 노상 전차가 갑자기 멈추는 일이 많았다. 그러면 어쩔 수 없이 학교까지 걸어서 등교를 해야 했다.

확실하게 지각을 피하려면 처음부터 걸어서 출발하는 게 안전했다. 점차 등굣길은 동대문을 거쳐 산을 넘어 걸어가고 하교는 친구 맹선재광주 출신 서울대 물리학과, 후에 KIST 동료, 금속재료 실험실 실장, 한양대 부총장을 역임와 함께 산을 넘고 동대문에서 헤어져 돌아오는 게 일상이 됐다. 하굣

길 도중에는 동덕여학교가 있었다. 간혹 남학생이 여학생에게 수줍게 편지를 건네는 광경을 목격하는 재미도 있었다.

학교 수업은 그럭저럭 괜찮았다. 그런데 문제는 내가 제주도 출신이라는 것이다. 시골 출신이라는 이유로 학우들이 못살게 구는 일이 있었다. "제주 촌놈, 너는 왜 영일사전을 쓰느냐." 등 시비를 걸어 대는 통에 골치 아픈 일이 많았다. 당시 학교에는 방화 사건이 많이 일어나서 학생들이 번갈아 가며 숙직을 서야 했다.

그러던 어느 날이었다. 숙직하던 친구가 술을 마시다가 발각되어 당일 숙직 당번 모두가 퇴학 대상자가 되었다. 하필이면 그날 숙직을 섰던 나는 억울함을 입증하고 간신히 퇴학을 면했다.

한번은 학우가 담임 교사가 나를 찾는다고 해서 급히 교무실로 갔는데 그 사이에 내 노트를 숨겨 버린 것이다. 물론 선생님이 나를 부른 사실은 없으니 허탕치고 자리로 돌아왔는데 노트가 사라졌다. 다행히 수학 시험은 만점을 받았으나 덕분에 다른 과목을 망치기도 했다.

하루는 내 앞자리 학우가 날더러 "촌놈, 시골에서 온 촌놈." 하면서 자꾸 놀리길래 참다 못해 멱살을 잡았다. 제대로 한번 붙자고 했더니 쫄아서 잠잠해졌다. 예나 지금이나 학교에는 일진 그룹이 있는 듯한데 당시 깡패라고 소문이 난 무리의 두목이 나를 타깃으로 못살게 굴기 시작해서 내가 헌병대에 잘 아는 사람박태준 장군, 후에 내무부 치안국장, 경기 지사 역임이 있는데 그에게 신고하겠다고 말하자 조용해졌다.

공부하는 학교에도 이런저런 패거리가 있고 세력 다툼을 하는 걸 보면 오늘날의 정치와 비슷했다는 생각이 든다.

4. 6.25가 터지다

1950년 6월 25일 새벽.

뉴스 소리가 요란하게 울려 퍼졌다. 38선 부근에서 북한군이 남쪽으로 쳐들어오고 있다는 뉴스였다. 다들 나와서 방공호를 만들어야 했다. 휴가 중인 군인은 빨리 복귀하라는 내용의 라디오 방송이 요란스러웠다. 고등학생이던 우리는 매일 밤마다 굴 파는 일에 동원되었다.

내 아버지는 사업가여서 어머니 지인분에게 거금을 빌려줬는데 그 이자 대신 나를 그 집에 하숙을 하게 했다. 매달 필요한 용돈은 우편으로 보내 주셨다.

하숙집 주인인 어머니 지인분은 아들 넷에 딸 하나를 두었는데 큰형은 결혼했고 나머지 4형제 중 막내는 나랑 초등학교 동창, 그 위가 영등포 공업 중고등학교에 재학 중인 형, 나머지 한 명은 직장인, 막내가 심술쟁이 외동딸이다.

하숙 생활은 대가족과의 동거나 다름없었는데 밥이 늘 부족한 데다가 보리밥이라 더더욱 배가 빨리 꺼졌다. 나는 학교에서 돌아오는 길에 장충단 공원에서 군것질을 하고 돌아오기도 했다.

6.25가 터지고 학생들은 매일 밤 의무적으로 굴을 파야 했다. 어느새 북에서 탱크가 넘어오고 북한군이 서울을 점령해서 발 빠른 사람들은 모두 한강을 건너 남쪽으로 피난을 갔는데 나는 여전히 하숙집에 머무르고 있었다.

그런데 알고 보니 어머니 지인은 가족 모두가 공산주의자 아니면

이를 찬양하는 사람들이었다. 할 수 없이 나는 하숙집을 떠나 친구 집을 전전하면서 지내게 되었고 상황이 상황인 만큼 갖고 있던 사전 등을 먹을 것과 교환하면서 주린 배를 채우며 버텼다.

5. 전쟁통에 학교 상황

서울을 인민군이 점령하고 주둔하고 있던 어느 날이었다. 나는 학교 상황이 몹시 궁금해서 잠시 학교를 다녀오기로 했다. 학교에 갔더니 느닷없이 누군가가 나를 잡으러 달려오는 게 아닌가. 혼비백산이 되어서 간신히 도망쳐 나왔고 그 이후에는 학교에 가는 것은 그만두었다. 짐작하건대 일전에 나를 못살게 굴던 깡패에게 내가 헌병대 높은 분을 알고 있으니 계속 괴롭히면 고발하겠다고 말한 내용은 기억하고 있다가 내가 나타나니까 잡으려고 했던 것 같다.

교정에는 인민군 노래를 부르며 행진하는 무리가 보였다. 그런데 그 속에 내가 존경하던 학교 물리 선생님이 계셨다. 한순간에 세상이 달라졌다는 걸 실감하는 순간이었다. 제주도 중학교 시절, 수학 선생님으로부터 그 물리 선생님에 관해 제주 출신으로 서울에서 물리는 가르치는 훌륭한 선생님이 계신다고 들었다. 서울에 올라와서 직접 인사를 드린 일도 있었다. 선생님은 조금 독특하셔서 물리 수업에 시를 읽어 주고 받아쓰게 하는 일도 있었다.

6. 피난, 방랑放浪 생활 : 인민군으로 끌려가다 탈출한 이야기

서울 상황이 점점 나빠지는 듯 보여 제주도 고향 후배들과 모여서 한강 남쪽으로 피난을 가서 제주도로 돌아가기로 작전을 세웠다. 우리는 한강 쪽으로 가면서 배가 고프면 남의 밭에 들어가 과일을 따 먹으면서 이동을 했다.

그런데 하루는 농장에서 과일을 따 먹다가 운 나쁘게 주인에게 딱 걸리고 말았다. 주인은 우리를 모조리 인민군에게 넘기겠다고 으름장을 놓았다. 양손을 싹싹 빌면서 사죄했지만 여전히 단호한 모습이었다. 정말 난감한 순간에 봉착했다고 생각했다.

그때였다. 한 청년이 나타나서 본인이 인민군 빨치산이니 우리를 인솔해서 데리고 가겠다고 농장 주인에게 제안했다. 농장 주인은 마침 잘됐다면서 우리를 그 청년에게 넘겼다. 앞으로 벌어질 일을 생각하니 앞이 깜깜했지만 체념을 하고 청년을 따라 나왔다. 그런데 청년은 농장에서 한참 떨어진 곳까지 나오더니 우리더러 빨리 도망가라는 것이었다. 알고 보니 그는 부대로 복귀하던 국군이었다. 그 군인의 기지로 우리는 큰 위기를 모면했다.

천신만고 끝에 한강에 도착하긴 했는데 한강변은 이미 교전으로 사방에서 총격이 끊이질 않았다. 그래서 친구 집으로 간다는 것이 완장을 찬 사람에게 잡혀 효창초등학교에 수용되어 인민군 교육을 받게 되었다.

인민군 교육 내용은 사상 교육, 북조선 국가, 인민군 노래 등이었다. 일주일간의 교육이 끝나자 우리는 열을 지어 교육에서 배운 인민군 노래를 부르며 행진을 하면서 북으로 이동하게 되었다. 그때였다. 공중은 미군기가 제압하고 밤낮을 가리지 않고 날아다니며 밤에는 조명탄을 터트리고 낮에는 의심스러운 대열이 보이면 사정없이 기관총으로 사격을 해 왔다.

그런 상황에서 북으로 이동하기는 불가능하니 일단 해산하고 정해진 날 정해진 시각에 모이라는 명령이 내려졌다.

며칠을 굶으며 순진하게도 명령을 따라 홀로 북쪽으로 이동하던 어느 날이었다.

길가에 있는 한 식당 앞에 사람들이 길게 줄을 서 있었다. 무슨 가게인가 들여다보니 개고기를 파는 식당이다. 나는 아무리 배가 고파도 차마 개고기는 먹을 수가 없었다. 지나쳐 가고 계속 북쪽으로 이동해서 의정부 동두천을 지나 길이 좁아진 골목에 접어들었다. 그런데 세상이 참 좁기도 하지. 그 좁을 골목길에 제주도 고향 선배가 앉아서 쉬고 있는 게 아닌가.

"아니 형님! 여기서 뭐하고 계십니까?" 하고 인사를 했더니 나를 알아본 선배가 조용히 불렀다.

"이쪽으로 와서 좀 앉아 봐. 이놈들이 전쟁에서 지고 있는데 이기고 있다고 거짓말을 하고 있어. 우리 같이 도망가자."

생각해 보니 선배 말이 맞는 것 같아서 함께 도망치기로 했다. 골목골목마다 인민군이 망을 보고 있으니 그들에게 잡히지 않도록 산

길을 택해 서울로 되돌아갔다.

서울에 들어서자 서울 야경의 불빛을 보면서 우리는 서로의 안전을 기원하며 헤어졌다. 곧장 서울 사범대학교 수학과에 재학 중인 아는 형님 댁을 찾아갔다. 내 사정을 이야기했더니 아주머니께서 머물 수 있게 배려해 주셨다. 천장과 옥상 사이에 공간이 있으니까 거기에 숨어 있으라는 것이었다. 나는 국군이 서울을 되찾을 날만 기다리면서 당분간 천장에 숨어 지내게 되었다.

천장에서 지내려면 여러 가지로 불편한 게 당연하지만 그 중에서도 생리 현상을 해결하는 게 큰 문제였다. 문을 두드리는 소리라도 들리면 다시 천장으로 후다닥 올라가서 숨어 있다가 사람들이 돌아간 것을 확인하면 살짝 내려가서 해결하곤 했다.

이런 반복되는 긴장 속에서 천장 공간에 숨어 지내는 것은 정말 괴로운 일이었다. 젊은 남성은 모조리 인민군으로 잡아가는 시대이니 끌려가지 않으려면 달리 방법이 없는 지옥 같은 시절이었다.

미군과 한국군의 인천상륙작전, 특히 해병대의 결사로 서울에서 다시 만세 소리가 들렸다.

나는 지독한 천장살이에서 해방됐다. 선배 집에서 나와 약수동 하숙집을 찾아갔다. 어머니 지인분은 계셨는데 아들들은 아무도 없었다. 어머니 지인분은 나를 보자마자 잘 살아 돌아왔다며 위로해 주셨다.

며칠 후 하숙집에 해병대 복장을 한 사람이 나를 찾아왔다. 나를 보더니 "야, 이놈 죽지 않고 살아 있었구나!" 하며 반가워했다. 알고 보니 제주도 본가에서 세를 살던 경사가 해병대로 전직하여 인천상

류작전에 투입됐는데 서울에 올라오자마자 어머니 부탁으로 열 일을 제치고 나를 찾고 있었던 것이다. 짧은 재회였지만 눈물로 그와 인사를 나눴다.

어머니 친구분은 제주에서 보내온 내 하숙비, 전세금을 모두 돌려 주셨다. 나는 이 돈을 갖고 충무로로 피신을 갔다. 아주머니께 "조만간 공부하러 서울에 돌아올 테니 그때는 하숙으로 받아 주십시오." 하고 부탁을 드리면서 제주도로 내려갈 때 필요한 경비만 남기고 모두 하숙비로 드렸다. 그리고 서울역으로 갔다.

부산을 경유해서 제주도로 내려가는 계획이었다.

7. 고향으로 가는 길

서울역은 너무 많은 인파로 마치 지옥을 방불케 했다. 서로 먼저 기차를 타려는 사람들로 뒤엉키고 심지어 기차 지붕까지 올라가 있을 정도로 질서를 찾아볼 수 없는 난리통이었다. 나는 운 좋게도 화물칸의 빈 곳을 찾아 앉았다. 그 기차는 원래 군수 물자 수송이 목적으로 서울 부산을 왕복하는 화물열차다. 중간에 정차 없이 달려 대구를 거쳐 부산에 도착했다. 우리는 부산과 제주도를 오가는 연락선이 있는 선착장으로 갔다. 선착장에서는 해병대가 지켜 서서 호명을 하며 일일이 탑승 인원을 확인하고 있었다.

아니 그런데 이게 꿈인가 생시인가? 선착장에서 호령하는 해병대

부대장을 보니 바로 내 중학 시절 학우 윤원철이 아닌가! "살아 있었구나!" 우리는 서로 껴안고 울고 또 울었다. 눈물을 닦으며 "이게 대체 몇 년 만이야!" 하고 인사를 나눴다. 원철이는 지금 원산으로 간다는 것이었다. 인천상륙작전이 성공해서 배로 안면도에서 부산으로 왔는데 지금부터 기차로 원산 작전에 가는 길이라고 했다. 나는 제주도로 내려가는 중이라는 이야기 나누다가 출발을 알리는 종소리에 대화는 중단되고 말았다. 악수로 아쉬운 작별 인사를 나누고 원철이는 우리가 타고 온 기차에 올라탔다.

제주로 가는 배는 며칠 후에나 있다고 하길래 우리는 부산에서 며칠 지내게 되었다. 그때 선착장에서 사 먹은 떡국이 얼마나 맛있었던지 지금까지도 잊히지 않는다.

시간이 남으니 부산의 재래시장, 영도다리, 광복동을 산책하면서 지내다가 이틀 후 제주도 연락선을 타고 고향으로 갔다.

8. 기적 같은 어머니와의 재회

온갖 고생 끝에 간신히 제주도에 도착한 나는 곧장 집으로 갔다. 집에는 아무도 없었다. 방마다 문을 열어 확인했지만 어머니 모습이 보이지 않았다. 마지막으로 골방에 들어가 보니 어머니가 촛불 하나를 켜 놓고 빌고 계셨다.

"어머니, 아들 봉진이 왔어요!"

대답이 없다. 나는 더 크게 소리질렀다.

"어머니, 아들 돌아왔어요!"

그러자 어머니는 뒤를 돌아보고 나를 보자마자 그 자리에서 정신을 잃고 쓰러지셨다.

나는 실신한 어머니를 안방으로 모시고 가서 자리에 누이고 곁에서 기다렸다. 잠시 시간이 흐르고 어머니가 정신을 차리셨다.

"아이고 우리 아들 봉진아."

하며 나를 끌어안고 울기 시작했다. 참으로 기적 같은 재회가 아닐 수 없었다.

동생들은 모두 군에 입대했고 빈집 골방에서 어머니는 매일 아들들의 무사 안위를 빌고 계셨다고 했다.

한 달 여 지났을 때던가? 전쟁은 계속되고 서울은 탈환과 수복이 반복되고 있었다. 그러다 보니 서울에 살던 제주 사람들은 대부분 제주도로 피난을 내려왔다.

어느 날 어머니가 "봉진아, 혹시 서울서 네가 자취하던 댁 가족들도 고향으로 내려왔을지 모르겠구나. 네가 맡기고 왔다는 돈은 받아야 하지 않겠나?"라고 하는 것이었다.

"네."

나는 자취하던 집 어머니 지인분의 제주도 주소를 알고 있었기에 어머니와 함께 그분의 고향이라고 하는 화북으로 찾아갔다. 주소지에 도착해 보니 다행히 낯익은 얼굴이 보였다. 그런데 서울에서의 세련된 모습은 온데간데 사라지고 형편이 나쁜지 허름한 옷을 입고서

빨래를 널고 계셨다. 어머니는 멀리서 빨래를 너는 아주머니의 모습을 지켜보다가 다가가서 인사를 건넸다.

"서울에서는 신세를 많이 졌습니다. 저희 아들 봉진이를 살려 주셔서 감사 인사드리러 왔습니다."라며 들고 간 선물을 건네고 인사를 나누고 "이제 가자."라며 되돌아섰다. 내가 맡기고 온 돈 이야기는 아예 꺼내지도 않고 뒤돌아서는 어머니를 보면서 '우리 어머니는 정말 대단한 분이다.'라는 생각이 들었다. 존경할 수밖에 없는 나의 어머니.

학구學究를 하기 위해

고향에 내려와 몇 달이 지났다. 전쟁 통이라 학업을 할 수 없으니 근질근질했다.

그 사이에 작은매형의 친구분 가운데 서울 중고등학교 영어 교사를 하던 문 태우 선생님이 고향으로 피난을 내려왔다는 소문이 들렸다. 나는 문 선생님을 만나 영어 수업을 부탁했다. 선생님은 일본 도시샤대학同志社大學에서 영문학을 전공하고 서울 고등학교에서 영어 교사로 재직 중인 영문학자이셨다.

지나간 이야기지만 우리 작은누나는 상당한 미인이었는데 집에서는 작은누나가 문태우 선생님과 혼인하기를 바랐지만 누나가 현재의 매형을 선택하는 바람에 문태우 선생님과의 성혼은 이루어지지 않았다. 그래도 문 선생님과는 여전히 아는 사이여서 나는 선생님께 영어 공부를 부탁하기로 한 것이다.

당시 우리는 학급에서 의형제를 맺은 오두진 형, 우리 집에서 피난 생활 중이던 이대 영문학과생 김산월, 그리고 김산월의 친구로 평양 출신이지만 식구가 모두 월남하여 숙대 영문학과에 다니던 사람까지 총 4명이 모여서 함께 영어 공부를 하고 있었다. 그러다가 좀 더 깊이 있는 공부를 하고 싶어서 문 선생님께 그룹과외를 부탁했다. 선생님이 다행히 수업을 해 주시기로 하셨고 수업료는 어머니께 부탁드려서 내가 냈다.

선생님은 전형적인 일본에서 출판된 영어 교재를 갖고서 영어의 기본 단어의 복합 구조compound를 강의했다. 이해가 되면 그 구절을 외우는 식의 공부였다.

그 그룹에서 함께 공부를 하다가 친해진 이대 영문과 4학년 김산월 씨의 졸업 논문을 일본에 유학 가기 전에 도와준 일이 있다. 대학 졸업 후 그녀가 이승만 박사의 부인 프란체스카 여사의 비서가 되었다는 편지를 받았다. 세월이 많이 흐른 뒤 1967년에 어머니 병환으로 잠시 서울에 왔을 때는 김여사 댁에서 신세를 졌다. 그녀의 남편은 은행원인데 만나 보지는 못했다.

1. 일본으로 밀항하다

몇 달이 지났다. 제주도로 내려온 이후 공부를 너무 안 하고 지내니 나만 낙오자가 되는 기분이 들어 어머니께 의논을 드렸다.

요지는 일본 오사카에 큰누나가 계시니 그쪽으로 건너가서 공부하고 싶다는 내용이다. 그러자 어머니가 말씀하시기를 "구사일생으로 간신히 집에 살아 돌아온 우리 아들을 또다시 객지로 보내서 고생시키고 싶지는 않다."는 것이었다.

"어머니, 저는 다른 집안엔 없는 그런 특별한 학자가 되어서 돌아오겠습니다."

"내 나이가 나이인 만큼, 언제 죽을지도 모르는데 나는 싫다."

"아니 어머니 무슨 그런 말씀을 하세요? 학업을 빨리 마치고 돌아와서 어머니를 기쁘게 해 드리고 싶은 마음입니다."

어머니는 강경하게 반대하셨다. 그래도 내가 고집을 굽히지 않자 한동안 침묵을 지키던 어머니가 며칠 뒤 "그래, 네가 그렇게 원하면 공부해야지."라는 것이 아닌가. "편지나 자주 보내거라."

그렇게 해서 어머니의 허락을 받아낸 나는 아버지께 가서 "학교로 돌아가려고 합니다. 아버지, 등록금 주세요." 하고 말씀을 드렸다.

아버지는 내가 서울 학교로 복학하는 줄 아셨는지 아무 말씀 않고 등록금을 주셨다. 나는 그 돈을 들고 부산으로 갔다. 부산에는 어머니의 친한 친구분 중에 일본으로 밀항을 하면서 장사를 하는 분이 계셨다. 그 아주머니께 부탁해 부산 병무청에 있는 일등병 친구와 둘이 밀항하기로 계획을 짰다. 아주머니의 지휘 아래 우리 둘을 함께 움직였다. 당시는 주로 장사하는 여인들이 작은 배에 숨어 밀항을 하는데 비좁다고 움직이다가 한번은 물고를 차 버리는 바람에 바닷물이 들이 차니 배가 가라앉아 고스란히 죽을 뻔하고 첫 번째 밀항 계획은 실패했다.

2~3일 후 다시 밀항선을 탔고 이번에는 무사히 대마도까지 도착해서 하선까지는 성공했다. 우리는 본토와 대마도 사이를 오고 가는 배가 오기를 산속에 숨어서 기다렸다. 배가 들어오자 서둘러 배에 올라탔다. 배는 시모노세키下ノ關에 우리를 내려놓고 가 버렸다. 행선지를

모르는 우리는 일단 지하도에 숨어 있다가 잠이 들었다.

갑자기 불이 켜지면서 사방이 밝아졌다. 알고 보니 우리가 잠이 든 곳은 기차역의 지하실이었다.

기차표를 사고 열차를 탔는데 각 역마다 모두 정차하는 것으로 보아 완행표를 샀다는 사실을 깨달았다. 뒤늦게 후회가 밀려왔다. 새벽 완행열차의 승객은 대부분이 여자들이었다. 우리는 마주보는 4인석에 앉았는데 앞 좌석의 여자 두 명이 아침 식사를 하면서 우리한테도 권했다.

"젊은이들, 이것 좀 먹어 봐요."라고 말을 걸어오는데 "아닙니다. 괜찮습니다." 하고 사양을 해도 계속 내밀며 먹으라는 것이었다. 낯선 사람에게 친절하게 음식을 권해 주는데 계속 사양하면 예의가 아닌 것 같아서 결국 조금 먹었다.

새벽 완행열차를 타고 일하러 가는 사람들조차 이렇게 친절하다니. 조용조용 예의 있게 말하고 서로 웃으며 정답게 대화를 나누던 모습이 인상적이었다.

역마다 정차하니 사람들이 타고 내리는 모습도 구경했다. 처음 보는 사람에게 친절을 베푸는 모습을 경험하면서 일본 사람들은 정이 많다고 생각하며 우리는 오사카역까지 즐거운 첫 일본 여행을 이어 갔다.

날이 저물 무렵 완행열차는 오사카大阪 우메다梅田역에 도착했다. 우리는 역사를 나와 택시를 탔다. 당시의 택시는 3륜 오토바이다. 나는 기사에게 큰누나 주소를 보여 주고 거기로 가 달라고 했다. 그러나 기사는 주소지 근처에서 집을 찾지 못해 주변을 돌고 또 돌았다.

하는 수 없이 근처 파출소로 가 달라고 부탁했다. 파출소는 바로 근처에 있었다. 우리는 파출소에 들어가서 주소를 보여 주고 이 주소지를 못 찾겠다고 하니 바로 근처라고 가르쳐 줬다.

무사히 큰누나 집에 도착해 문을 열고 들어갔다. 갑자기 나타난 동생을 본 누나는 깜짝 놀라며 반겨 주었다.

"봉진아, 여긴 어떻게 찾아왔어?"

"파출소에 가서 주소 적은 종이를 보여 주고 가르쳐 달라고 했지."

그러자 누나는 사색이 됐다. 어색한 일본어로 밀항자 신분이 들통나면 큰일난다는 것이다.

우여곡절 끝에 오사카 누나 댁에 도착한 나는 며칠 후부터 학관으로 공부를 하러 다니게 되었고 함께 밀항 온 친구는 그의 양아버지가 알려 주신 주소를 들고 도쿄로 떠났다.

2. 오사카에서 동경으로

누님 댁에서 지내다 보니 모든 걸 누님이 해 주셔서 내 자신이 점점 나태해지는 것 같았다. 누님께 동경에 가서 혼자 생활하면서 공부하고 싶다고 하자 누님은 내 뜻을 이해하고 차용증서를 건네주셨다. 차용증서에 적힌 김 씨를 찾아가 돈을 받으라는 것이었다.

차용증서의 사연인 즉 누님이 알고 지내던 옷 가게 주인에게 돈을 꿔줬는데 장사가 안되자 동경으로 야반도주를 했다는 것이다. 그 사람을 찾아가 빌려준 돈을 받아 내 생활비에 보태 쓰라는 것이었다. 나는 누님이 주신 차용증서를 들고 동경으로 갔다.

동경에 도착하자마자는 매형과 함께 지냈다. 매형은 자신이 다니던, 게이오京王 : 현재 傳修대학 부속 고등학교고등학교를 나와 제주도에서 함께 밀항해 온 친구 웅선應善이까지 우리 두 명의 편입을 주선해 주셨다.

그후 웅선이가 하숙하는 일본인 노다野田 씨 댁에서 함께 지내게 되었다. 하숙집에서 학교까지 자연스레 늘 같이 다니곤 했는데 알고 보니 웅선이가 하숙집 딸과 연애를 하는 있는 게 아닌가. 그 사실이 발각되자 우리는 노다 씨 댁에서 쫓겨나 자취를 하게 되었다.

학창 시절의 특이한 추억으로 수학 시험을 볼 때 수학을 잘하는 내가 웅선이 답안지를 먼저 써 주고 남는 시간에 내 답안지를 써서 제출하던 일이 생각난다.

일상생활의 추억으로는 웅선이가 식사를 준비하고 내가 설거지와 청소를 담당했는데 웅선이가 1년 365일 아침 저녁으로 카레라이스를 만들어 주는 바람에 그후 카레라이스 하면 아주 고개를 절레절레할 만큼 진절머리가 났다. 졸업만 하면 두 번 다시 카레라이스는 먹지 않으리라 생각했지만 결혼하니 아내가 만들어 주는 카레라이스를 다시 군말없이 먹게 되었다.

3. 동경대東京大學 재학 중인 친구를 찾아가다

덕주네 집은 무척 가난했다. 보리 지푸라기가 깔려 있는 허술한 곳간에서 책상 대신 사과 궤짝을 뒤집어 놓고 공부를 해야 하는 형편이었으니 말이다.

아버지의 사업 실패 이후로 버려진 기관차량에서 살면서 동경대에 스트레이트로 합격한 수재 친구가, 아버지가 자살한 이후에 옮겨간 생활 터전이 이렇게 열악한 장소일 줄은 상상도 하지 못했다.

나는 '몇 월 며칠 몇 시에 동경대 시계탑 앞에서 만나자'라는 메모를 사과 궤짝 책상에 올려놓고 왔다.

메모에 적은 그날, 동경대학의 상징인 시계탑 앞에서 덕주를 기다리고 있는데 책 보따리를 옆구리에 끼고 허름한 운동화를 신은 덕주가 걸어오는 모습이 보였다. 반가웠다. 이게 몇 년 만인가. 제주 4.3 사건 이후 4~5년 만의 재회였다. 우리는 시계탑 근처의 시노바즈 연못忍ばすの池의 벤치에 앉아 이런저런 지난날의 추억을 이야기했다.

나는 친구 덕주가 그 어렵다는 동경대학에 들어갔으니 나도 노력하면 들어갈 수 있지 않을까 하는 욕심이 생겨 입시에 필요한 이야기를 이것저것 물어보았다.

"수학 공부는 무슨 교재로 했어? 영어는?"

느닷없이 나타나서 입시 정보만 계속 물어보니 귀찮을 만도 한데 덕주는 자기 경험을 성실하게 말해 줬다.

"영어는 W. Maugham의 Human Bondage인간의 굴레에서 출제됐고 수학은 동경대 수학과 무라카미村上 교수의 대학수학 연습 미적분 연습에서 문제가 나왔어."

그러고는 동경 어디에서 지내고 있는지 묻더니 내가 지낼 만한 곳을 소개해 주겠다며 중학교 한 학년 선배 임재학 선배랑 같이 지내면 어떻겠냐고 물었다. 공간이 무척 협소해서 다다미 2장, 2명이 간신히 누워서 잘 수 있는 좁은 방이지만 내가 원하면 소개해 주겠다는 것이었다.

"월세는 선배가 내고 있으니 넌 그냥 지내면 돼."

나는 생각해 보겠다고 하고 덕주와 헤어졌다.

응선이는 고등학교를 졸업하자마자 결혼했고 마침 나도 앞으로 지낼 곳을 찾아야 하는 형편이라 덕주가 말한 임재학 선배를 소개받아 같이 살기로 했다.

새벽이면 노동자들이 아침 먹는 곳에 가서 30원짜리 밥을 사 먹고 도서관에 가서 공부를 했다. 점심은 굶고 해가 저물면 집으로 돌아와 목욕을 하고 나머지 돈으로 저녁을 사 먹고 공부를 하는 생활을 꼬박 1년을 했다.

4. 고등학교를 졸업하고 와세다早稻田대학교에 도전하다

와세다대학교 입시에 도전했다. 합격 발표 날 덕주에게 내 수험번호를 알려 주고 확인을 부탁했는데 합격 소식을 전해 왔다. 당시 나는 밀항으로 일본에 입국한 불법체류자 신분이었으므로 남의 외국인등록증을 빌려 고등학교를 다니고 타인 명의로 입시까지 치렀으니 입학수속을 어떻게 해야 할지 고민하고 있었다. 그런 내 사정을 모르는 덕주는 와세다대학교를 나오면 아무 데나 취직할 수 있으니 입학수속을 밟으라고 했다.

혹시나 입학금 6만 원을 구할 수 있을까 싶어서 여기저기 알아보러 다녔지만 사정이 녹록지 않았다. 결국 제주도에 계신 아버지께 연락을 드렸다. 일본 대학교에 합격해서 입학금 6만 원이 필요하게 되었으니 도와 달라는 취지의 편지을 보냈다. 그러자 아버지부터 기대하지도 않았던 반가운 답장이 왔다. 6만 원을 보냈다는 것이었다.

아버지의 지인의 아들이 일본에 살고 있는데 그 지인분에게 돈을 줬으니 그분 아들을 만나서 돈을 받아 입학 절차를 밟으라는 내용이다. 그래도 아버지는 아들이 대학교에 들어간 것이 기특해서 돈을 보내 주셨나 보다. 나는 아버지의 마음을 느낄 수 있었다.

나는 아버지 편지를 받자마자 고베神戸에 산다는 사나다 씨眞田 댁에 찾아갔다. 그러자 이외로 흔쾌히 자기앞 수표를 건네줬다. 나는 기분이 좋아 오사카에 계시는 누님 댁으로 갔다. 대학 합격 소식과 아버지의 입학금 송금 사실을 이야기하면서 즐거운 시간을 보냈다. 그런데 다음 날 아침 은행에 가 보니 통장에 돈이 없는 부도수표였다. 희망은 사라지고 머리가 하얘졌다. 다음 날 다시 고베로 찾아갔다.

남편은 없고 일본인 부인이 나를 반겼다. 남편이 돌아올 때까지 집에서 기다려 달라고 하길래 마땅히 갈 곳도 없어서 나는 호의를 받아들여 남편을 기다리고 있었다.

밤늦게 술에 취한 남편이 들어왔다. 나를 보더니 내가 부도수표 이야기를 꺼내기도 전에 여자 혼자 있는 집에 왜 외간 남자가 있냐며 대뜸 욕부터 한다. 그러나 일본인 부인은 나를 달래며 너무 늦었으니 별실에서 자고 가라고 했다. 새벽동이 트자마자 나는 부인에게 인사를 드리고 그 집을 나왔다. 입학금을 마련할 걱정으로 멍하니 터벅터벅 전철역을 향해 걸어가는 도중이었다. 갑자기 코앞으로 건널목 차단기가 스치듯 내려왔다. 정신이 번쩍 들었다. 고개를 들어 좌우를 살펴보니 건널목 차단기가 코앞으로 내려간 것이었다. 이어서 전철이 요란한 소리를 내며 지나갔다. 아마도 이대로 앞을 못 보고 걸어갔으면 처지를 비관하여 전철에 자살한 청년으로 신문에 기사가 실릴 뻔했다.

그 길로 동경에 돌아왔다. 와세다대학교 입시는 내 본명도 아닌 타인의 신분증으로 치른 것이니 머릿속에서 지워 버리고 동경대를 목표로 다시 공부를 하겠다고 각오를 다졌다. 그리고 덕주가 소개해 준 재학 선배 방에서 일 년만 더 신세를 지기로 했다. 그 사실을 덕주에게 말하고 임재학 선배님과 같이 살면서 동경대학 입시를 준비하기로 했다.

5. 동경대학 입시준비 : 외국인등록증을 발급받다

이른 새벽에 일어나 우선 동경대 입시 수학문제를 2문항 풀고 틀린 부분을 표시한 다음 풀이를 보면서 확인하고 안 풀리면 다시 마크해 뒀다. 그리고 나서 영어책을 읽으며 번역을 하고 참고서 번역과 비교를 한다. 이 문제를 들고 도서관 가는 길에 아침 식사가 가능한 노동자 식당에서 밥을 사 먹고 도서관에서 공부를 한다. 저녁에는 목욕을 하고 라면이나 노동자 식당에서 식사를 했다.

하루 용돈은 100엔.
이 생활은 동경대 입시날까지 이어갔다.

동경대 입시 원서 제출일이 다가오니 영 공부에 집중이 되질 않았다. 밀항을 한 탓에 타인의 신분증으로 지내던 나는 오사카로 갔다. 전에 타인 명의로 외국인등록증을 만드는 데 도움을 준 동포 직원이 있는데 그분의 소개로 니시나리西成 경찰서 유치장에서 외국인등록증 발급 청원서와 자수서를 썼다.

'부모님과 함께 오사카에 살다가 제2차 세계대전 중에 부모님이 모두 돌아가시는 바람에 고아가 되었고 지금까지 고향 지인분께서 돌봐주셨습니다. 철이 들어 제대로 공부를 하고 싶은데 외국인등록증이 없어서 대학을 갈 수가 없습니다. 그간의 사정을 참작하셔서 저에게 외국인등록증을 발급해 주십시오.'라는 내용의 자술서를 제출했다.

자술서는 오사카 니시나리 경찰서에서 오사카 재판소로 넘어간다고 알고 있었는데 대학 입시원서 제출일이 다가와도 감감 무소식이니 어쩔 수 없이 오사카로 내려가 직접 담당 판사를 찾아갔다.

운이 좋게도 담당 판사를 만날 수가 있었다. 판사를 찾아 대뜸 인사를 드리고 대학 입시를 치르는 데 꼭 필요하니 서둘러 외국인등록증을 발급해 주실 수 있는지 부탁했다. 판사는 내 이름을 묻더니 책상 위에 산더미처럼 쌓여 있는 서류를 뒤져 가며 서류를 찾기 시작했다.

"여기까지 직접 찾아올 정도면 밀항한 건 아니겠지?"라며 서류를 뒤지다가 "아, 여기 있었네." 하고 뒤돌아 나를 쳐다봤다.

그러고는 서류를 처리할 동안에 나가서 점심이라도 사 먹고 오라고 했다.

나는 주변을 돌아다니면서 시간을 보내다가 서류를 찾으러 오라고 한 시간에 맞춰 다시 판사를 찾아갔다.

판사는 외국인등록증과 식량 배급표를 주면서 "학업에 정진하세요." 하고 격려까지 해 줬다.

'역시 배운 사람은 다르구나.'라는 생각을 하면서 감사하다는 인사를 하고 그 길로 곧장 동경으로 돌아왔다.

다음 날 고등학교 담임 선생님을 찾아가 신분증의 이름이 바뀐 사정을 말했다.

"이 군은 대체 이름이 몇 개야?" 하고 놀리면서 어제 발급받은 외국인등록증의 진짜 내 이름으로 졸업 증명서를 새로 발급해 주셨다.

이로써 모든 서류가 갖춰졌고 간신히 동경대학 입시 원서를 낼 수 있었다.

6. 동경대 입학

이른 새벽에 일어난 나는 신주쿠역新宿駅에서 내려 간단하게 아침을 먹고 동경대학 교양학부구 제일 고등학교로 향했다. 시부야역으로 가서 이노가시라선井の頭線으로 갈아타고 토다이마에역東大前駅에서 내려서 걸어가면 고사장이다.

나름대로 일찍 간다고 서둘렀지만 도착해 보니 고사장 안에는 이미 수험생들로 북적이고 있었다.

내 수험번호가 적힌 교실에 입실을 하고 지정된 자리를 찾아서 앉았다. 어느새 시간이 흐르고 교직원이 시험지와 답안지를 들고 들어와서 나눠 주기 시작했다.

첫 교시는 영어 시험이다. 시험지를 받아 들고 우선 어려운 단어가 있는지 빠르게 훑어봤다. 다행히 낯선 단어가 보이지 않아 안심하고 문제를 풀기 시작했다. '클레오파트라Cleopatra의 코가 조금 낮았더라면 세계 역사가 달라졌을 것이다'를 영작하라는 문제도 있었다. 주어진 수험 시간은 90분. 나는 영문을 정독하면서 머릿속에서 번역을 하고 빠르게 문장을 만들어 답을 적어 내려갔다. 영작도 직역이 아닌 의역으로 번역해서 만족스럽게 답안을 작성했다.

2교시는 수학 시험이었다. 수학은 답만 적어서는 안 되고 풀이 과정을 논리적으로 적어야 한다. 미적분해석대로 답안을 적어서 제출했다. 지금까지 공부한 대로 차분하게 잘 푼 것 같았다.

3교시는 국어일본어였다. 고어와 현대어 중 하나를 선택하게 되어 있다. 나는 고어는 공부하지 않았으므로 현대어를 선택했다. 히라가나를 한자로 적으라는 문제는 크게 어렵지 않았다.

4교시는 이과 과목인데 물리, 화학, 생물 중에서 하나를 선택하면 된다. 나는 화학을 선택해 답안지를 써 내려갔다.

드디어 1차 필기 시험이 모두 끝났다. 1차에 합격해야 면접을 볼수 있다. 시험을 마치고 나서 몹시 궁금해하고 있을 덕주에게 바로 전화를 걸었다. 역시 예상한 대로 덕주는 다짜고짜 내게 물었다.

"시험은 어땠어? 잘 본 것 같아??"

"응 아마도 1차는 합격했을 거야."

"잘 본 모양이네."

사실 덕주의 동경대 입시 경험담과 조언이 크게 도움이 되었다.

1차 합격자 발표와 동시에 면접고사 날이 되어 학교에 갔다. 다행히 게시판에는 내 이름이 있었다.

대기실에 앉아서 면접 순서를 기다리다가 호명되어 교실로 들어갔다. 앞쪽에 교수님들이 앉아 계셨다.

한 교수님이 물었다.

"수학 공부는 어떻게 했어요?"

"무라카미 교수님의 저서, 《대학 미적분 연습》으로 공부했습니다."

알고 보니 나에게 그 질문을 한 교수님이 바로 《대학 미적분 연습》

의 저자, 무라카미 교수님이셨다.

면접은 간단히 끝났다. 한 교수님이 나에게 다가오더니 '앞으로 자네는 무슨 과를 전공할 생각인가? 혹시 관심이 있으면 화학과로 오지 않겠나?' 하고 물었다.

드디어 합격자 발표 날이 되었다. 입시 결과를 보러 혼자서 학교에 갔다. 떨리는 마음으로 게시판에 내 이름이 있는지 찾아봤다.

'이봉진!' 내 이름이 보였다. 이게 꿈인가 생시인가 헷갈릴 정도로 마음이 붕 떠오르는 것 같았다. 합격자 명단을 확인하고 시부야역 쪽으로 걷다가 혹시 내가 헛것을 본 건 아닐까? 잘못 본 게 아닌가 싶어 발걸음을 돌려 다시 게시판으로 돌아가서 다시 한번 내 이름을 확인했다.

이름을 재차 확인하고 다시 시부야 쪽으로 걷는데 나도 모르게 두 뺨 위로 눈물이 흘러내렸다.

일본에서도 가장 들어가기 어렵다는 대학에 합격했는데 누구 하나 곁에서 축하해 주는 이 없네.

하염없이 흐르는 눈물은 멀리 있는 역으로 나를 인도하네.

기쁨의 눈물인가 서러움의 눈물인가?

먼 길을 돌아 눈물을 말리고 가라는 의미일까?

걷다 보니 눈물이 마르고 저 멀리 시부야역이 보인다.

눈물 많은 내 영혼이 나에게 희망을 준다.

울지 말고 기뻐하라고.

어머니, 누님, 제가 해냈습니다!

요금 걱정하지 말고 꼭 전화해 달라고 신신 당부하던 오사카 큰누나에게 시부야역에서 전화를 걸었다.

눈물 어린 목소리로 "누님! 저 동경대에 합격했어요."라고 말했다.

그길로 나는 대학 입학금을 마련하기 위해 오사카의 큰누님 댁으로 갔다. 감사하게도 누님은 장남강명호 군의 생명보험을 해약한 7,000엔으로 입학 등록을 하라고 건네주셨다. 나는 그 돈으로 동경대 입학 절차를 밟았다.

7. 1년 유급하게 된 이야기

동경대는 입학하면 제2외국어로 학급을 나누도록 되어 있었다. 나는 서울의 경동고등학교에서 독어를 배웠으니 제2외국어는 당연히 독일어를 선택했다. 중급 과목을 신청하려고 했는데 선배가 독일어는 초급도 어렵다며 극구 나를 말렸다. 그래서 독일어는 중급에서 초급으로 신청을 바꿨다. 독일어는 3명의 교수가 담당했다.

한 교수는 독일어 초급 문법부터 시작해 여름 방학에는 헤르만 헤세의 소설《청춘靑春은 아름답다》를 숙제로 냈다.

다른 교수는 처음부터 소설 독해를 강의했다. 하인리히 뵐의《열차는 정확했다Der Zug war pünktlich by Heinrich Böll》였다.

세 번째 교수는 '윤구 : 혼魂의 문제' 철학을 강의했다.

독어 시간이 되면 랜덤Random하게 지적해 번역을 시키므로 자존심 때문에 밤새 독어를 공부하지 않을 수가 없었다. 여름 방학이 지나고 가을 학기 시험이 있다. 한창 시험을 보고 있는데 입국관리소 관료가 들어와서 나를 데리고 나갔다. 그길로 입국 관리소 보호소에 갇혔다. 알고 보니 입시 관리에서 법원의 판결 내용을 보다가 의심이 생겨 출입국관리소에 재확인을 하느라 내 보증인을 찾아갔다고 한다. 이봉진이라는 사람을 아느냐고 물어보는데 보증인은 사정을 모른 채 나를 자랑한 것이다. 그 사람은 밀항해서 들어온 수재로 지금 동경대에 다니고 있다고 말하는 바람에 나의 밀항이 들통나고 말았다. 학교 교무처에서는 목숨을 걸고 현해탄을 건너와 대학에 들어왔으니 공부하는 동안만이라도 있게 해 주는 것이 한일 간에도 도움이 될 것이라는 탄원서를 법무장관 앞으로 제출해 주었다. 학우들도 탄원서를 써 준 덕분에 법무부가 이를 받아들여 다행스럽게도 동경대 재학 중에는 체류해도 좋다는 허가가 나와서 다시 공부를 할 수 있게 되었다. 그러나 그러는 사이에 중간고사를 보지 못해 1년을 유급하게 되었다. 나는 유급한 1년 동안 여러 분야의 책을 읽게 되어 오히려 세계를 넓게 볼 수 있게 되었고 학문을 하는 데 도움이 되었다. 전화위복轉禍爲福이 된 셈이다.

이듬해 복학하자 나에게는 탄원서를 써 준 동기들뿐만 아니라 복학해서 사귄 후배들까지 인간관계가 광범위해졌다. 활기차게 공부하는 친구들은 내 생애生涯의 보람을 느끼게 해 준 친구들이었다. 전화위복이라 아니할 수 없다.

각 분야에서 활약하는 친구들은 나에게 세상을 보는 식견을 넓혀준다. 국경 없는 나의 친구들에게 지금도 고마움을 느낀다.

8. 오사카 큰누님께 못다 한 이야기

2015년 박근혜 정권 제20차 남북 이산가족 상봉 행사 때 일이다.

신청 접수 첫날, 나는 새벽같이 달려가 문 앞에서 오픈 시간을 기다렸다가 첫 번째로 신청 접수를 하고 왔다. 오사카 큰누나네 가족이 북한에 있기 때문이다.

지금의 내가 있기까지 내 평생의 은인이신 큰누나. 지금은 비록 돌아가셨지만 나는 평생의 빚을 갚기 위해서라도 북한에 있는 조카들을 만나고 싶다고 이야기했다. 접수처 사람이 그런 사연이 있는데 왜 이렇게 늦게 신청을 했냐고 물었다. 내 처지가 복잡해서 이북에 들어갈 수 없을 줄 알았다고 하니 지금까지 한 이야기는 그 누구에게도 해서는 안 된다고 하면서 신청을 받아 주었다. 며칠이 지나고 운 좋게도 이산가족 상봉단에 뽑혔다는 기쁜 소식이 왔다. 그런데 이번에는 내 나이가 문제가 되었다. 나이가 너무 많아서 나 혼자서는 이산가족 상봉 행사에 갈 수 없다는 것이다. 그래서 장녀 윤지를 데리고 가게 되었다. 만나고 싶었던 큰조카 강승호는 죽었다는 통지를 받았다. 형 대신 동생 인호가 나온다고 했다. 내가 좋아하고 사랑했던 현지는 북한에서 자살을 했고 그 동생 현삼이는 만날 수 있었다. 인호에게 형승호 소식을 묻자 함경도에서 살고 있다고 했다. 인호는 군인으로 복싱 라이트급에서 금상을 탄 공헌으로 신의주에 살고 있고 현삼이는 남편이 장사를 잘해서 평양에 산다고 했다.

헤어지기 전날 마지막 만찬 자리에서 한국에 돌아가서 연락을 할 테니 주소를 알려 달라고 했다. 그러자 깜짝 놀래며 나를 쳐다보다가 주소를 부를 테니 받아 적으라고 했다. 나는 윤지를 시켜 주소를 받아 적었는데 갑자기 주소 적은 종이를 바로 찢어 달라고 하는 게 아닌가. 현삼이는 이대로 돌아가면 지금 행위에 대해서 시말서를 써야 한다고 했다. 만남의 기쁨은 잠시였고 이산가족 상봉 이후로는 가슴 아픈 날들이 오래도록 이어졌다. 남북분단의 비극이 아닐 수 없다.

아내와의 만남과 결혼

1. 어머니의 병환으로 고향에 갔다 우연히 천사를 만나다

대학원 시절이었다. 제주도에 계신 어머니의 병환이 중하다는 소식에 어머니를 뵈러 잠시 귀국했다.

당시는 한일 간에 국교가 없어서 일시 귀국을 하는 데 어려움이 많았다. 고향에 들어가기는 쉬워도 일본에 돌아와서 학업을 마치려면 일본 법무부의 재입국 허가가 있어야 했기 때문이다. 이 문제는 과 주임 유체역학 전공 담임 교수 시라쿠라白倉 선생님이 해결해 주셨다. 교수님이 법무부에 탄원서를 써 주신 덕분에 무사히 재입국 허가를 받을 수 있었다. 나는 재입국 허가서를 들고 주일 대표부에 가서 여행증을 발급받아서 15년 만에 고향 땅을 밟았다.

어머니를 뵙고 다시 일본으로 돌아오는 길에 서울에 들렀다. 친구 김덕주 박사의 부탁으로 그의 친구인 숙명여대 교수 변온성邊溫星 선생을 만나 편지를 전해 드렸다. 변 선생님은 나를 보더니 아끼는 제자와 한번 만나 보지 않겠냐고 권했다. 아마도 덕주 편지 내용 가운데 그런 부탁이 있었던 모양이다. 다음 날 나와 미래의 아내 의순 씨는 명동에서 만나서 이야기를 나눴다. 그런데 의순 씨도 변 선생님의 간곡한 부탁을 거절하지 못해서 얼떨결에 나오게 되었다고 했다. 우리 둘 다 의도하지 않은 자리였다. 덕분에 자연스럽게 이야기를 나누는데 첫날 내 성장기를 들은 의순 씨는 '참 순진한 사람'이라고 감상을 말하고 내일도 이곳에서 만나자는 약속을 하고 헤어졌다. 다음 날도 같은 장소에서 재회를 했다. 둘째 날에는 내가 어떻게 공부했는지와 유급생 시절에 읽은 책 이야기를 하다 보니 세계일주를 하는 느낌이 들었다고 했다. 의순 씨가 재미있었던 모양인지 셋째 날인 일요일에도 또 만나자는 제안을 해서 서로 동의하고 종로에 있는 르네상스 타국에서 오후에 만나게 되었다. 이때 나는 그녀에게 구혼求婚의意를 자연스럽게 표현하게 되었다.

그때 나의 심정을 쓴 시를 아래에 소개한다.

행복은 마음의 산정山頂을 오르는 데 있습니다

우리가 만난 지 3일째입니다.
우리는 우리가 모르는 산을 오르고 있었습니다.
초록이 무성한 초야草野로부터
이따금 야생화가 피어 있는 곳을 지나
허허벌판에 하얀 파란 노란 꽃이
색각으로 피어 있는 곳을 피해
우리가 힘겹게 올라간 곳은
암석으로 겹겹이 싸여진 암반 단애斷崖였습니다.

우리는 이 침묵이 단애에서 밑을 보았습니다.

무지無智의 초草가 노래 부르며

제 나름으로 꽃을 피우고 있었습니다.

그러나 이를 아는 사람은 아무도 없었습니다.

단애에서 떨어지면 죽는다는 것이 속세의 지식이었습
니다.

우리는 지식의 시초 하나님만, 알고 있는 지식을 구求해

산정의 단애에서 뛰어내리는 인생의 모험을 택했습니다.

참조 : 〈7월의 눈〉 pp. 90~143

2. 서울 약혼식 1964. 7. 21.

박순천 여사의 축사

"의순이의 어머니는 저와 대한 부인회에서 같이 활동하신 분입니다.

그분의 남편 고영환 선생님과도 저는 오랜 지인 사이입니다. 저는 일본 유학생 시절에 동경여자대학교를 다니고 있었고 그분은 일본의 명문 와세다대학교 정치외교학과를 다니고 있어서 서로 알고 지냈습니다.

숙명여중고를 나와 경성 사범학교를 졸업한 약혼녀를 저에게 소개해 주어서 그 이후로 의순 양의 어머니는 제 소중한 친구가 되었습니다.

의순 양의 어머니는 부인회의 선전부장으로 활동하면서 여성해방
운동을 비롯 대한민국의 신여성상을 세우려고 무척이나 노력한 친구
입니다.

6.25 전쟁은 의욕적이고 평화롭고 희망적인 일상생활을 하루아침
에 무너뜨렸습니다. 제가 당시 초등학교 4학년이던 의순이의 후견인
後見人으로 나선 것이 그 사건 이후입니다.

오늘 의순 양이 전도유망한 짝을 만나 약혼을 한다고 하기에 축하를
하러 왔습니다. 신랑감은 제가 유학하던 시절에 넘보지 못하던 일본에
서도 최고의 학부 동경대학에 다니는 수재이고 용모도 수려하네요.

지금 이렇게 제 딸이나 다름없는 의순이의 약혼식에서 인사를 하
고 있으니 감개무량한 마음을 표현할 길이 없습니다. 감격스러운 눈
물이 나오네요.

예비 신랑께 부탁합니다. 시종일관 오늘의 결실과 그 아름다운 인
생이 끝날 때까지 한결같은 마음과 행동으로 이 어려운 세상을 함께
잘 극복하고 유종의 미를 장식하는 일생이 되기를 희망합니다."

무언無言의 결의決意

전날 산 자수정을 약혼녀의 손가락에 끼워 주고 약혼식은 끝났는
데 화객의 권유로 우리는 남산 드라이브를 하게 되었다. 어디쯤인지
정확히 기억은 나지 않는데 의순 씨가 갑자기 내 손을 잡았다. 점점
그녀의 손아귀에 힘이 들어가는 게 느껴졌다. 나는 놀랐다. 세상에
태어나 처음으로 이성의 손을 잡아 보았는데 그때 그녀에게서 무언

의 결의를 표현하려는 듯 그녀의 마음속 깊은 영혼靈魂의 외침이 느껴
졌다.

순간, 나도 결의를 했다. 둘이 한마음이 되겠다는 맹세였다.

우리만 알 수 있는 무언의 소통이고 맹세였다.

그때의 그 장면과 내 마음을 생각해 보면 지금도 박순천 여사님이
말씀하신 시종일관에는 아무런 이상이 없다. 떳떳하게 살다 죽어서
도 의순 씨에게 가겠다는 나의 결의에는 한 치의 달라짐도 없다.

　　　—故に我が恋は愛しく永遠なり—

　　　2023. 5 . 1 . 19:52.pm

3. 아내가 일본에 오기까지

서울에서 약혼식을 마치고 아내가 일본에 오기까지는 거의 5개월
이 걸렸다. 1964년 11월 8일 일요일 우리는 오사카 누님이 계신 곳에
서 결혼식을 올렸다. 그다음 날 월요일에는 바로 도쿄로 올라가 나는
곧바로 세미나에 가고 아내는 동경대 정문 앞 다방에서 나를 기다리
다가 세미나가 끝나자 신혼 아파트로 들어갔다.

몇 달이 지나 운 좋게 내가 아르바이트하는 홍아공업의 사택이 완
성되어 이사를 가게 되었다. 방문 비자로 체류하던 아내는 첫아들 윤

철이를 출산하고 홀로 아들만 데리고 귀국을 했다. 1년 후에는 나도 서울시 용역이 끝나면서 새로 생긴 KIST에 입소하게 되었다. (1968년 5월 21일)

자세한 내용은 자전 소설 《7월의 눈》을 참고하기 바란다.

4. 우리의 결혼식

약혼녀가 11월에 동경에 오면 학사원學士院 : 구 제국대학 출신만 회원이 될 수 있다에서 결혼식을 하려고 알아봤다. 그러나 연내 결혼식이 모두 차 있어 날짜를 잡을 수 없었다. 혹시나 하고 사학 회관을 알아봤지만 비용이 너무 비쌌다. 오사카에 계신 큰누나와 의논을 했는데 시아주버님이 이곳에서 결혼식장을 경영하고 있으니 오사카에서 결혼식을 올리자고 했다. 가난한 대학원생이 도쿄에서 결혼식장을 잡기는 현실적으로 어려워서 누나의 소개로 사돈댁이 운영한다는 결혼식장에서 결혼식을 하기로 정했다. 마침 도쿄에 있는 큰누나의 장녀 현지賢枝 : よしえ(요시에)와 함께 오사카로 가서 같이 결혼식을 올리게 되었다.

나와 함께 도쿄에서 하숙하며 동경대를 다니던 친구 김덕주 박사후일 MIT 초청으로 연구교수로 가게 된다와 나랑 같이 밀항해서 일본에 들어와 같은 일본 고등학교를 다닌 친구 웅선하숙집 장녀와 사랑에 빠져 대학 진학을 포기하고 사업가로 성공한 이응선, 일명 노다(野田)이 결혼식에 쓰라고 돈도 보태 줬다. 게다가 오사카에서 사업하는 동식일명 政所(만도고로)이도 내 호주머니 사정을 알고 돈을 보태 주었다.

우여곡절 끝에 일본식 다다미방에서 결혼식을 올리게 되었는데 결혼식 사회는 동식이가 보고 주례는 제주도 오현중학교에서 역사를 가르치시던 김봉현 선생께 부탁했다. 그런데 주례사를 듣던 신부가 눈물을 터뜨렸다. 나는 당황해서 주례사는 귀에 들어오지 않고 신부의 눈물을 닦으며 겨우겨우 결혼식이 끝났다. 알고 보니 김봉현 선생은 제주 4.3 사건 때 일본으로 밀항한 분으로 일본에서 《4.3 무장 투쟁사》라는 책을 저술했는데 공산주의를 찬양하는 분이었다. 나는 그런 사실을 모르고 주례로 모셨지만 하필 주례사에 공산주의 사상을 인용해서 아내가 그토록 눈물을 흘리게 된 것이다. 아내는 6.25 때 부모님 두 분 모두 공산당에게 잃었다.

이 사건을 계기로 나는 김 선생님과의 인연을 끊었다.

잊을 수 없는 사람들

대학 시절의 추억

1. 첫사랑 강애정의 기구한 인생

　오사카 누님 댁에서 지내다 보니 스스로 나태해지는 기분이 들어 고생을 각오하고 도쿄로 갔을 때 일이다. 한국인 상인들이 많은 우에노上野 요코쵸橫丁에서 중학교 동창 박윤길 군이 금전 대부업을 하고 있었다. 강애정 씨와 고향 친구인 그는 나처럼 밀항으로 일본에 들어와 일본 여인과 지내고 있었다. 우에노에서 오랜만에 윤길 군을 만나니 애정 씨에 관한 소식을 들을 수 있었다. 나는 애정 씨에게 전화를 걸어 도쿄에 온 사실을 전했다. 반가운 마음을 서로 확인하고 만나자는 약속을 잡았다. 우리는 6.25를 피해 일본으로 밀항해 들어온 일종의 동지 같은 처지가 되어 있었다.

　그녀는 죽음을 피해, 나는 공부를 하고자 모험을 택했다. 앞으로 어떻게 살아갈지 본인 선택에 의해 험하고 험한 인생을 걸고 있는 중이었다.

　내 약혼녀였던 그녀는 내 얼굴을 보자마자 손수건으로 눈물을 닦으며 말없이 울기만 했다. 서로 살아 있다는 것에 감사함을 느끼며 나도 마음속으로 눈물을 흘렸다.

눈물이 마르자 반갑다는 인사와 밀항한 경험을 이야기해 주었다.

6.25가 터지면서 4.3 사건 관련자들을 잡아 제주읍 북초등학교에 수용할 때의 일이다. 호명을 받으면 끌려 나와 근처에 대기 중인 배에 실려 수평선까지 나가서 바다에 수장을 당하는 끔찍한 처형이 반복되고 있을 때였다.

팔에 완장을 차고 우리를 감시하던 한 헌병이 애정 씨를 데리고 가더니 밀항선에 타게 하고는 함께 탈영을 했다는 것이다. 본인 의사와 상관없이 살고 싶으니 헌병이 가라는 대로 따라서 일본에 오게 되었다고 한다.

그녀의 마음이 어땠을지를 생각하니 나는 눈물이 났다.

부모님, 형제들은 또 얼마나 그녀를 걱정했을까? 푸른 소나무처럼 나를 기다리겠다고 한 내 약혼녀의 심정은 오죽 힘들었을까?

그런 생각을 하면서 더 이상 이야기를 하지 말라고 멈추게 했다.

"애정아 울지 마, 그만하자. 지금은 그래서 어떻게 살고 있어?"

"딸 두 명을 데리고 신주쿠 오치아이落合에서 그 헌병과 살고 있어. 큰딸은 피아노를 배우고 있고 나는 시부야渋谷에 있는 클래식 다방에서 음악 해설을 하고 있어."

"남편은?"

애정 씨는 다시 말없이 눈물을 흘렸다.

나에게 어떻게 일본에 왔냐는 질문은 없었다.

나는 지금 살고 있는 곳과 대입 공부를 하고 있다는 이야기를 하고 애정 씨와 헤어졌다.

며칠이 지나 느닷없이 하숙집으로 책상, 이불, 기타 생필품, 세간살이 가구가 마루이九井에서 배달되어 왔다.

그리고 다시 얼마 후 애정 씨가 하숙집으로 찾아왔다. 눈물을 흘리는 애정 씨를 달래 이야기를 들어 보기로 했다. 그러자 사실을 고백하기 시작했다. 남편은 직업이 없다는 것이다. 자신이 음악 해설을 하면서 번 돈으로 아이들을 가르치고 살림을 하고 있다고 했다. 큰딸이 음악을 좋아해서 피아노를 가르치고 있다는 이야기를 했다.

당시는 패전 이후 일본 경제가 조금씩 되살아나는 중이었는데 일본에 온 한국인들의 직업 중에는 6.25에 일본으로 휴가 나온 미국 병사에게 일본 여자를 소개해 주는 직업도 있었다. 그리고 배운 사람 중에는 일본 여성과 미군 병사 사이의 편지를 번역해 주고 영어로 번역해서 보내 주는 직업도 있었다. 그래서 당시에는 시부야에 가면 연애편지恋文 요코쵸橫丁라고 하는 동네도 있었다. 미군이 보내온 영어 편지를 일본어로 번역해 주고 영어로 편지를 써 달라는 여인에게 돈을 받고 답장을 써 주는 일을 해 주는 사람들이 모여 있는 동네다.

"사실 나 말이야, 일이 없을 때는 미군 병사와 일본 여인 사이에 연애편지를 읽어 주고 영어로 편지를 대필해 주면서 돈을 벌고 있어."라고 고백하는 것이었다.

영문 편지를 써 주는 일은 애정 씨가 제주도에도 했던 걸로 기억한다. 미군기지에서 청소부로 일하던 여인이 '미군 장교가 늘 친절하게 대해 주는데 고마움을 전할 길이 없다.'고 하길래 고맙다는 내용의 영문 편지를 대신 써 줬다고 했다. 그 편지를 읽은 미군이 감사하다고 선물을 보내와서 받았다는 이야기를 기억한다.

이야기가 나온 김에 6.25 때 추억을 하나 더 적어 볼까 한다.

당시 제주도로 피난 내려온 '김산월'이라고 하는 이화여대 영문학과 학생이 있었다. 그녀와 함께 그룹을 짜서 영어 공부를 하다가 일본으로 밀항 오기 전에 그녀가 졸업 논문을 쓴다고 해서 도와줬다. 그녀는 무사히 대학을 졸업했고 이승만 박사의 부인 '프란체스카'의 비서가 되었다며 편지를 보내와서 반가웠다.

그때의 인연으로 15년 만에 귀국했을 때 서울에 사는 그녀의 집_{남편}은 은행원에서 며칠 신세를 지기도 했다. 그 후로도 서울에 볼일이 있어 출장을 가면 YWCA에서 일하는 김산월 씨에게 연락을 하기도 했는데 지금은 그녀의 소식을 모른다.

다시 본이야기로 돌아와서, 나는 동경대학교 교양학부를 마치고 전공을 공과대학 기계과로 정했다. 나보다 먼저 입학해 공부하고 있는 김덕주 군과 오오모리역_{大森駅} 근처에서 방을 빌려 함께 살면서 통학을 했다.

당시는 한국인에 대한 차별이 무척 심한 시절이라 한국인이 일본인에게 방을 빌려 하숙하는 일이 어려웠는데 동경대생인 우리라고 해서 예외는 아니었다.

결국엔 한국인이라는 사실을 감추고 일본인 집주인과 계약을 하고 말았다. 그러자 덕주가 어차피 제주도 본가에서 편지가 자주 올 텐데 그냥 한국인이라는 사실을 고백하는 게 어떻겠냐고 제안했다. 곰곰이 생각해 보니 국적을 속이고 오래 살기는 어렵겠다는 판단이 들어 집주인에게 우리가 한국 사람임을 고백했다.

"사실 저희는 일본인이 아니라 한국인입니다."

그 이야기를 듣더니 집주인이 역시나 몹시 놀랐다.

"지난번엔 대학생이라고 해서 방을 빌려줬는데 매일 밤 친구들을 불러서 마장을 하는 통에 시끄러워서 아주 고생을 했어요. 그래서 이번에는 두 명이지만 동경대생이라고 하니까 빌려준 건데. 어차피 공부만 하는 학생들일 테니 별 문제없을 거라고 생각했어요."라며 잠시 고민하다가 "그래요, 괜찮아요. 동경대생이니까 별 문제 없겠죠." 하고 우리가 한국인이라는 사실을 알고도 입주를 허락했다.

학교에는 오오모리大森역에서 우에노上野역까지 전철로 가고 우에노부터 도보로 이케노하타池之端를 지나 후문으로 등교를 했다.

그렇게 공부하며 지내던 어느 날이었다. 라디오에서 충격적인 뉴스가 들렸다.

뉴스 내용은 '한 젊은 여인이 아이 두 명을 데리고 동반 자살을 시도했는데 아이 둘은 사망했고 여성은 혼수상태에 빠졌다.'라는 것이다. 불길한 예감이 들어 혹시나 하고 방송국에 전화를 걸어서 알아봤다. 내 불길한 예감이 맞았다. 애정 씨 소식이었다.

나와 애정 씨의 관계를 알고 있던 덕주는 함께 병원으로 찾아가 보자고 했다. 수소문 끝에 애정 씨가 입원해 있다는 카와사키川崎 병원을 찾아갔다. 애정 씨는 혼수상태로 병실 침대에 누워 있었다.

다행히도 그녀는 며칠 후에 깨어났다. 그러나 그녀는 직장을 잃고 폐인이 되어 있었다. 전화를 걸면 "응, 봉진아."라고 수화기 너머 들려오는 그녀의 목소리는 예전의 듣기 좋았던 예쁜 목소리가 아니었다.

지방에서 사업을 하는 동생이랑 함께 살고 있다고 하길래 찾아간다고 했더니 극구 사양을 하면서 나를 피했다.

대학원 시절에 나는 그녀가 어머니와 함께 살고 있다고 하길래 전화기로 나와 함께 살자고 프로포즈를 했지만 그녀는 단호하게 거절했다.

"당신처럼 미래가 창창한 사람은 나랑 어울리지 않아요."라는 게 이유였다.

그해 나는 어머니 병환으로 잠시 한국에 귀국했고 그때 의순 씨를 소개받아 결혼까지 하게 되었다. 아내는 예전 약혼녀였던 애정 씨와의 일을 이미 나에게서 듣고 알고 있다.

지금 애정 씨는 어떻게 되었을까? 아직 살아 있는지 모르겠지만 기회가 있다면 찾아보고 만나고 싶다.

이 이야기는 실화임을 강조한다. 총명하고 아름다웠던 한 여성과의 슬픈 추억 이야기다.

2. 연상 의대생과의 교제

나는 일본에 밀항으로 들어온 탓에 남의 이름으로 만든 신분증외국
인등록증으로 학교를 다녔다. 그러다가 위조라는 게 발각되어, 자수를
하고 제대로 된 외국인등록증을 만들어야 했다.

정식으로 외국인등록증을 신청하려니 그럴듯한 스토리가 필요했
다. 어린 시절 스토리는 꾸며 내기로 했는데 어릴 때부터 일본에서 지
내고 있다가 전쟁이 끝날 무렵 부모님 두 분 다 돌아가신 걸로 했다.
그래서 고아가 된 나를 부모님의 지인분이 대신 보살펴 주셨다고 이
야기를 지어냈다. 나를 돌봐주신 지인, 전주 이씨 이성범 씨에게는 일
본 이름, 타미노 세츠코民野節子라는 큰딸이 있었는데 오사카 의대를
다니는 재녀인 그녀를 나는 누나라고 부르며 친하게 지내고 있었다.

내가 동경에서 공부를 하던 시절에 오사카에 계신 큰누님이 아프
면 나 대신 오사카 누님 댁에 가서 밤새 간호해 드리니 누님은 아마도
누나를 내 여자친구로 생각하신 것 같았다.

어쩌다 내가 오사카에 가서 급전이 필요할 때면 누나가 돈을 꿔 주
기도 했다.

누나의 아버지 이성범 씨는 일본인 부인과의 사이에서 낳은 이복
남매와 함께 허름한 일반주택 2층에 살고 있었다. 나는 가끔 밤늦게
누나네 집에서 자고 조식까지 먹고 올 정도로 누나와 가족처럼 지내
고 있었다.

누님은 의과대학 기숙사에서 자취를 하고 있었는데 기억나는 에피

소드가 하나 있다. 내가 오사카에 타미노 누나가 다니는 의과대학에 찾아갔을 때의 일이다. 마침 누나가 의대 실습 시간이라고 하니 나는 잠시 누나 기숙사 방에 들어가 쉬고 있었다.

잠시 후 실습이 끝나 기숙사로 돌아온 누나가 본인 침대에 외간 남자가 이불을 덮고 누워 있는 모습을 보고 기겁을 하여 소리소리 지르면서 밖으로 뛰어나온 것이다. 그러자 기숙사생들이 모두 나와서 무슨 일인지 웅성거렸다. 낮잠을 자다가 깨어난 나는 바깥이 왜 이리 소란스러운지 기숙사 방 문을 열고 복도로 나갔다. 그러자 타미노 누나가 놀란 얼굴로 '아니 네가 왜 거기서 나오는 거지?'라는 표정을 지었다. 당황한 누나는 "소란 피워서 죄송해요. 제 동생이 자고 있었네요."라고 해명을 했고 기숙사 친구들은 여대 기숙사에 침입한 낯선 청년을 구경하러 몰려들었다.

"이 사람이 네가 평소에 말하던 그 동대생이야?"

대화 소리가 들렸다.

나중에 듣기로는 "나 좀 소개시켜 주라."라는 이야기도 많았다고 한다.

내가 있는 동경으로 타미노 누나가 찾아왔을 때의 에피소드도 있다.

당시에 나는 고등학생 입주 과외 교사를 하며 지내고 있었다. 고등학생 아들을 가르치는 대가로 끼니와 거주를 해결하며 지내는 생활이다.

학교에서 돌아오면 우선 학생을 가르치고 과외가 끝나면 내 공부를 했다. 그래서 매일 밤 늦게까지 공부하느라 잠이 부족하기 일쑤였다. 아침이면 정신없이 일어나 등교를 해야 하니 아침밥을 굶고 학교에서 첫 끼니로 점심을 먹는 게 일상이었다.

그런데 어느 날 갑자기 타미노 누나가 찾아왔다. 누님은 다음 날 나와 함께 동경대 본부에 가자고 했다. 학교 앞 연못에서 신발을 벗고 애처럼 뛰어놀다가 연못가 벤치에 앉아서 진지한 이야기를 꺼냈다. 누나가 나에게 결혼해 달라고 청혼을 한 것이다.

나는 너무 놀란 나머지 "누나랑 저는 전주 이씨 동성동본이라서 결혼할 수가 없어요. 저희 아버지가 절대로 허락하지 않으실 거예요."라고 거절의 뜻을 밝혔다.

시간이 흐르고 타미노 누나의 결혼 소식을 들었다.

결혼식장에서 누나를 만났는데 나를 보자마자 눈물을 흘리는 것이 아닌가.

아, 누나를 울린 나는 죄인인가?

3. 신분을 숨긴 가정교사

대학을 다니면서 나는 내 생활비를 벌어야 했으므로 끊임없이 가정교사를 하면서 지내야 했다. 학생과에 가면 가정교사 추천서를 써 준다. 그 추천서를 갖고 과외를 신청한 일본인 집으로 찾아간다.

한번은 과외 학생 집 초인종을 누르자 어머님이 현관으로 나와서 슬리퍼를 챙겨 주시며 반갑게 인사를 하고 나를 맞아 주셨다.

"선생님, 어서 오세요."

대개 학생의 아버지가 직장에 있을 시간이므로 어머니가 나를 맞아 주는 게 보통이다. 그런데 첫 대면에서는 그렇게 친절하게 나를 반기던 어머님이 대학 추천서를 보고는 낯빛이 바뀐다.

"아. 한국인이네요? 죄송합니다." 하고 거절을 당한 것이다.

다음 날 학생과 교수님을 찾아갔다. 이런저런 사정을 이야기했다. 그러자 "이 군, 혹시 창시 개명한 일본 이름은 없는가?" 하고 물었다. 물론 나도 일본 이름을 갖고 있었다.

"이 군, 자존심이 상하겠지만 그 일본 이름으로 추천서를 써 주면 안 되겠는가?"라고 조심스레 말씀을 꺼내셨다.

생활을 하려면 어쩔 수 없는 상황이니 "제 창씨개명은 미야다 마츠모리宮田盆守입니다. 교수님 그럼 일본 이름으로 추천서를 부탁드립니다."라고 했다.

교수님은 과외 신청자 중에서 고르라고 하시더니 내가 원하는 곳으로 학교 추천서를 써 주셨다.

알고 보니 가정교사에는 다양한 조건과 선택지가 있었다. 가정교사를 요청하는 쪽의 조건도 적혀 있고 그 조건을 보고 선생이 원하는 학생을 고를 수도 있었다. 과외 과목 또한 다양했는데 영어, 불어, 독어, 원서를 같이 읽는 수업, 수학도 요구 조건이 다양했다. 나는 영어 소설을 함께 읽고 해석해 달라는 과외를 선택했다.

학생과 교수님의 조언대로 일본인 이름으로 써 주신 추천서를 들고 방문하자 아니나 다를까 정중하게 인사해 주시는 건 물론이고 대우가 달라졌다.

과외를 신청한 학생은 고3 여학생이었다. 어떤 책을 읽을 지 함께 이야기하며 소설을 고르고 있는데 어머니가 다른 따님과 함께 차를 들고 방으로 들어오셨다.

"이쪽은 제 큰딸입니다."

차를 내려놓고 나를 보면서 웃으며 말을 꺼냈다.

"선생님 시간 나실 때 제 큰딸이랑 데이트 좀 해 주세요."라고 부탁을 하는 것이었다.

한편 한국인 집으로 가정교사를 가는 경우도 있었다. 대부분 지인 소개라서 부담이 없고 과외가 끝나면 저녁을 먹고 가라고 하는 집도 있다. 물론 커피 한잔으로 끝나고 과외가 끝나면 바로 인사하고 나오는 집도 있고 각양각색이었다.

가정교사 이야기를 꺼내니 불미스러운 사건이 생각난다. 다다미 2장짜리 좁은 방에서 나와 같이 지내던 내 친구는 히토츠바시대학교一橋大学에 다니고 있었는데 가정교사가 집 어머니와 불륜을 하는 바람에 이혼 소송까지 갔었다.

대학을 졸업하고 일본 회사에 입사해서 근무하다가 동포가 경영하는 회사의 부잣집 따님과 결혼하여 처갓집 회사의 전무로 있다가 처

남이 회사 경영을 승계하자 뭔가 문제가 있었는데 일찍 세상을 등졌다고 후에 전해 들었다.

4. 하숙집에서 쫓겨나다

6.25 전쟁 당시 서울이 수복되어 귀향하던 도중 우연히 부산 광복동부산의 명동에서 중학교 동창 이응선 군을 만났다. 군복을 입고 있길래 물어보니 병무청에서 근무한다고 했다. 키가 크고 호남형인 그는 양아버지큐슈대학을 나온 독신와 함께 호텔에서 지내고 있었다.

공부하고 싶어서 일본으로 밀항을 계획하고 있을 때 응선이도 나와 함께 일본에 가길 원해서 양부의 도움을 받았고, 양부로부터 일본의 대학 생활 이야기 등등 일본 생활에 대한 사전 정보를 많이 얻기도 했다. 친구는 양부의 지원을 받아 재정적으로 어려움 없이 나와 함께 밀항을 했다. 이런저런 크고 작은 사건이 많아서 첫 번째 밀항을 실패했지만 두 번째 시도에서 밀항에 성공하여 나와 응선이는 오사카 누님 댁에서 잠시 동안 같이 머물렀다. 그러다가 양부와 연락이 닿자 양부의 소개로 동경으로 가게 된 것이다.

오랜만에 오사카에서 만난 큰누님은 어머니처럼 나를 따뜻하게 돌봐 주셨다. 잠시였으나 학교도 다니게 되었고 일본에 거주하는 외국인이면 반드시 갖고 있어야 하는 외국인등록증도 만들어 주셨다.

생활은 너무도 순조로웠고 그대로 누님 댁에서 지내다 가는 점점 더 나태해질 것 같아 두려워졌다. 나는 동경으로 가기로 결심했다.

때마침 외국인등록증 기한이 다 되어 연장을 하려고 구청에 갔는데 위조한 등록증임이 들통나는 바람에 꽁지가 빠지게 도망치는 사건도 있었다. 이를 계기로 매형이 있는 동경으로 가서 매형의 도움을 받아 웅선이와 고등학교를 함께 다니게 된 것이다.

나는 웅선이가 하숙하는 일본인 집에 얹혀 살면서 남녀공학 게이오고등학교를 다녔다.

아침은 가츠오부시가다랑어포로 국물을 낸 된장국과 단무지를 반찬으로 밥을 먹고 학교에서 돌아오면 저녁은 모두 좌식 테이블코타츠에 모여 앉아서 식사를 했다.

이 댁에는 아들 한 명 딸이 두 명 있었는데 아들은 독립해서 나가서 살고 큰딸노다 히로코(野田裕子)은 여자 단과대학에 다니고 작은딸노다 마키코(野田牧子)은 신주쿠고등학교에 다니고 있었다.

그러던 어느 날 웅선이가 첫째 딸 히로코와 비밀 연애를 하고 있는 게 발각됐다. 우리는 그날로 하숙집에서 쫓겨났다.

새로 자취방을 구해서 함께 지내게 되었는데 고등학교 다니는 동안 내내 웅선 군은 밥을 하고 나는 설거지를 담당하면서 지냈다. 식사는 매일 같은 메뉴 '카레밥'이다. 웅선 군이 애써서 만들어 준 밥이지만 1년 내내 카레를 먹는 건 만만치 않은 일이었다.

응선이는 고등학교를 졸업하고 애인과 동거하면서 회사를 차려 기업인이 되었고 나는 공부를 계속해서 대학에 진학했는데 '카레밥'은 결혼할 때까지 먹지 못했다.

응선이는 학창 시절의 추억도 많지만 고등학교를 졸업하고 회사를 차려서 당시 학생 신분으로 경제적으로 어려운 나를 도와준 고마운 친구다. 제주도에 있는 형이랑 함께 무역상을 하다가 형의 배신으로 회사가 사라지는 고난을 겪기도 했다. 딸 둘을 시집보내고는 사랑하는 아내에게조차 알리지 않고 세상을 떠나 버린 내 친구다.

5. 응선이에 관한 슬픈 추억

어느 날 오차노미즈역에 도착해 열차에서 내리는데 우연히 차량으로 들어오는 응선이의 부인 히로코 씨와 딱 마주쳤다. 히로코 씨는 열차를 타지 않고 그대로 나와 함께 찻집으로 들어가 그간의 소식을 이야기했다.

"미야다 상일제 강점기 때 내 창씨 성, 혹시 지금 제 남편이 어디 있는지 아시나요?"

"네? 저는 응선이가 어디서 지내고 있는지 전혀 모르는데요."

"사업이 잘 안되고 생활이 어려워지면서 그이가 이혼하자고 하길래 애들 혼사에 영향이 있으니까 애들 결혼까지는 살자고 했어요. 그런데 막내 결혼식이 끝나고 나서 사라졌어요."라는 것이었다.

그 후에 들려온 소식에 의하면 웅선이는 자살로 생을 마쳤다고 한다.

웅선이는 오사카 내 결혼식에도 참석했고 심지어 결혼 비용도 보태 준 고마운 친구다. 아내가 일본에서 낳은 100일 된 윤철이를 데리고 내쫓기듯 홀로 귀국하게 되었을 때 나를 위로해 주었고 이후 다달이 한국으로 모리나가 분유를 보내 주기도 했다. 당시 한국에는 그렇게 좋은 분유가 없었다. 일제 모리나가 분유라고 하면 늘 수요가 많아서 시장에서 비싼 값으로 팔렸다. 실제로 생활비가 부족했던 아내는 모리나가 분유를 팔아서 보태기도 했다.

공부를 하겠다고 밀항을 시작한 때부터 이어진 웅선이와의 고생과 순간순간의 추억, 내게 보내 준 위로와 도움은 평생 잊지 못할 아름다운 우정이다.

웅선이를 떠올리니 흐르는 눈물이 멈추질 않는다. 고등학교를 졸업하자마자 공부를 포기하고 가계를 책임지게 되었을 때 웅선이가 내게 준 영영英英사전 옥스퍼드대 간刊을 주었는데 그 사전을 나는 아직도 사용하고 있다. 세상을 너무 일찍 떠나 버린 친구가 나에게 남긴 소중한 보물로 간직할 것이다.

6. 일본인 여대생 아오키 노리코青木紀子

1960년대 동경의 전철 노선은 지금보다 심플했다. 좌우로, 서울의 지하철 2호선처럼 원을 그리며 환원하는 전철이 있다. 이를 외선, 내

선 혹은 밖으로 도는 선, 안으로 도는 선이라고 부른다. 추운 겨울이면 학생들은 환원선을 타고 공부를 하기도 한다. 또는 추위를 피해 전철 속에서 책을 읽어야 할 만큼 생활이 어려운 학생들도 있었다.

어느 날 이케부쿠로池袋역에서 환승을 하려고 기다리는데 책을 읽고 있는 한 여인이 내 시선 속에 머물렀다. 키가 조금 크고 날씬하다. 다가가서 보니 얼굴이 하얗다. 교과서인지 소설책인지 모를 독일어 책을 읽고 있는데 표지를 보니 케이오慶應대학이라고 적혀 있었다.

당시 나는 제2외국어로 독어를 선택했으므로 더 관심이 갔다. 그 키 크고 얼굴이 흰 여대생과 사귀어 보고 싶다는 마음이 들었다.

시간이 흐르고 학교 공부가 바쁘다 보니 자연스레 그 사건은 머릿속에서 잊혔다. 그러던 어느 날이었다. 닛뽀리日暮里에서 퇴근시간에 전철을 탔는데 그 시간대는 늘 엄청난 인파가 몰려들기 때문에 뒤에서 열차 아르바이트들이 뒤에서 밀어 주어야 열차 문이 닫힐 정도다. 나는 열차 속으로 겨우 밀려 들어와 차가운 선반 위에 책가방을 올려놓았다. 그런데 책가방이 갑자기 아래에 앉아 있는 여인에게 떨어졌다. 나는 놀래서 재빨리 가방을 집어 들고 사과하려고 얼굴을 보았다. 그런데 이게 무슨 우연인가? '아오키 노리코' 하얀 얼굴의 독일어 책, 그 여인이었다. 선반에서 떨어진 내 가방이 이어 준 희한한 인연 덕분에 그날부터 우리는 만나기 시작했다.

나는 시부야역에서 내려 동경대 교양학부로 가는 길이라고 했더니 그녀는 자기도 시부야에서 환승해서 히요시 캠퍼스로 가는 길이라고 했다. 우리는 조금씩 가까워졌다. 아침에 학교 가기 전, 역에서 만나

짧게 교제를 했다.

어느 정도 친해지고 나니 본격적으로 데이트를 하고 싶은데 각자의 생활 패턴이 있어 시간이 녹록지 않았다. 아오키 양은 주중에 데이트를 하고 싶어했지만 나는 평일에는 너무 바빴다. 매일 오후 학교에서 실험과 실습이 있고 저녁 땐 집에 가서 가정교사 수업을 해야 해서 그나마 시간이 나는 주말에 만났으면 했다. 결국 우리는 시간 합의를 보지 못해 편지나 전화, 연말연시 카드를 주고받으며 교제를 이어갔다.

늘 바쁜 나를 이해해 주려고 노력한 맘씨 고운 그녀인데 단 한 번도 데이트를 못하고 교제는 끝나고 말았다. 이것도 다 주님의 뜻이리라 생각한다.

어머님 병환으로 제주도에 잠시 왔다가 일본으로 귀국하기 전 서울에 머문 1주일 사이에 아내를 소개받아 결혼까지 하게 된 것도 물론 주님의 계획이셨겠지.

스쳐 지나간 인연의 아름다운 추억을 적어 보았다.

7. 처음으로 선을 보다

여름 방학 때는 오사카 누님 댁에서 지냈다. 사촌 누나는 한국 사람이 많이 거주하는 이가이노猪飼野에 있는 큰 포목상점에서 옷을 주문받아 맞춤으로 제작하는 일을 하고 있었다.

사촌 동생이 동경대학을 다닌다고 자랑을 하고 다녔는지 상점 주인으로부터 그 똑똑한 사촌 동생이 오사카에 오면 꼭 소개해 달라는 부탁을 받았다고 했다. 그러다가 내가 오사카에 가자 자기가 일하는 포목점 사장 이야기를 꺼냈다. 사장님 따님과 선을 보고 결혼해 주면 뭐든 다 도와주겠다며 나를 데리고 간 것이다.

사촌 누나의 간곡한 부탁이라 어쩔 수 없이 사장 딸과의 선 자리에 나가기로 했다. 선 자리에서 만난 여성은 오사카에서 가장 화려하다는 '신사이바시心斎橋'에 있는 카바레에 나를 데리고 갔다. 나는 그런 곳엔 가 본 적도 없고 무엇보다 춤을 출 줄 모른다. 사장님 따님은 가만히 있는 나를 끌고 나가 같이 춤을 추자고 재촉했다.

"왜 저랑 결혼을 하려고 하시는 건가요?"

나는 물어봤다. 그러자 자기는 부모님이 시키는 결혼을 해야만 유산을 받을 수 있다는 것이었다.

나는 그길로 카바레에서 나와 누님 댁으로 돌아와 버렸다. 다음 날 사장님 댁에서 나를 불렀다. 따님이 상사병으로 아파서 누워 있으니 와 달라는 것이었다.

따님 방에 들어가서 만나 보니 정말로 온몸이 굳어서 꽉 접힌 주먹이 펴지지 않을 정도였다. 나는 그녀의 얼굴을 보며 위로하고 동경으로 돌아갔다.

이것이 처음이자 마지막으로 일본에서 경험한 선 자리 에피소드다.

8. 일시 귀국 후 나를 찾아온 사람

일본에 있는 유명한 여성극단 타카라즈카宝塚라는 극단학교에 재학 중인 한국인 교포 아가씨가 있었다. 그녀의 아버지는 칸사이関西 지방에서도 특히 부자들만 산다는 아자부麻布에 집이 있는 대단한 갑부라고 했다. 신사이바시에서 바Bar를 경영하는 사장님이 나를 찾아와서 그 사장님 따님을 한 번만 만나 줄 수 있냐 사장님이 딸과 내 선자리를 무척 원한다는 이야기를 했다.

나는 무척 난감했다. 곧 동경으로 돌아가야 할 뿐만 아니라 무엇보다 서울에서 막 약혼을 하고 돌아왔다고 설명하니 무척이나 아쉬운 모양이었다. 그럼 나 대신 친구라도 소개해 달라고 부탁하길래 선 자리에는 김필수 군이 다녀왔다. 그런데 김필수는 선을 보고 오더니 기가 막힌다며 씩씩대며 말했다. 기껏 신경 쓰고 나갔더니 '동대생 아니면 안 된다'고 그 자리에서 거절당했다는 것이다. 그날부터 나는 김필수 군의 집요한 부탁에 시달려야 했다. 예전에 고등학교를 다닐 때 함께 하숙하던 응선이의 처제 '노다 마키' 씨를 소개해 달라는 것이다. 응선이는 반대를 했고 나는 모두가 모인 자리에서 난처해졌다. 그러나 이야기가 이상하게 흘러가더니 일단 한 번은 만나게 해 보고 사귈지 말지를 정하게 하자는 쪽으로 합의가 되었다. 사람 인연이라는 것이 희한해서 결국 응선이 처제에게 최선을 다하겠다는 서약을 하고 결혼에 성공했다고 한다.

세월이 한참 지나 필수 소식을 들었는데 1남 1녀를 낳아서 잘 살고 있다고 했다. 어느 날 필수 집에 전화를 걸었는데 부인이 받았다. 애들은 잘 있냐고 물어보니 부인이 "필수 씨는 미야다_{내 창씨개명 일본명} 씨처럼 머리가 좋지 않을 것 같아요." 하고 농담을 해서 웃었다. 지금 필수는 세상을 떠났고 부인만 홀로 살고 있다.

9. 팬으로부터 받은 시

이봉진 박사님께.

'큰 나무에 큰 새가 깃든다'라는 말이 있지요. 박사님, 박사님께서는 상처 난 가슴을 끌어안고 날갯짓하는 큰 새 한 마리를 보셨는지요?

저는 높은 산 눈부신 양지의 푸른 거목을 향해 홀로 날개를 퍼덕이는 새의 고뇌를 봅니다. 바람을 타고 날아드는 큰 나무의 향기와 깊은 계속에서 들려오는 또 다른 새들의 울음소리를 듣습니다. 그리고는 때때로 새들의 슬픈 노래를 듣는 날이면 제사 새가 되고 나무가 되기도 합니다.

1992년 12월 24일 박사님께 편지를 썼습니다. 그러나 박사님에 대한 저의 조심스러움과 용기 부족으로 띄우지 못했습니다.

12월 31일. 이해와 관용으로 꽃망울같이 향기의 언어를 터뜨리시는 박사님의 전화를 받은 후 FAX 앞에 섰으나… 혹, 기다리고 계실지도 모를 박사님의 모습을 생각하면서도 결국 우스꽝스러운 돈키호테처럼… 망설이다 1992년 마지막 날을 멍청하게 보냈습니다.

아… 아닙니다. 모닥불을 지펴 올리려는 의지. 새로운 기대감, 솟구치는 행복감으로 보냈습니다.

왜냐하면, 번득! '작은 새가 큰 새가 되기 위하여 날개를 끊임없이 퍼덕여야 하며 큰 새도 날갯짓을 하지 않는다면 결국 넓은 세상, 큰 나무를 알지 못한 채 운명할 것이다.'라는 생각으로 남은 주머니를 털어 교보문고 폐점 시간에 구입하게 된 두 권의 책 때문입니다.

이봉진 박사님께서 저술하신 일본식 경영과 한국식 경영 출간에 관하여 먼저 사랑의 갈채를 아울러 대한민국의 한 국민으로서 이봉진 박사님께 깊은 감사와 축하를 드립니다.

박사님께서 내놓으신 일본식 경영과 한국식 경영은 경제와 경영의 난국을 겪고 있는 한국, 국가적인 시점에 혁신을 일으키게 될 중요한 지침서가 될 것입니다.

저희 부부도 이번 신정 연휴기간에 참독하고 1993년 1월 3일쯤엔 박사님을 찾아 뵙고 싶습니다만.

박사님, 저에게 있어서의 불꽃은 시작을 의미합니다. 저에게 있어서의 예술의 시작은 관심과 사랑의 대화입니다. 저에게 있어서의 창조는 깊은 이해와 열정의 표현입니다.

박사님께로 향하는 저의 관심과 열정에 대하여 박사님의 깊은 이해와 의지를 부탁드리고 싶습니다.

저는 박사님의 마음과 혼을 찾아 이해하고 그 깊은 정신을 최대한 예술적 차원으로 표현해 내고 싶습니다. 국가를 위한 사명감으로 정말 좋은 책을 만들고 싶습니다.

박사님의 그 뜻이 100% 담긴 멋진 책이 태어나게 하고 싶습니다.

그러기 위해서는 때론 박사님 과의 깊은 대화가 필요한데 이봉진 박사님, 저를 도와주세요. 늘 바쁘신 박사님을 좀 더 가까이 만나 뵐 수 있을까요?

박사님. 혹 한가로운 날이 있으시면 불러주세요. 달려가 뵙겠습니다.

박사님. '큰 나무에 큰 새가 깃든다' 했지요.

박사님께서는 곧 힘차게 솟아오르는 새 한 마리를 보게 될 것입니다.

그러곤 고통과 시련을 견뎌온 의지의 새를 품어 주지 않고는 견딜 수 없는 사랑도 만나게 되실 것입니다.

1992년 12월 31일 이보영 올림

"신이여! 당신의 날은 있사온데, 왜? 우리의 날은 오지 않습니까?"

눈 내리는 마을에서도 외롭고 슬픈 나는 이제 개구쟁이들의 환호성 소리를 기다리는 골목길 꼬마 눈사람이랍니다.

깜깜한 저녁 브루스의 방울 소리를 기다리는 산타클로스의 촛불이
되어 활활!

이 겨울을 밝히렵니다.

박사님, 올 크리스마스는 가족들과 함께 미국에서 보내시겠군요.

참으로 뜻있는 해가 그리고 아름답고 행복한 축복의 날이 되리라
믿습니다.

부디 건강하시고 즐거운 여행이 되시고 새해에는 못다 하신 소망
과 함께 아직 잠 깨지 않은 한국, 절망하는 과학, 기술인에게 아침 햇
살 같은 분이길 기대드립니다.

눈 비 오는 마을에서

1993. 12. 15. 이ㅇㅇ 올림

청춘을 바친 시절

한국과학기술연구소 KIST

1. 서울시 도시가스 건설 자문을 맡다

동경대학교에 입학한 한국인 학생이나 재학생을 도와주는 분이 계셨다. 그는 일찍이 일본에 건너와 제조업을 차려 성공한 교포 사업가였다. 제품 관련 특허도 갖고 있었고. 제작 능력도 있는 그의 재능을 인정한 일본 대기업들의 하청을 받아서 제품을 납품하는 중소기업을 경영하고 있었다.

회사 이름은 홍아공업이다. 교포 사업가의 일본명은 미나미 시치지로이다.

홍아공업은 직원이 수십 명인 소규모의 회사였다.

그는 일본의 명문대에 다니는 한국인 학생들에게 장학금을 줬다. 당시 와세다대학교 대학원에 재학 중이던 문재옥, 내 친구 동경대학 대학원생 김덕주, 그리고 일본인 히타치 제작소 연구소 연구원 쿠라다 등이 장학금을 받고 있었다. 나는 친구 덕주의 소개로 남 사장의 장학생이 되었다. 내가 교양학부에서 공대 기계과로 진학한 이후부터 때때로 회사 일을 도우면서 월급을 받았다.

회사에 출근한 어느 날이었다. 기계 선반공이 작업대 앞에 앉아서 일을 쉬고 있길래 그 이유를 물어봤다. 갑자기 선반이 멈추더니 꼼짝을 안 한다는 것이었다. 고쳐 보려고 이리저리 아무리 시도해 봐도 고칠 수가 없어서 고민하고 있다는 설명을 듣고 함께 기계를 살펴봤다.

좌우로 왕복하는 베어링이 마모되어 버려 움직이지 않는 걸 발견했다. 슬라이드대를 해체하고 베어링을 새것으로 교체했다. 고장 난 부품을 교체하니 슬라이더는 다시 정상적으로 움직이기 시작했다. 그 이후로 숙련공들은 나를 선생님이라고 부르기 시작했다. 경험은 있어도 기계의 이치를 모르면 기계가 고장나도 고칠 수 없다는 사실을 인정하게 된 걸이다.

당시 홍아공업은 동경 가스사의 연소기기를 하청받아 제조하고 있었다. 동경의 변두리에서 시작한 회사는 점점 규모가 커져서 사이타마현 요시가와에 넓은 부지를 매입해 회사를 옮기게 되었다. 사택까지 짓고 중소기업으로 성장한 것이다. 나는 마침 이 무렵에 결혼을 한 대학원생이라 사택에 살게 되었다. 토, 일 일주일에 2번만 회사에 출근을 하는데도 과장급 월급을 받으며 연구실에서 연소기 개발을 함께 하고 있었다.

언제나 그렇듯 인생은 우연을 가장해 흘러간다. 아내가 첫째 윤철이를 낳고 100일쯤 되었을 때였다. 체류 비자가 연장되지 않아서 어쩔 수 없이 홀로 귀국하게 되었다. 나는 대학원 공부가 남아 있어서 그 이후 이산가족처럼 1년 남짓 떨어져 지내고 있을 때였다. 갑자기 동경 가스의 영업 담당 상무 후도 씨로부터 전화가 왔다. 서울시 김현옥 시장이 회사에 와서 서울의 2만 세대 도시가스 설비를 설치하려고 하는데 도와 달라고 요청한다는 것이었다. 일본은 당시 경기가 대단히 좋아서 공대 그중에서도 특히 동경대 공대 출신이면 6개 정도의 회사 가운데 원하는 기업을 골라서 갈 수 있을 만큼 취직이 잘될 때였다. 일본 기업에도 동경대 출신 전문 인력도 부족할 정도였으니 한국에 파견해 줄 여유는 당연히 없었을 것이다. 그래서 한국인인 나에게 잠시 서울시 도시가스 설치 프로젝트를 돕고 오는 게 어떻겠냐는 제의가 들어왔다. 그렇지 않아도 갓 100일이 지난 자식을 데리고 먼저 귀국한 아내와 아들이 보고 싶은 나는 당연히 그 제안을 받아들였다. 홍아공업의 남 사장에게 그 이야기를 했더니 함께 기뻐해 주셨다.

아마도 그 프로젝트를 계기로 서울에 도시가스가 들어오면 현재 본인의 사업에도 기회가 올 것으로 생각한 것 같다. 물론이었다. 서울시 도시가스 설치를 계기로 홍아공업은 인천 주안공단에 공장을 짓고 비즈니스를 확장하게 되었다.

나는 서울 도시가스 프로젝트 건에 파견 나가기 전에 우선 동경가스사에서 1개월간 가스 설비에 관한 교육을 받게 되었다. 동경대 기계과 친구 츠츠이 테츠로 군이 나를 도와준다며 회사를 쉬고 함께 교육을 받았다. 덕분에 배관, 설비 부문의 기술적인 내용을 이해하는 데 큰 도움을 받았다.

친구 츠츠이는 동경대를 졸업하고 일본의 대표적인 플랜트 회사 치요다 엔지니어링에 취직했다. 전문 플랜드 엔지니어로 나와 함께 서울 2만 가구 도시가스 배관 도면을 작성하고 나는 그걸 들고 한국으로 가게 되었다.

가족과의 반가운 만남

새벽 일찍 학교에 가서 휴학 수속을 밟고 요시가와 숙소로 돌아가는 길에 백화점 면세점 마츠자카야松坂屋에 들렀다. 아내에게 줄 선물과 아들 장난감을 사서 사택으로 돌아가 귀국 짐을 꾸렸다. 다음 날 노스웨스트 항공편으로 김포공항에 도착했다.

공항에는 깜찍한 양복에 나비 넥타이를 맨 우리 아들 윤철이가 엄마 손을 잡고 나를 기다리고 있었다.

"윤철아! 아버지야."

엄마가 아들에게 말하자 아들이 나를 보고 점잖게 인사를 한다. 그런데 내가 엄마에게 가까이 가자 윤철이가 막아선다. 아마도 아빠라는 개념을 모르는 것 같았다. 윤철이는 어머니를 보호하는 기사knight 같아 보였다.

우리는 그길로 택시를 타고 장충단 엠배서더 호텔에서 체크인을 하고 짐을 풀었다. 아들에게 선물을 안겨 주니 좋아하며 이리저리 만지작거렸다. 식당에 가서 식사를 주문하고 기다리는데 아들이 테이블 위에 앉아서 내가 사다 준 장난감을 버렸다. 어머니와의 식사를 방해하는 것이었다. 아들은 어머니를 지키는 knight의 임무를 충실히 수행하고 있었다.

며칠 후 우리는 세 식구가 함께 지낼 집을 구했다. 친구가 사는 행당동 근처 도선동에 방 두 개짜리 집을 빌려 서울시로 출퇴근을 하기로 했다.

서울 신혼살이 초반에 기억에 남는 해프닝 중에서 한 가지를 소개한다. 어느 날 밤이었다. 외국에서 들여오는 이삿짐을 봤는지 한밤중에 낯선 인기척이 들렸다. 나는 일본에서 갖고 온 골프채를 들고 나갔다. 그러자 도둑은 어느새 기와지붕을 넘어 도망쳐 사라져 버렸다.

어쩌다 보니 고향 친구가 결혼 선물로 준 오디오 세트를 팔아서 생활비로 쓰기도 했다. 이사 들어온 집은 당연히 연탄 보일러였는데 어느 날 새벽에 목이 너무 답답해서 잠이 깼다. 연탄 가스였다. 다행히도 창문을 열고 잔 덕분에 아내와 아들은 별 탈이 없었지만 이 문제를 해결하려고 온 기술자가 하마터면 연탄가스로 저제상으로 갈 뻔했으니 지금 생각해도 아찔한 순간이었다.

윤철이는 시간이 지나면서 서서히 아빠의 존재를 인식했다. 나랑 친해지고 나서는 좀처럼 내 곁을 떠나려고 하지 않았다. 하는 수 없이 출근할 때는 신발을 몰래 숨기고 아주 조용히 살금살금 집을 나와서 출근을 했다.

서울로 파견 나올 당시 아르바이트로 출근하던 홍아공업의 남 사장과 약속을 했다. 그래서 서울로 출장 온 것으로 처리를 해 주고 다달이 월급도 보내 주었다. 나는 이곳 상황을 알려야 하므로 보고서를 써서 보내느라 우체국에 자주 갔다. 우체국에 갈 때는 늘 윤철이를 데리고 다녔다. 윤철이는 봉투에 우표를 붙이고 우체통에 넣는 일을 좋아해서 본인의 일이라고 생각하는 듯했다. 그래서 우체국에 나 혼자 다녀오면 무척 실망하는 눈치였다.

아내는 시간이 나면 근처 피아노 선생님으로부터 피아노를 배우고 연습을 했다.

피아노는 회사에서 받은 월급으로 결혼기념일 선물로 사 둔 것이 일본에 있어서 일본에 돌아가면 피아노를 본격적으로 치려고 연습소를 다니게 된 것이다.

시청에 가다

일본에서 작성해 온 도시가스 배치도면을 들고 산업국 국장을 만나 인사를 나누고 내 소개를 했다. 나를 반갑게 맞아 주고 기다리고 있었다면서 연료과의 호과장을 소개해 줬다. 앞으로 그와 함께 수고해 달라고 했다. 호 과장과의 일은 반나절이면 끝나는 정도여서 구체적으로 일을 진행할 때 조금 더 오가는 정도였다.

일본에서 갖고 온 도면에 관한 설명, 배관에 관한 문제와 장소 지역 설비 선정에 관한 문제, 가스기기 보급에 관한 문제 등 시청에 갈 때마다 도시가스 설치를 설명해 주고 의논하는 일이 주요한 내 업무였다.

일은 반나절이면 끝나므로 오후에는 아내와 함께 친지분들께 인사를 하러 다녔다.

아내의 후견인이신 박순천 여사에게 아들을 데리고 인사하러 갔다. 여사님 댁 마루에 의자에는 당시 국회의원들이 앉아서 인사드릴 차례를 기다리고 있었다. 그런데 가만 보니 그곳에 김대중 씨 얼굴도 보였다. 우리가 들어가자마자 비서가 아내를 알아보고 여사님 방에 들어가서 "의순 씨 오셨습니다."라고 말했다. 여사님이 방에서 나와 "의순이 왔구나. 어서 들어오거라." 하고 다른 사람들보다 먼저 우리를 안방으로 들어오라고 했다. 우리 식구는 여사님께 인사를 드리고 차 대접을 받았다. 이런저런 일로 왔다는 이야기를 나누다가 밖에서 기다리는 손님들을 생각해서 서둘러 나왔다.

하루는 아들을 데리고 아내의 작은 오빠 고병철전 일리노이대 교수의 장인 전예용 씨박정희 대통령 상담역, 서울시 부시장, 한은총재, 건설부장관, 공화당 당수 역임 댁에 인사를 드리러 갔다. 바깥 사돈은 집에 안 계시고 안사돈은 당신 따님고혜정으로부터 이야기를 많이 들었다면서 쟁반에 맛있어 보이는 케이크를 갖고 와서 윤철이에게 권했다.

그러자 한국 나이 고작 3살인 윤철이가 "괜찮습니다. 여기 오기 전에 엄마가 맛있는 음식을 주셔서 많이 먹고 왔습니다." 하고 케이크를 사양하고 안 먹는 것이었다.

우리와 너무 수준 차이가 느껴지는 주거 환경을 보니 마음이 상했는지 자존심을 세우며 음식을 사양하던 윤철이의 귀여운 모습이 기억난다.

도시가스 설비 프로젝트는 잘 마무리되었고 서울시와의 1년 계약도 끝나서 일본으로 돌아갈 날이 다가왔다. 짐을 정리하면서 일본으로 돌아가기 전에 친구 성기수 박사를 만나 인사나 하고 가려고 KIST 전산실을 찾아갔다.

그는 2년 만에 하버드대에서 석박사를 마치고 온 과학자다. 하버드 역사상 유례없이 2년 만에 학위를 취득하고 한국에 돌아왔다고 귀국 당시에 언론에서도 떠들썩하게 보도한 수재다.

성기수 박사는 나를 보더니 여기까지 온 김에 KIST 소장최형섭 박사에게 인사나 하고 가면 어떻겠냐고 제안했다. 그래서 성기수 박사를 따라 소장실에 인사를 하러 들어갔다. 성 박사는 소장에게 간단히 나를 소개했다. 소장은 나에게 이런 질문을 했다.

"아니 가족을 놔두고 왜 다시 일본으로 들어가시는 건가요?"

"박사 과정 중이라 논문 마무리를 해야 해서요."

"박사 논문은 여기서도 쓸 수 있으실 텐데요."라고 하더니 "우리 점심이나 함께 하실까요?" 하고 권했다.

성기수 박사는 "이 박사는 오늘 저랑 점심 약속이 되어 있습니다."라고 하였다.

소장이 "그래요? 그럼 유치 과학자용 아파트 건설 현장이나 한번 둘러보고 가시죠."라는 것이었다.

나는 소장과 성기수 박사와 함께 아파트 건설 현장을 둘러보러 갔다. 최 소장은 연구원 아파트의 특징과 장점을 자세히 설명해 주면서 "마침 부산시에서 의뢰가 들어온 가스 용역 건이 있는데 그쪽으로 파견 보낼 전문 엔지니어링을 찾고 있는 중이었습니다. 이번 기회에 KIST로 오시는 건 어떠세요?"라고 물었다. 나는 순간적으로 지금 일본으로 돌아가도 이렇게 현대식으로 잘 지은 아파트에서는 살 수도 없고 아내와 또다시 떨어져 외롭게 지내야 한다는 사실을 생각하니

청춘을 바친 시절 107

마음이 몹시 흔들렸다.

그래서 "집에 가서 아내와 의논을 해 보겠습니다."라고 대답하고 헤어졌다.

집에 돌아와서 아내와 진지하게 의논을 했다. 아내도 내가 다시 일본으로 돌아가면 떨어져 지내야 하니 사실은 그런 생활이 싫다. 그렇다고 일본으로 입국하려면 외국인 체류 비자 문제가 너무 골치가 아프니 KIST로 들어가는 것에 찬성한다고 했다. 나는 다음 날 소장에게 전화를 걸어서 KIST에 입소하겠다는 의사를 전했다. 일본으로 돌아가려고 정리한 짐을 고스란히 싣고 KIST가 배당해 준 아파트에 옮겨서 그곳에 내 짐을 풀었다.

이렇게 해서 KIST에 들어오게 되었다. KIST 입소일은 1968년 5월 21일이다.

나는 부산 도시가스 용역을 맡아 KIST 입소 다음 날 바로 부산으로 출장을 갔다. 당시는 화폐개혁으로 택시 기본요금은 5원, 내 월급은 6.5만 원이니 거의 장관급 월급이었다. 연말엔 청와대로부터 특별 보너스도 나왔다.

1970년대에는 KIST도 안정되고 연구소 책임 연구원의 기술 잡지 '새 기술'이 발행되었다. 1970년 1월 창간호에는 내가 담당했던 '서울시 도시가스 논문'이 실려 있다. ('새 기술' Vol. No. 2 pp. 110 참조, 최근 도시가스 제조 동향, 이봉진)

2. Minnesota CDC사에 컴퓨터 360을 인수하러 가다

KIST 입소 초기에는 성기수 박사가 실장으로 근무하는 전산실 연구원에 있었다. 전산실에 도입하는 CDC컴퓨터 360을 인수하기 위해 연구원 3명을 데리고 Minnesota CDC 본사로 출장을 가는 데 나도 함께 가게 되었다. 나로서는 처음으로 미국을 가 보는 기회였다. 출장 가서 컴퓨터 운영, 프로그램 작성법 등을 교육받고 왔다.

크리스마스 휴가 시즌에 나는 MIT 연구 교수로 있는 친구 김덕주 박사를 만나러 갔다. 미공군과 MIT가 공동개발해서 실패했던 수치제어(NC) 공작기계 자료를 구하기 위해서였다. 김덕주 박사와 함께 도서관에서 보고서를 찾아봤다. 운 좋게도 관련 논문을 4편이나 발견했다. 도서관에서 대출을 해서 김 박사 연구실에서 중요한 부분을 복사하려고 하던 찰나에 도서관에서 전화가 걸려 왔다.

"조금 전 대출해 가신 자료는 저희가 실수를 했습니다. 며칠 전에 풀린 비밀문서라서 규정상 도서관 내에서만 열람하도록 되어 있습니다. 다시 갖고 오셔서 도서관에서만 봐주십시오."라는 내용이었다. 이를 어쩌나 하고 고민하는데 미국인 교수가 김 교수실에 들어왔다. 난처한 표정을 짓고 있는 우리를 보더니 무슨 일이 있는지 묻길래 사실대로 말했다. 그러자 염려 말라며 도서관에 전화를 걸어서 자기 이름으로 대출한 것으로 했다. 그러고는 나더러 걱정 말고 자료를 갖고 가라는 것이었다. 하늘이 도왔구나. 다행히 그 자료를 챙겨서 무사히 귀국할 수 있었고 후에 이 자료를 바탕으로 NC공작기계의 국산화를 실현할 수 있었다.

그 자료는 현재 KSPE에 있다.

CDC컴퓨터 360이 한국으로 운송되어 왔다. 그런데 설치하는 데 적합한 실내 온도 습도 조절-공조가 제대로 되어 있지 않아서 설치를 할 수가 없다고 했다. 하는 수 없이 내가 기상대 초대 대장 양인기북해도 ^{제국대 출신} 박사에게 온도 측정기, 습도 측정기를 빌려 왔다. 마루 밑에 들어가 밤새도록 마루를 기어 다니면서 온도 습도 실내 공조를 해내고 컴퓨터 설치를 무사히 마쳤다.

KIST 연구소 준공식은 박 대통령, 육영수 여사 그 외에도 과학기술부장관 등을 모시고 예정대로 거행할 수 있었다. 그 많은 PhD in Mechanic Engineer은 한 명도 보이지 않았다.

3. 전투 발전사戰鬪發展士 강사로 나가다

KIST가 준공되고 컴퓨터를 사용하게 되면서 연구 방법도 달라지게 되었다. 미국에서 공부하고 온 성기수 전산실 실장과 나는 전발사전투 발전사 강사로 임명돼 수개월간 강의를 했다. 수강 대상자는 대령급 이상 장교들이었다.

성 박사는 본인이 미국에서 경험하고 온 컴퓨터 사용법을 강의하고, 나는 당시 새로 생긴 산업공학, 말하자면 복합 요소를 시스템화하는 방법이 학문화된 내용을 강의했다.

산업공학은 제2차 세계 대전 당시 미국이 고안하여 전쟁에서 사용하던 이론과 방법이 해금되면서 학문적으로 다듬어지면서 생겨난 새로운 학술 이론이라고 할 수 있다. 쉬운 예로 설명하자면 교차로에서의 차량제어 등이 바로 산업공학이다. 앞으로는 복합계複合系의 요령을 알려면 시스템공학을 공부해야 한다.

내가 강의한 것은 로봇이 군인戰士이 되는 이야기다. 군인의 희생을 줄이기 위한 기술, 군인을 대신해서 싸워 줄 로봇을 고안하고 이를 사용해 자동차 운전, 대포 발사, 무인 비행기 등장 등 인간의 손으로 조종하는 곳에 로봇이 대행하는 기술, 즉 무인화가 로봇의 등장으로 전쟁의 양상이 달라진다는 내용을 강의했다.

한편 KIST 연구소 입소 계약을 보면 외부 강연으로 받은 사례비는 반드시 총무과에 보고하고 제출하도록 되어 있어서 이러한 강의는 수입을 바라고 하는 것이 아니라 새로운 학습기술을 알리는 봉사에 지나지 않았다.

오늘날의 무인, 복합 시스템공학System Engineering과 로봇공학의 복합기술을 보면 그 시절의 강의에서 진화한 것임을 생각할 때 자부심을 느낀다. 누구도 생각하지 못한 시스템공학 로봇기술 강의를 했다는 사실이 자랑스럽다.

"시스템공학System Engineering은 오늘날의 소프트공학입니다. 전 세계

곳곳에서 IT와 네트워크기술을 이용한 새로운 기술이 등장하고 있습니다. 시스템공학과는 기술 변화에 맞춰 복잡한 시스템을 단순화시켜 활용도를 높이고 합리적인 설계와 기술 개발에 관심을 갖는 학과입니다. 시스템공학과는 기업의 효율적 경영을 위해 각 부문들을 분석, 계획, 설계, 관리, 운영 및 평가하고 정보 기술을 적극적으로 활용합니다. 시스템에 대한 이해와 기업에 대한 이해를 모두 갖춘 인재를 양성하는 데 교육 목표를 두고 있습니다…"

4. 포항제철 건설 박태준 사장 보좌관이 되다

KIST 준공식이 무사히 끝나자 최형섭 소장은 나에게 자동제어연구실을 만들어 줬다. 실장실에 가끔 들러 격려를 해 주고 가기도 했다.

어느 날 소장님이 나를 급히 찾는다고 하여 서둘러 소장실로 갔다.

"이 실장, 지금 짓고 있는 포항종합제철소 박태준 사장을 보좌해 주러 잠시 가 줄 수 있나?"

"그럼 자동제어연구소와 지금 진행 중인 제 연구는 어떻게 하고요?"

"청와대 지시라서 2년만 박 사장을 도와주고 돌아오면 돼."라는 것이었다.

담당 업무를 들어 보니 하고 싶은 일이어서 흔쾌히 동의했다. 알고 보니 이 건을 잘 마치는 일이 최 소장에게 대단히 중요한 모양이었다. 금속학회에서 알게 된 재일교포 김철수 박사를 이미 포항제철소 용광로 분야 담당으로 추천한 상태였다.

김 박사는 일본 동경공업대를 졸업하고 동경대 생산기술연구소 용광로 연구실에서 조수로 일하고 있는 사람으로 아마도 용광로 부문에서는 한국인 가운데 제일가는 실력가였을 것이다. 아니, 아마도 그를 제외하면 이 분야를 담당할 전문가가 없다고 표현하는 게 옳을 것이다.

나 역시 동경대 공대 기계과 공학계열 대학원까지 근 10년을 학교에 있었고 대학원 내내 중소 제조 기업에서 일을 했으므로 현장에서 익힌 실질적인 지식이 꽤 많았다. 결국 동경대 출신 두 사람이 박태준 사장의 보좌관이 된 것이다. 김 박사는 광석을 용광로에서 녹여 쇳물로 만들고 그 쇳물로 슬랩을 만드는 데까지의 공정을 담당하고 나는 슬랩을 압연하는 기계 선택, 박판자동차용 이면덮개 1~3mm, 후판2mm 이상 선박, 군장비, 전자 등 용도를 만드는 데 압연기수질 선택, 압연기, 또는 압연기 수와 대열 선택, 압연기 프레스력 조정, 압연공정 이후 철판 냉각 방법철판 품질 문제 등의 판단의 기술 문제를 담당했다.

나는 박 사장의 보좌관이 되었을 때 앞으로 제철소는 전 과정을 자동화해야 한다고 진언했다. 그러자 박 사장은 지금 당장 전자동화를 하는 건 자금상 문제가 있으니 이번에는 반자동으로 하고 후일 전자동화를 하도록 차질 없이 준비하자고 제안했다. 포항종합제철소 건설은 한일 수교조약에서 식민지 시대에 행한 죄, 특히 창씨개명으로 민족을 말살시키려고 한 죄, 영세민 징용으로 한인을 많이 희생시킨 죄, 아름다운 한국의 젊은 여성들을 강제로 데리고 가 일본 군인의 성

노리개로 혹사한 죄, 민족의 문화를 말살하려고 한 죄에 대한 보상조로 받는 보상금, 대여금 등을 대한민국의 산업화를 위해 사용하는 것이었다. 나는 이를 정확히 인식하고 애국의 마음으로 일하고 있었다. 그러나 지금 와서 생각해 보면 당시 업무상의 일이긴 해도 상대방에게 많이 따지고 드는 깐깐한 인력이었던 것 같다.

드디어 신일본제철소와 기술회의를 하기 위해 일본 동경으로 출장을 가게 되었다.

KIST는 포항종합제철소로 직원나을 2년간 파견한다는 요지의 용역 계약을 해 놓은 상태였다. 그래서인지 나에게 주는 출장비는 포항제철 부장급의 일당인 20$로 책정되어 있었다. 나는 사장 대행을 수행하러 가는 출장이므로 그 돈으로는 출장 갈 수 없다고 거절했다. 그러자 연구소에서는 난리가 났다. 그러면 일당을 얼마로 계산해 주면 되겠냐고 물었다. 나는 내 임무가 박태준 사장 대행이므로 사장과 같은 일당 100$를 달라고 요구했다. 그러자 그 내용을 전하러 간 행정부 직원이 되돌아오더니 날더러 본인이 직접 경제기획원에 가서 허가를 받아 오라고 했다.

나는 필요한 서류를 만들어서 경제기획원으로 갔다. 관련 부서를 찾아서 들어가니 그곳에는 아내의 친구 남편이 있었다. 그는 후에 동경 한국 대사관으로 갔다

그에게 출장비 사정 이야기를 했더니 허가증을 내주었다. 나는 그 서류를 갖고 출장비 일당 100$를 받게 되었고 그 일을 계기로 연구소 책임 연구원의 해외 출장비는 일당 100$로 책정되었다.

나중에 장기 출장비는 조정된 모양인데, 나는 예외로 사장급 일당을 받게 되어 출장비에 대한 요구 조건은 해결됐다.

나는 일본 출장을 다녀올 때마다 아내에게 출장비를 통째로 건넸고 아내는 그 돈을 차곡차곡 신탁은행에 적금했다. 알뜰하게 저축을 해 준 아내 덕분에 후일 그 돈이 테헤란로에 진빌딩을 짓는 유용한 자금이 되었다.

대학원생 시절에 나에게 장학금을 주던 고마운 흥화공업 사장님은 내가 일본으로 출장을 오게 되자 금의환향을 했다고 기뻐하시면서 출장 때마다 사장님 댁에서 머무를 수 있게 배려를 해 주셨다. 덕분에 숙박비를 아낄 수 있었는데 가끔씩 용돈까지 주셔서 돈 걱정 없이 출장을 다녀올 수 있었다.

포항제철소 건설할 때 있었던 에피소드

한번은 일본 북해도홋카이도 무로란에 있는 제철소에서 연락이 왔다. 한국의 현재 자금으로 가장 적합한 규모의 제철소라고 소개하면서 자기네 방식을 권하고 싶다며 프레젠테이션을 했다. 철판을 만드는 압연기 설비안을 갖고 와서 우리에게 장점을 어필하고 권하는 식으로 엔지니어링을 했다.

내가 데리고 다니는 포항제철소 담당 과장은 일본어를 전혀 모른다. 그러니 일본 측 설명을 들어도 이해할 방법이 없다. 게다가 언어를 떠나서 우선 기술을 모르니 더더욱 가만히 있었다.

우리 팀 직원들 모두 서울대 기계과, 금속과를. 졸업한 인재들이고 신생 제철소 간부들이지만 프레젠테이션에 대해 아무런 질문이 없다. 제철소 자체에 대해 너무 모르고 기술에 관해서도 지식이 없으니 무리도 아니었다. 어쩔 수 없이 일본어가 가능한 내가 혼자 질문을 했다.

"무로란 제철소는 언제 만들어진 제철소입니까?"

"네. 대정시대大正時代 1912~1926 때 만들어진 제철소입니다."

"기계제어는 무엇으로 하고 있습니까?"

"유압, 공기압 등으로 하고 있습니다."

"그럼 센서 같은 계측은 없겠네요?"

"네, 기계식으로 하고 있습니다."

"네, 잘 알았습니다. 제어는 전기식으로 하니 그에 맞게 센서도 추천해 주십시오."

"한국에서 제시한 자금으로는 불가능합니다."

거기에 더 말해 봐야 합의를 볼 수 없겠다는 판단이 들었다. 오늘은 여기까지만 하자고 하고 나는 박 사장에게 가서 그 회의 내용을 보고했다.

박 사장은 "자금은 걱정하지 마십시오. 내가 알아서 마련해 놓을 테니 소신껏 협상해 주십시오."라는 것이었다.

그러고는 박 사장은 별실에 이사, 부장을 불러 야단을 치기 시작했다. '왜 자네들은 보고가 없는가? 이 박사를 보고 배우라.'는 내용 같았다.

그 이후에 나는 일본의 각지에 분산되어 있는 제철소를 거의 다 방문했다. 제철소 설비를 직접 살펴보고 제품 생산 공정을 모두 돌아보

왔다. 그리고 각 회사의 장단점, 특징을 비교 분석하여 그 내용을 박 사장에게 보고했다.

카와사키 제철소에서 공장에 들어가다가 순간적인 돌풍으로 쇳가루가 눈에 들어가는 바람에 응급실에서 치료를 받기도 했다.

일본 각 지역의 제철소 출장을 다녀온 이후 제철소 전 과정의 자동화를 최종 목표로 삼았다.

기계식 제어를 모두 전기 전자식으로 미리 설비했고 계측용 센서도 야마타케山竹 하니웰로 통일했다. 그렇게 반자동에서 전자동으로 서서히 교환하는 데 지장이 없도록 해 놓았다. 당시 사회공학이론을 이용하여 기계제품의 수명에 따라 교환을 할 수 있는 부품 관리 시스템도 만들었으므로 컴퓨터로 관리할 수 있게 했다.

나는 이 프로젝트를 완성하느라 신혼新婚 반년은 일본에서 지냈다.

프로젝트의 사양 검토가 끝나고 제작 건설은 미쓰비시중공업과 계약했다. 계약이 체결되자 인사차 찾아온 미쓰비시 그룹 총회장이 계약 선물로 박 사장에게 금 브로치gold brooch를 주었는데 박 사장은 이 선물을 받아야 할 사람은 이 박사라고 하면서 나에게 선물을 전해 줬다.

2년의 계약기간이 끝나갈 무렵 KIST 최 소장이 나를 불렀다. 소장은 나에게 박태준 사장이 계약 만료 후 자기 회사 상무로 일할 수 있게 나를 KIST에서 내보내 달라는 편지를 보내왔다고 했다.

"본인 의견을 듣고 싶은데 이 박사는 어떻게 하고 싶은가?"

"생각할 시간을 좀 주십시오."

나는 처남의 장인 전예용 씨에게 의논을 하러 갔다. 그는 포항 종합제철은 우리나라의 유일한 회사다운 회사로 그곳 임원들은 모두 서울대 출신일 텐데 그 조직에 들어가는 순간 대양 속의 기름 한 방울이 될 것이다. 그래도 그런 분위기 속에서 견딜 자신이 있으면 가라는 것이다. 이 충고를 듣고 나는 "KIST 연구소에 남겠습니다." 하고 내 결정을 전했다.

김철우 박사의 사고

포항제철소 건설이 순조롭게 진행되자 김철우 박사는 용광로 전문가로 최고의 대접을 받았다. 그러자 본인의 기술은 대한민국의 것만이 아니라 우리 동포의 것이라는 구실로 친동생 홋카이도대학 조교과 함께 북한으로 넘어가서 김일성을 만나기까지 했다. 당시는 이 후락 중앙정보부 부장이 목숨 걸고 이북에 가서 김일성을 만나 남북이 서로 평화롭게 지내자는 언약을 받고 돌아와서 앞으로의 한반도의 평화를 기대하고 있을 시절이었다.

그러나 북한은 여전히 대남간첩을 보내고 있어 이를 항의해도 북한 측은 그런 일이 없다며 잡아떼기가 일쑤였다. 그러자 한국은 북한에 항의하기 위해 김철우 박사를 본보기로 내밀었다. 그래서 김 박사는 간첩활동죄 7년형을 선고받고 감옥 생활을 하게 되었다. 그래서 박태준 사장의 보좌관이던 내가 김철우 박사 일까지 맡게 되었다.

특무대에 잡혀가다

김철우를 잡아가더니 나까지 북한 간첩으로 몰아서 잡아가는 사건이 생겼다.

연구실에서 일을 마치고 퇴근 후 저녁 식사를 하려고 식탁에 앉아있는데 집으로 전화가 한 통 걸려 왔다.

"이봉진 박사님 계십니까?"

"네, 제가 이봉진인데 누구시죠?"

"상공부에서 왔습니다. 잠시 아래층에서 뵐 수 있을까요?"

나는 아파트 1층으로 내려갔다. 그런데 나를 보자마자 갑자기 차에 태워 한강변에 있는 특무대 조사실로 데려가 감금을 하는 것이다.

마치 간첩이라도 검거된 양 사방에서 플래시 세례를 받고 취조실에 수용됐다. 천장이 유리로 되어 밖에서 감시할 수 있게 만들어진 방에 감금된 것이다.

조사관인 변 중령이 들어와 빈 종이를 주고 지금까지 살아온 이야기를 적어서 제출하라고 했다. 다 써서 건네자 새로 종이를 주고 다시한번 살아온 이야기를 쓰라고 했다. 반복되는 요구에 짜증은 나지만 꾹 참고 적고 있었는데 통금시간이 다가왔다. 나는 변 중령을 불렀다.

"저는 결혼한 이래로 오늘까지 단 한 번도 외박을 해 본 적이 없습니다. 통금시간이 다가오니 집에 들어갔다가 내일 아침에 여기 다시 오면 안 되겠습니까?"

"이 박사님, 여기가 어떤 곳인지 몰라서 하는 말씀이십니까?"

하며 나에게 전화기를 주더니 오늘 못 들어간다고 아내에게 연락하라고 했다.

전화를 걸자 아내가 받는다.

"여보, 저녁 먹다가 말고 나가서 대체 지금까지 뭐 하고 있어요? 왜 안 들어오는 거예요?"

"지금 정보 특무대에 잡혀 와 있어."라고 말하는 순간 중령이 수화기를 뺏어 갔다. 그러고는 다시 종이를 주더니 처음부터 다시 적으라고 지시했다. 다 써서 건네줬더니 나가서 잠시 후에 들어왔다.

"이 박사님, 처음엔 좀 봐드리려고 했습니다만, 너무 거짓말이어서 안 되겠습니다. 저희가 조사한 내용이랑 차이가 많이 나네요."

나는 그 말을 듣자 화가 나서 변 중령을 향해 이렇게 언성을 높였다.

"당신 대한민국 조사관이 맞아? 이 나라도 별 볼 일 없구만. 나는 기계밖에 모르지만 기계를 돌려 놓고 몇 분만 들어 보면 그 기계에 문제가 있는지 없는지 정도는 금방 알아내는 전문가야. 당신 같은 사람이 자칭 조사 전문가라고 하면서 아직도 내가 거짓말을 하고 있는지 간첩인지 아닌지 판단이 안 내려지면 우리나라는 별 볼 일이 없다고 생각해야겠네요." 하고 진짜로 신경질을 냈다.

그러자 변 중령은 "사람마다 능력이 다르니까요." 하면서 방을 나갔다. 잠시 후에 변 중령이 콜라를 들고 다시 들어왔다. 음료수를 마시라며 나를 구슬렸다.

"옆방에 김철우가 있습니다. 이 박사님은 내일 아침에 댁으로 돌아가셔도 좋습니다."

날이 밝자 나는 조사실에서 나와 정문 쪽으로 걸어갔다.

"잠시만요."

직원이 달려온다.

"조사관이 지금 귀가 승인을 받으러 본부에 갔으니 돌아올 때까지 여기서 기다리십시오."

잠시 후 변 중령이 상부 승인을 받아 왔다.

"여기서 있었던 일은 정보부에도 말씀하지 마시고 아무 데도 들르지 말고 곧장 댁으로 들어가셔야 합니다."

하고 신신당부를 했다. 나는 고맙다는 인사를 하고 집으로 돌아왔다. 새벽에 집에 도착해 TV를 보니 김철우 박사 관련 뉴스가 나오고 있었다.

* 후일 변 중령을 만나서 내 조사 사건과 관련된 이야기를 들 수 있었다. 김철우 박사가 한국 포항에서 일하고 일본으로 돌아갔을 때 간첩 혐의로 조사를 했다. 김일성을 만난 것도 이미 파악했고 한국에서의 일거수일투족을 모두 알고 있어서 함께 일한 자를 자백하라고 했더니 이봉진 박사라고 하더라. 그래서 나를 불러 조사하게 된 것이라고 했다.

여하튼 그 사건으로 변 중령과는 친해졌다. 그후 변 중령은 김포공항 특무부로 파견됐다. 고맙게도 내가 외국 출장을 나갈 때마다 편하게 다녀올 수 있게 도와주었다.

일본의 FANUC 이나바 사장을 KIST에 초대했을 때는 귀빈 접대를 해 주어, 이나바 사장은 나를 국가 요인으로 생각했다고 한다.

이 사건이 지나고 나는 김 박사가 북한에 가서 이야기한 내용 가운데 국가에 손해가 되는 내용을 정리해 제출했다.

포항제철소 건설 대프로젝트가 무사히 마무리된 몇 달 후였던가? 을지로 입구에 있는 롯데 호텔 입구에서 우연히 박태준 사장을 만났다. 나를 보자 반갑게 물었다.

"이 박사 지금 뭐 해?"

"저는 연구하고 있습니다. 제철소는 잘 돌아가죠?"

"응. 잘 돌아가지."

"그것 보세요. 제대로 해 놨죠."

"그래 맞아." 하고 서로 웃으며 헤어졌다.

그 후 박태준 사장은 국무총리가 되었다.

5. 나의 자동제어연구실이 생기다-내 연구가 시작되다

KIST 최 소장이 일본 도요타 자동차 견학을 희망하여 소장님을 모시고 나고야에 있는 도요타 자동차 본사에 출장을 가게 되었다. 도요타 사장은 나와 최 소장을 환대해 주었다. 자동차 구조부터 기계에 관한 연구에 관한 설명을 하고 현장을 보여 주겠다며 최 소장을 직접 안내했다.

사장은 닫혀 있는 셔터를 일일이 손수 열어 가며 소개를 했다. 당시 도요타는 차의 구조 가운데 소프트를 중점적으로 연구하고 있었다. 예를 들면 장거리 운전 시 덜 피로한 의자 연구 등이다.

미국처럼 큰 대륙에서 장거리 운전을 하려면 운전석의 안락성이 매우 중요하다. 또 의자 내구성을 연구하는 곳도 있었다. 자동차의 쿠션과 자동차 의자의 안락함 등에 관해 자세히 설명해 줬다.

나는 그런 연구를 하는 기관에는 노하우knowhow가 있지 않냐 하고 질문했다. 도요타 사장은 웃으며 연구원들이 개발해 쓰고 있다고 말했다. 나보고 학교는 어디 출신이냐고 묻길래 동경대 기계과라고 답했다. 사장이 놀라며 본인도 동경대 기계과 출신이라며 나에게 몇 년도 졸업생이냐고 물었다. 그러고는 내 동창을 불러왔다. 놀랍게도 동경대 기계과 동기 쿠보타久保田 군이 나왔다. 그는 설계부장으로 일하고 있다고 했다. _{훗날 제조회사 사장이 된다}

쿠보타는 반갑다며 오늘 저녁에 동문들과 모이자고 제안했다. 소장을 안내해야 하는 출장길이라 멀뚱멀뚱 최 소장을 바라보자 최 소장은 눈치채고 나에게 동문회 모임에 다녀오라고 했다.

소장님 걸음이 조금 불편해 보여서 숙소로 돌아가는 길에 파스를 사서 아픈 곳에 붙여드렸다.

일본에서 볼일이 끝나고 귀국할 무렵 최 소장에게 과학기술부장관 명이 내려졌다.

주일 대사관에서 최 장관을 모시게 되고 나는 혼자 귀국을 했다. KIST 최 소장의 빈자리는 심문택沈文澤 박사가 대행하게 되었다.

그런데 심 박사가 나에게 기쁜 소식을 전해 줬다. 최형섭 과학기술처 장관이 나에게 자동제어연구실을 차려 주라고 지시했다는 것이었다.

나는 컴퓨터실의 연구원이던 최덕규 군과 컴퓨터 소프트웨어 프로그램실 비서 남인수 양을 데리고 내 연구실을 차리게 되었다.

6. 미면米面 간척지 36hr 기계화

자동제어연구실이 꾸려지자 농업진흥공사 진 총재경제기획원 출신가 연구실로 찾아왔다. 여기저기에서 의뢰가 많이 들어와 정부기관 과학기술연구소 자동제어연구실을 찾아왔다고 했다. 연구실에 문의한 내용은 군산 미면 간척지 36Hr에 비행기로 미곡씨를 뿌리고 가을이 되면 수확을 해야 하는데 이 과정을 기계화로 바꿀 수 있는지 여부였다. 나는 해 본 적은 없지만 연구하는 사람이니 해 보겠다 하고 일을 맡았다. KIST에 입소하고 처음 받아 보는 용역이었다.

동경대 대학원에서 알게 된 조경국 박사에게 의논을 했다. 그랬더니 본인이 킨키近畿대학 교수로 재직 중이던 시절 제자 가운데 한 명이 일본에서 가장 큰 간첩지 파종 농기 제작소인 '사타케佐竹 제작소'에 취업을 했다는 것이다. 일본에서는 이것을 컨트리 엘리베이터 Country Elevator라고 부른다고 했다. 나는 조 박사의 편지를 들고 그 제자를 만나러 다녀오기로 했다. 조 박사의 부인이 교토京都 출신이라 함께 다녀오게 되었다. 일본에 용케 그런 회사가 있구나 싶었다. 열 가지 기술적인 면을 도와주는 조건으로 필요한 기계 부품을 사 주기로 하고 출장에서 돌아왔다. 고향 친구 중에서 서울대 화학과를 나온 홍동식 군을 임시 연구원으로 채용하고 1억 5천만 원으로 용역 계약을 맺었다. 실제 작업은 홍동식 군이 주도 담당해서 기초연구를 하면서 계획안을 설계, 작성했고 이 보고서의 내용을 농업진흥공사에 올리고 승인을 받아서 프로젝트를 시행하게 되었다.

하루는 국회의원이라는 사람이 전화를 걸어와 만나고 싶다고 해서 나는 정치에 대해서는 모르니까 과학기술 이야기만 했다. 그러자 나랑 말이 안 통한다고 느꼈는지 그 후로 소식이 끊겼다. 당시 프로젝트 계약 규모가 KIST 1년 예산과 맞먹는 금액이어서 최 장관은 자신이 없으면 하지 말라고 했다. 그래도 나는 하기로 마음을 먹었다.

시공사는 KIST 연구소를 지은 보성건설을 마다하고 친구 유원철 차관이 소개하는 고향 업자를 썼다가 기초공사 후에 회사가 도산하는 바람에 비난을 많이 받았다. 그 후 내 권한으로 현대건설에 시공을 넘겨서 공사를 이어갔다. 공사는 현대건설이 하고 기계 제작은 연구소 제작실 실장 이낙연 전기 전문에서 제작했다. 연구소는 용역을 받으면 계약금의 80%는 overhead로 연구소에 내고 나머지 20%로 프로젝트를 진행해야 하므로 가능한 한 우리가 만들어야 했다.

한번은 현장 작업자들을 달래느라 고기를 사 주며 회식한 것을 오해받아 트집을 잡혀 정만영 부소장과 다투기도 했고 매일같이 크고 작은 어려움을 해결하느라 동대문에서 교외로 나가는 버스를 타고 출근해 저녁 늦게 퇴근하는 나날이었다. 한번은 아들을 데리고 미면 현장에 가기도 했다. 윤철이가 4살 때라 아버지를 좋아하고 어디든 따라다니고 싶어 할 때라서 아버지가 하는 일을 보여 주고 싶어서 지방까지 데리고 갔다. 아마도 미면 현장을 보고 간 가장 나이 어린 손님이 아닐까 싶다. 현장에서는 책임자가 내려왔다고 현대건설 직원, 우리 직원이 모이는 회식자리가 만들어졌다. 내가 회식비를 내려고 하자 현대건설 현장 책임자가 자기가 내야 한다고 했지만 나는 내가 내기로 하고 식사를 하는데 윤철이가 밥을 안 먹고 나가서 해변가를 걷고 있었다. 나는 아들에게 "윤철아 왜 그러니?" 하고 물었더니 "아버지 옆에 어머니 아닌 다른 여자가 앉아 있는 게 싫어요." 하고 토라져 있었다.

공사는 예정대로 무사히 끝나게 되었다. 준공식 초대장을 만들어 관련자들에게 발송까지 마쳤는데 한상준 소장이 나를 불렀다. 소장실에 들어가 보니 공작실 실장 이낙연 씨가 있었다. 이 실장은 소장에게 불안하다는 이야기를 한 것 같았다. 나를 보더니 준공식을 연기하라고 했다. 이유를 묻자 최종적으로 조사를 한 번 더 하고 준공식을 하는 게 어떻겠냐는 것이었다. 나는 엔지니어로서 약속한 기일은 지켜야 한다. 연기하면 지체 보상금을 물어야 하니 준공식 연기는 안 된다고 했다.

이 실장은 거듭 연기를 부탁했고 나는 소장에게 "정 그러시면 한 가지 방법이 있기는 합니다."라고 말했다.

"그게 무엇인가?"

"소장님이 연기 명령을 내리면 저는 소장님 직원이니 명에 따라 연기하는 것은 가능합니다."

"준공식 연기를 명하세요."

"무슨, 그건 책임자가 하는 것이지."

"그럼 참견하지 마십시오."

그렇게 말씀드리고 소장실을 나왔다.

나는 그길로 군산 현장으로 내려갔다. 전동기 벨트를 손으로 움직여 보면서 어디 걸리는 부분이 없는지 확인했다. 문제없으니 새벽같이 준공식은 예정대로 거행하겠다고 전화로 이야기했다. 연구소 대표로 행정담당 부소장이 와 있었다.

준공식에는 농림부장관, 국회부회장, 전북지사 등 요인들이 참석했고 성공적으로 끝났다.

신문지상은 물론이고 38선을 따라 대한민국 농촌은 기계화가 되었다는 플래카드가 걸렸다. 영화관에선 연중 대한 뉴스에 Country Elevator 소식이 방영되었다. 이 프로젝트로 한상준 소장은 연구소 관리 실력을 인정받아 여기저기 불려 다니면서 칭찬받았다.

최근에 전주를 방문할 기회가 있어서 가 봤더니 그곳에 태양열 시설이 설치되어 있었다. 그 넓은 밭에 남아 있는 건 하늘 높이 솟아 있는 연통뿐이었다.

새만금에 원자력 발전 대신 태양열 발전 시설을 시도했지만 비전문가의 무지로 계획안대로 움직이지 않는다. 풍차, 태양열 발전소 공사에 무려 6조를 투입했지만 그중 14%인 8400억은 사용처가 묘연하다고 한다.

정치도 미숙하지만 발전소 설비 공사를 맡은 자들도 기술력이 없는 무지한 자들이다. 무지한 자들에 의해 전력동력이 훼손되었다. 결과적으로 중소기업, 대기업의 제조원가가 오르고 우리나라의 제조업 경쟁력에 영향을 미친다. 삼성의 제조 수익률이 내려와 영업이익이 바닥을 치고 있다는 기사를 읽으면 한숨만 나온다. 이런 결과를 자청하고도 반성 없이 자기주장만 하는 정치권의 한심함을 보면 무지가 얼마나 무서운 것인가 맹목적으로 사람에게 충실한 정치가 빚은 비극이다.

중학 시절 철학자인 매형이 평등을 외치는 공산주의는 인간에게 마음이 있는 한 불가능하다는 이야기를 한 것이 새삼 기억난다.

7. NC공작기계 국산화 시도

원래 NCNumerical Control는 원래 항공기 부품 제작 숙련공의 영역이었다. 2차 세계대전이 끝나고 미국과 소련 사이의 패권 경쟁이 더욱 치열해지면서 우위를 차지하려면 컴퓨터 기술을 활용하는 것이 이득이라고 판단하면서 공작기계 NC화의 필요성이 부각되었다.

미국과 소련 간 항공기 제작, 특히 프로펠러는 항공기 추진력의 기간基幹이 되는 부품이므로 가공 정도와 가공 속도에 패권이 달려 있었다. 이런 이유로 미항공우주부는 MIT와 함께 NC공작기계 개발에 힘을 쏟았으나 실패했다. 실패의 원인은 진공관을 사용했기 때문이다.

진공관으로는 경쟁이 되질 않는다. 지금은 반도체의 발전과 더불어 새로운 NC공작기계가 개발되고 이 분야에서 일본이 선두를 달리고 있었다.

그러나 한국도 이 시기에 내가 MIT에서 갖고 온 NC개발 자료를 토대로 공부를 시작했다. 어느 날 우리가 쓴 NC 관련 논문을 관심있게 본 일본 FANUC 이나바稲葉 사장이 나를 일본으로 초대했다. 만나 보니 우리는 동경대 기계과 동문 선후배 사이어서 무척 반가웠다. 앞으로 서로 NC공작기계 개발에 협조하자고 의기투합을 했다. 나는 FANUC에서 개발한 NC 도면을 학습용으로만 사용하겠다고 약속하고 갖고 왔다. 그리고 자동제어연구실에서 특정인을 정해 NC제어만 공부하도록 했다. 그가 바로 노태석현재 목사 연구원이다.

8. 제4, 5차 경제개발 5개년 계획

미국 터프대학Turf University 기계과 교수 해리 최를 초청해 팀장으로 임명하고 작업하고 있었다. 나는 기계부를 담당하고 있었는데 NC공작기계를 기계부에 넣어 달라고 요구했더니 미국에서도 안 하는 것을 왜 하려고 하냐며 거절당했다.

그래서 포항제철소 일만 하기로 하고 팀에서 빠졌다.

그 후 포항제철소 일이 끝나고 1977년에는 제4차 경제개발 5개년 계획은 경제기획부에서 작업하게 되었는데 또다시 나는 기계부를 맡아 NC공장기계 육성을 강조했다. 결과적으로는 남 덕우 부총리 겸 경제기획원 장관으로부터 1977년 2월 20일 감사패를 받았다.

1975년도에는 내가 미국 스탠포드대학교 부속 연구소 SRI에 객원 연구원으로 잠시 근무하게 되었는데 9월에 귀국을 하자마자 소장이 나를 불렀다. 큰일 났다. 북한에서 NC를 개발하고 있다고 한다. 그러면서 예산 2천만 원으로 서둘러 NC공작기계를 만들어 달라고 했다. KIST 1968년 입소 이래 7년 만에 처음 받아 보는 정부 연구비였다.

그 시기는 기계 설비의 국산화가 장려되어 각 부처마다 의무적으로 국산화 추진팀이 설치됐다. KIST의 국산화 추진팀은 내가 맡고 있었는데 각 회사의 국산화 담당자 회의가 소집되었다. 당시 상공부가 국산화를 담당하는 부서였고 상공부 총괄 담당자가 김태준후에 특허처 처장, 2023. 2. 18. 86세로 서거 과장이었다. 그 계기로 그와 좋은 친구가 되었다.

국산화 담당자들이 소집되어 국내 중소기업을 다니면서 국산화를 장려했다. 그러나 현장에서는 고언苦言이 많이 나왔다. 힘들게 돈을 들여 국산화를 해 봐야 아무도 알아주지 않는다는 것이다. 대부분의 회사는 기계 국산화에 소극적인 자세였다. 그때 나는 국산기계 전시회를 열어 기술을 평가받게 하면 어떻겠냐고 제안했다. 그 안이 받아들여져서 이듬해부터 여의도에서 국산기계 전시회가 개최됐다.

이듬해인 1976년 제1회 한국 기계전시회가 여의도에서 열렸다. 박 대통령도 국산화 기계를 참관하러 내방했다.

KIST에서는 정부가 준 2천만 원으로 개발한 NC공작기계를 전시해

국내외로부터 호평을 받았고 전시회에 다녀간 일본 공작기계 업체 사장들이 한국의 공작기계가 장차 일본의 경쟁자가 될 것이라는 소감을 밝힌 기사가 신문지상에 실렸다.

전시장에서 NC공작기계를 본 화천공업 회장 권승관 씨가 NC공작기계를 만들어 달라고 KIST자동제어연구실과 계약을 해서 제작한 상품이 우리가 국산화에 성공한 NC공작기계 1호였다. 그해에 이 상품을 세계적인 전시관 시카고 맥코믹 플레이스Chicago McCormick Place 북미 최고의 시설과 규모를 갖춘 대형 복합 박람회장 전시장에서 열린 EMO Show에 출품했는데 이것이 세계 시장에 출품한 국산 제1호 NC공작기계이기도 하다.

이렇게 해서 NC공작기계의 국산화의 길이 조금씩 열리고 국내 공작기계 업체로부터 국산화 용역이 들어와서 제작하게 되었다. 대전 기계공업에 NC Milling, 진홍회 사장1983. 10. 21., 과기홍 공업에 NC Milling 공작기계, 대구중공업(주) 여성구 사장, NC선반1977. 11. 30. NC Grinder 일광공구日光工具 김성대 사장1977. 10. 10. 등으로부터 의뢰 받아 제작을 도와주고 감사패를 받기도 했다. 이로써 NC공작기계의 국산화는 성공의 길로 들어선 셈이다.

같은 해 나는 NC공작기계 국산화 공로를 인정받아 엔지니어 협회의 추천으로 대통령상을 받았다. 그리고 산업 부문 NC공작기계 산업용 로봇개발로 산업 발전에 기여가 크다고 5.16민족상을 받았다.

그때 받은 상금으로 미국방성이 초청하는 나토 회원국, 우방국의 로봇 전문가 초청에 아내와 함께 다녀왔다. 이탈리아 피사에서 1주일 간 회의-아이디어 창출-를 하고 돌아왔다.

그런데 인생에는 반드시 좋은 일 뒤에 나쁜 일도 생기는 법이다. 김포공항에 도착하니 기사의 안색이 영 좋지 않다. 물어보니 내가 창원 기계기술연구소로 전보되어 KIST에 내 연구실이 없어졌다는 것이었다.

"아니, 누구 맘대로!"

기사와 짧게 이야기하면서 KIST연구소 사택으로 돌아갔다. 나는 창원 기계기술연구소에 부임하지 않았고 그길로 오래 몸담았던 KIST를 떠났다. 결론적으로 그래서 오늘의 정밀공학회를 정립하고 일본 FANUC사에 임원으로 스카우트되어 한국을 떠나게 된 것이기도 하다.

KIST 설립의 가장 큰 주역인 박 대통령이 서거하고 전두환 군사정권으로 바뀌면서 연구소 상황이 여러 가지로 달라졌다. 갑자기 나를 지방으로 발령 낸 일도 그렇고 이것저것이 탐탁지 않아 나는 입소 15년 만에 한마디 항의도 하지 않고 미련도 없이 KIST를 떠났다.

내가 왜 사직서조차 내지 않고 KIST를 떠나야 했는지에 관해서는 한동안 모두를 위해서 함구했었다. 그런데 오늘의 대한민국을 보고 있으면 그 시절의 한국이나 지금의 한국이나 크게 바뀌지 않은 것 같아 안타까운 심정이 든다.

9. 서울시 지하철 차량 정비창 설계

우리나라에서 처음으로 지하철 이야기를 꺼낸 곳은 서울시청이다. 서울 인구가 나날이 증가하고 있는데 앞으로 교통 문제를 해결하려면 종래의 버스만으로는 어려울 것이라는 판단이 내려지고 서울에 지하철을 만들어야 한다는 의견이 일치했다. 서울시 지하철 건설 본부가 생기고 본부장으로 김명년金命年 부장이 임명되었다.

지하철 이야기가 나오기 전에 서울-부산 간 고속 전철 이야기도 나오고 있었는데 일본 신칸센新幹線 차량 성능 실험에 참여한 경험이 있던 내가 KIST 대표로, 한국 엔지니어링 간부와 함께 일본 국철이 작성한 신칸센 설치안을 토대로 서로 상의, 검토하고 있었다.

그때였다. 한국인 엔지니어의 인건비가 너무 낮게 책정되어 있길래 나는 질문을 했다. 한국인 엔지니어의 인건비가 일본인보다 왜 이리 낮게 책정된 것인지. 같은 일을 하는데 왜 그런지 이유를 묻자 아직 한국은 선진국이 아니므로 동등한 인건비를 줄 수 없다는 것이었다. 이야기를 듣고 나는 자존심이 상해서 우리 KIST는 빠지겠다고 했다. 한국 엔지니어링 대표는 그 조건이라도 그냥 받아들이자고 나를 설득했다. 그러나 결국 이 프로젝트는 무산되었다.

후일담

이 소문을 들은 서울시 지하철 건설 본부의 김명년 본부장과 이야기를 나눌 기회가 있었다. 지하철용 전기 동력차량 정비의 어려움에 관해 이야기를 나눴다. 당시 우리나라의 동력차량은 디젤엔진뿐인 시절이었기 때문이다.

토목공사는 현재 기술만으로도 해낼 수 있지만 철도청 소속 차량기사들은 모두 디젤차량만 운전할 줄 알고 정비사도 지금까지 디젤차량만 다룬 탓에 지하철용 전동차는 전혀 모른다. 특히 정비 요령도 모르니 문제가 생기면 큰일이라는 것이다. 전동차 도입에 따른 문제 해결이 어려우니 근심이 많다고 했다. 나는 "염려 마십시오. 필요하면 저희가 해 드릴 수 있습니다."라고 말했다.

그러자 김명년 본부장은 그럼 문제가 발생하면 우리에게 맡기겠다고 했다.

결국 서울시는 지하철 설치 프로젝트를 KIST에 의뢰하게 되었다. 계약서 작성을 마치고 나는 일본 국철에서 일하고 있는 학우에게 우리 사정을 말하고 도움을 부탁했다. 그러자 직원을 시켜 참고 자료를 모아 주는 것이었다. 나는 그 자료를 갖고 와 홍동식 위탁 연구원에게 일본어로 되어 있는 자료의 한국어 번역을 부탁했다. 연구원들에게는 작업 내용을 설명하고 연세대 대학원을 졸업하고 들어온 이강용 군에게 일을 배당했다. 나는 귀국하고 잠시 연세대 대학원에서 유체역학 Boundary layer theory을 강의했는데 그때 수업을 들은 학생으로 우리 연구실에 들어왔다. 후에 미국 로체스터대학에서 박사학위를 받고 모교 교수가 되었다.

지하철 건설 일은 홍동식 위탁연구원과 이강용 연구원이 수고해 주었다. 홍동식 위탁연구원은 일본어가 가능해서 일어로 된 기술 자료를 읽고 이해해 우리 사정에 맞도록 작성했다. 서울시 지하철 건설부에 납입하고 무사히 전동차 정비공장을 마무리했다. 이 공이 인정되어 지하철 공사부장으로부터 감사패를 받았고 그도 역시 성공적인 업적을 인정받아 서울시 부시장으로 승진했다. 그리고 그는 나를 서울시 자문의원으로 임명해 서울의 행정을 돕는 일도 맡았다.

그와는 다시 5.16 민족상 축하연회에서 만나 친하게 지내게 되었고 서울시에서 하는 프로젝트에 나를 불러 틈틈이 서울시 일도 돕게 되었다.

10. 중화학 공업화 작성, 창원 기계공단 설계

미국의 역대 대통령 가운데 지미 카터Jimmy Carter는 유별나다는 소문이 있었다. 방한식에도 뒷문으로 들어오고 심지어 박정희 정권 때는 주한 미군을 철수시켜야 한다고 생각한 대통령이다.

주한미군을 완전히 철수시키면 우리나라는 북으로부터 자력으로 우리를 지켜야 한다. 따라서 자립 견제, 자립 방어를 담당하는 제2 경제 수석에 박충훈 장관이 추천한 오현철 상공부 국장을 대통령에게 추천했다. 그리고 대한민국 자립 방어 담당 제2 경제 수석이 되었다. 그는 상공부에서도 인정하는 청렴 결백한 관료였다.

오현철 씨 이야기는 내가 일본에서 귀국한 1990년, 귀국 인사를 하러 갔을 때 박충훈 형어린 시절 동네에서 부르던 습관대로에게서 들은 내용이다. 그는 청렴결백하기로 유명해서 국방부는 물론 장군들도 꼼짝 못했을 정도라고 했다.

당시 KIST에 입소한 미국학위 박사들은 물론이고 일본, 유럽에서 공부하고 돌아온 인재들은 모두 동원되어 자립방어를 논의했다. 오현철 수석은 그들 가운데 몇 사람에게 일을 분배했는데 나에게는 기계 분야가 배당되었다.

이와 관련된 사람들은 청와대에서 일하게 되었다. 나는 내 연구실에서-자료가 모두 연구실에 있으므로-안을 만들어 청와대에 갖고 가 오 수석에게 보고하고 오 수석의 요구대로 수정하고 다시 검토받고 다시 요구에 따라 고치고 또 고치면서 완성한 것이 창원에 기계공업단지#를 만드는 계획서였다. 내게 배당된 비秘문서를 나는 아직 갖고 있다.

그런데 공업단지를 계획해서 물주를 구하는 일도 이만저만 힘든 게 아니었다. 적합한 기업의 사장을 불러 이 분야나 저 분야를 좀 맡아 달라고 부탁하면 하나같이 핑계를 대면서 거절했다. 그래도 포기하지 않고 설득하고 또 설득을 했다. 처음 해 보는 일을 처음부터 흔쾌히 해 보겠다는 사장은 아무도 없었다. 정부가 시설비를 지원할 테니 운영해 보라고 설명하면서 어찌 보면 모험일지 모르는 낯선 일에 도전할 마음이 생기도록 설득했다.

중후重厚한 기계를 들여와 중화기火器를 만드는 공장을 건설하는 것은 현대그룹의 정주영 회장의 동생이 자청했다. 그래서 창원에 제일 큰 규모의 '현대중공업'이 건설되었다. 그러나 욕심이 과했는지 회사 경영이 미숙했는지 마케팅 기술의 부족 때문인지 현대중공업은 그후 두산이 인수했다. 규모가 커진 두산은 원자력 발전소 건설 분야에서 세계 제1위를 넘보는 회사가 되었다.

세계적인 정밀기계, NC공작기계 AI 소프트 지원은 우리 공작기계 회사들의 지원을 받아 창원 공단에 유치했다.

NC공작기계를 개발한 화천의 가족 기업, 화천유한회사가 창원에 주식회사를 차렸고 한국의 제일가는 공작기계 회사가 되게 해 달라고 해서 도와줬는데 어떤 이유인지는 모르겠지만 후발 기업 두산에게 NC공작기계의 1인자 자리를 넘겨줬다. 현재 세계 곳곳에 다양한 부품을 가공하고 제품을 생산하는 공장에 한국산 NC공작기계가 수출되고 있으며 운영도 잘되고 있는 것 같다.

그 밖에 내가 도와준 회사 가운데 기아기공에서는 이렇다 할 희소식이 들리지 않고 대우중공업, 대우실업은 시들해졌다. 효성중공업은 기업 시작이 제조업으로, 제품을 생산하는 회사였다. 조경래 효성중공업 회장이 나에게 회장직을 맡아서 일본의 FANUC처럼 세계적인 회사로 키워 달라고 했는데 딱 일 년 일하고 그만두게 되었다.

창원 공단 초창기에 창원을 채웠던 회사 가운데 지금까지 살아 있는 회사는 많지 않고 이후 타사로 인수된 회사들이 살아남아 활보하는 형편이다. 회사는 아무리 잘나가도 현재에 머무르지 않고 새로운 것에 투자하고 개발을 해야 하는데 노력은 하지 않고 타성에 젖어 권력에 의존하게 되면 경영이 점점 느슨해지면서 결국에는 망하는 것 같다.

그 많은 도시 가운데 왜 하필 창원을 선택해서 중화학 단지를 만들게 되었는지 그 이유를 묻는다면 우선 창원은 면적이 넓고 특히 산으로 가려진 분지 지형이기 때문이다. 행여라도 북한이 공습을 해 와도 산정에 방공포를 설치해 두면 쉽게 공습을 저지할 수 있다는 점에서도 군사 산업공단으로 만들기에 최적지였다.

경남 도청이 옮겨져 마산과 합쳐지면서 창원은 큰 도시가 되었고 도시계획도 아주 잘되어 있다. 도로가 바둑판처럼 잘 정비되어 있고 국제회의를 할 수 있는 컨벤션 센터도 있다. 물론 학술 모임도 가능하다. 계획 초창기에 비해 도시가 점점 좋아지고 길도 확장되어 감개무량하다. 우리 정밀공학학회나 FANUC 창립 기념 행사도 컨벤션 센터에서 열려 나도 초대받아 행사에 참석하기도 했다.

창원에는 창원대학이 있다. 원래 창원에 필요한 인재를 양성하려는 목적으로 설립한 공과대학이었는데 어느새 종합대학교로 승격해 창원 공단에 필요한 인재가 양성되고 있다. 이 대학의 교수가 정밀공학회 회장으로 당선되는 것을 보니 학교 수준이 높다는 것을 느낀다.

중화학 공업 정책에 사용한 대외비 정책론이 해금된 지 오래여서 그 자료를 이하 참고로 적어 두겠다.

　* 중화학공업 정책선언에 따른 공업개편론 구조

1973년 3월 작성(대외비 1974. 12. 21. 까지)

제3장 중요사업 시행방법

기계공업 : 이봉진 참여 내용

기계공업 육성 가운데 공작기계를 중점적으로 계획안을 작성했다.

11. M16 제조 설비 도입안 재조사

한상준 소장이 나를 부른다. 소장실에 들어가니 대통령이 서명한 명령서를 보여 준다. 이 건을 나보고 처리하라는 것이다. "예, 알겠습니다."라고 대답하고 나는 내 연구실로 돌아왔다.

부산 동래에 일하러 함께 갈 직원 2명, 경제학자, 교통연구실 황규복 실장, 청와대 비서관, 경제기획원, 상공부, 과기처 관련 국장들에게 부산 동래 출장일 기일을 통보했다.

동래에 가기 전 어느 날 병장감이라는 중장이 내 연구실을 찾아왔다. 나더러 이런저런 이야기를 하다가 잘 부탁한다는 이야기를 했다. 그러고는 출신지를 물었다. 나는 제주도 출신이라고 말했다 그러자 나를 쳐다보면서 "소한이 대한을 다스리고 있네요."라며 문을 열고 나갔다. 그 후 나는 그분과의 만남을 통해 생각해야 할 일이 생겨서 부산 동래로 가게 되었다.

팀원들은 기일 날 내려오고 국장들은 각자 알아서 모였다. 우리는 작업하기로 약속된 장소에 모여 업무를 준비했다. 위층에서 김 비서관으로부터 전화가 걸려왔다.

"수고가 많으십니다. 대접을 하려고 했는데 뒤에 정보부 직원이 따라와서 오늘은 호텔에서 식사를 하셔야 되겠습니다."

'아, 이중으로 감시를 당하고 있구나.' 하고 생각했다.

그 시절엔 일거수일투족 감시가 엄해서 모든 행동을 조심해야 했다. 호텔에서 저녁을 먹고 조용히 자고 다음 날부터 일을 시작했다.

유고 시에 동원되는 군인의 숫자와 지원하는 총, 탄알 개수 등을 조사해서 계산했다. 그리고 나는 새로운 안을 내어 작업인에게 지시해 설비, 탄알 등의 비용을 다시 계산해 보았다.

유고 시 동원되는 군인의 숫자를 늘렸다. 그에 따라 증가되는 탄약 수를 다시 계산해 보니 오차가 있었다. 오차 범위에 속하는 수가 나와서 나는 다음 날 국장님들을 모시고 새 안을 설명하고 의견을 들어 보았는데 모두가 내 안에 찬성했다. 꼼꼼히 보고서를 작성하고 계약서에 새로 계산한 숫자를 넣어 서명을 하는데 이런 국가적인 사업의 계약서에 처음으로 서명을 하는데 손이 덜덜 떨렸다. 난생처음 경험하는 국가적인 사업이었다.

다음 날 모두 제자리로 돌아갔다. 나는 미국과의 계약서에 서명하라고 하길래 서명을 하고 용역일이 마무리되었다.

서울로 올라가 오원철 경제 제2수석에서 보고를 했는데 내 보고를 듣더니 버럭 화를 냈다.

"이 박사! 누가 그렇게 하라고 했어!"

나도 물러서지 않고 맞서서 화를 냈다.

"나는 유사시 동원되는 군대에게 무기를 얼마나 제공해야 하는지 탄약이 얼마나 필요한지 계산하고 오차가 있으니 알려드린 것 외에 아무것도 잘못한 게 없습니다."

그렇게 말하고 오 수석실에서 나와 버렸다.

다음 날 일찍 김종필 총리에게 이 건에 관해 브리핑을 하게 되어서 처음으로 총리와 대면하고 악수를 나누고 집으로 돌아왔다.

어느 날 명동 거리에서 우연히 조병찬 청장과 마주치게 되었다. 서로 반갑게 인사를 나누는데 "그간 별일 없으셨지요?" 그러자 "별일은 없었지요. 저는 승진했습니다."라고 하는 것이었다.

정권이 바뀌고 오 수석이 자리에서 물러난 후에는 오히려 나와 친해져서 나는 종종 그의 사무실에 놀러가서 그가 따라 주는 양주를 마시기도 했다. 창립 당시 오 수석이 애를 많이 쓴 엔지니어 그룹의 회의석상에서도 그를 자주 만났다. 박충훈 기획원장과도 함께 식사를 했는데 오 수석은 날더러 이 박사가 일하는 것을 보면 박식해서 과학기술처 장관이 아니라 경제기획원 장관감이라는 농담을 하기도 했다. 그의 부하는 내 매형 강영택 대령이다.

공적인 일은 알아도 모르는 척 몰라도 모르는 척하는 게 최고다.

12. 무인가공 시스템으로의 진화

NC컴퓨터가 인공지능 AI 단계로 발전하고 CNCComputer Numerical Control공작기계로 진화된다. 종전의 수치제어가 컴퓨터제어로 진화한 것이다.

그래서 가공자체는 CNC공작기계가 알아서 할 수 있지만 예전에는 가공물을 기계에 붙였다가 떼는 작업은 숙련공인간이 해야 했다. 그러나 이제 가공물을 붙이고 해체하는 것까지 로봇이 대행하게 되었다.

CNC공작기계가 자체적으로 재료에 알맞게 가공을 하고 기계와 로봇이 하나가 되어 일하는 시스템 가공이 실현됨으로써 중소기업에서 경영자만으로 기업을 경영할 수 있게 되었다. 이런 가공 시스템을 모듈Module이라고 부른다. 자동제어연구실에서는 이런 가공 시스템 모듈을 개발했다.

이 CNC공작기계 시스템 모듈, 인간의 손을 대신하는 산업용 로봇이 개발되면서 가공 시스템 모듈system module이 구현되어 경제기획원 장관 일행에게 선보이고 설명해 드렸다.

13. Machining Center 국산화

미국에 Penn State라고 불리는 주립대학이 있다. The State University of Pennsylvania, 펜실베니아 주립대학이다. 이곳에 키가

크고 코끼리 같은 거구의 체격을 가진 한국인 기계과 교수 함인영咸仁英 박사가 계셨다. 2000년 별세

그는 한때 KIST 내 연구실에 임시 객원 연구원이었다. 기억나는 에 피소드 가운데 그가 창원의 한 회사에 기계 가공에 관한 강의를 하러 방문했을 때의 일인데 함 박사가 손님용 의자에 앉는 순간, 의자가 부서졌다고 한다. 그 정도로 그는 몸집이 크고 체중도 많이 나갔다.

내가 일본 FANUC사 생산기술연구소장으로 있을 때의 일이다. 어느 날 느닷없이 함 박사로부터 연락이 왔다. 내 연구실에 며칠 와 있고 싶다는 것이다. 그래서 이나바 사장에게 허락을 받아 잠시 이쪽에서 지낼 수 있게 했다.

알고 보니 일본에 다른 볼일로 왔다가 차질이 생기는 바람에 임시 거처를 찾다가 나에게 연락을 준 것이었다. 그래서 한동안 우리 집회사 사택 근처 게스트 하우스에서 사모님과 함께 지내게 되었다. 아내는 함 박사 사모님과 친하게 지냈고 함 박사는 내 연구소에 임시로 자리를 잡았다. 함 박사는 특히 과기부 최 장관과 형님 아우로 부를 만큼 가까운 사이여서 나는 예우를 갖춰 깍듯이 대해 주었다.

그런데 이제 꺼내려는 이야기는 그가 욕하던 이해 박사에 관한 내용이다. 함 박사의 솔직한 어투를 들으면서 그도 학창 시절에는 한 성질 했겠다는 생각을 한 적이 있다. 함 박사가 욕을 할 때는 흘려들었는데 후에 내가 직접 당해 보니 왜 그렇게 말했는지 이해가 갔다.

전두환 씨가 쿠데타를 일으켜 정권을 잡았을 때의 일이다. 미국 대학의 교수로 있는 함 교수가 잠시 과학기술부 연구관으로 귀국을 했는데 나를 만나서 이런 부탁을 했다. '과학기술'에 관한 계획안을 만들어 전두환 대통령에게 브리핑briefing을 해 달라는 것이다. 나는 중대한 부탁이라 며칠을 호텔에 머물면서 열심히 계획안을 만들었다. 그런데 며칠 후 우연히 TV 뉴스를 보는데 이해 박사가 대통령 앞에서 내가 만든 계획안을 사전에 나에게 양해도 구하지 않고 먼저 브리핑하고 있는 것이 아닌가. 기분은 상했지만 그런 가 보다 하고 넘기고 잊고 지내고 있는데 이해 박사가 나를 불렀다.

과기부에 가 보니 그는 개발실장으로 승진해 있었다. 그런데 그가 이번에는 나에게 머시닝 센터Machining Center를 국산화해 달라고 부탁했다. 나 아니면 할 사람이 없다는 것이다. 대략적인 계획을 들어보니 정부가 비용의 절반을 내고 기업이 절반을 부담하는 정책으로, 말하자면 정부가 8천만 원, 기업이 8천만 원을 부담하여 1억 6천만 원으로 국산 머시닝 센터를 개발하라는 것이었다.

나는 그 건을 맡기로 받아들여 KIST와 계약하고 이후상 선임연구원, 보조 연구원 1명, 대한중공업에서 1명, 총 3명을 데리고 FANUC에 갔다. 이나바 사장님께 FANUC에서 이후상 선임연구원에게 머시닝 센터의 제작도면 작성법을 가르쳐 달라고 부탁했더니 흔쾌히 내 청을 받아들여 주셔서 전문 설계자를 배치하여 머시닝 센터의 설계를 배우게 되었다.

당시 나는 대한상공회의소大韓商工會議所 한국경제연구센터에서 "한국의 산업기술현황과 기술혁신韓國産技術現況과技術革新"의 집필을 부탁받아 FANUC 귀빈실에 숙박하면서 집필을 했다. 글을 쓰다 피곤했지만 틈틈이 시간을 내어 머시닝 센터 설계 작업실에 가서 진행 상황을 체크하고 참견을 했다.

어느 날 설계 지도자가 나에게 찾아왔다.

"왜 저렇게 크게 만들려고 하시는 거죠? 만들어도 팔리지 않을 텐데요."

"스폰서 회사가 최대한 크게 만들어 달라고 해서 그렇게 설계하고 있습니다."라고 대답하자 그는 웃으며 돌아갔다.

나는 이후상 선임연구원을 방으로 불렀다. FANUC 설계자에게 부탁했으니 잘 팔린 만한 머시닝 센터를 한 개 더 설계하라는 지시를 했다. 지금 작성 중인 것은 두 사람에게 맡기고 이후상 선임연구원이 잘 팔린 만한 머시닝 센터를 하나 더 작성해서 2개로 마무리하라고 지시했다.

머시닝 센터 2개의 제작도면이 완성될 무렵 내 원고도 거의 완성됐다. 귀국해서 원고를 상공부에 제출하고 과기처와 계약한 크게 그린 도면은 대한중기에 납품하고 나머지 하나는 상공부 기계과에 넘겨주었다. 혹시 원하는 회사가 있으면 기계전시회에 출품하는 조건으로 제작을 해 주라고 했는데 상공부에서는 기아기공이 가져갔다고 했다.

예년처럼 여의도에서 한국기계전시회가 열려서 전시장에 가 봤더니 대한중기는 자회사가 개발한 머시닝 센터를 선전하는 플래카드가 걸려 있었다. 그런데 기아기공이 갖고 갔다는 소형 머시닝 센터는 보이지 않았다. 이상해서 회사 사장에게 물어봤더니 전시장으로 운반해오는 도중에 원하는 회사가 있길래 그냥 팔아 버렸다는 것이었다.

14. 대한 중기가 고발하다

대한 중기와 과기처가 함께 개발한 머시닝 센터가 예상처럼 안 팔리자 사장초대 기계진흥회 회장, 함경도 출신, 일제 때 동경공업전문, 현 동경공업대 출신은 화가 났다. 거액을 출자해서 개발한 머시닝 센터의 Know-how를 파견 보낸 직원이 기아기공에 노출했다고 그 직원을 고발한 것이다. 회사 기밀 유출죄로 직원은 고소당하고 재판까지 받게 됐다.

재판에는 나도 참고인으로 법정 증언을 해야 했다. 나는 사실 그대로 이야기했다. 처음 대한중기와 계약할 때 요구받은 내용 '최대한 큰 기계로 만들 수 있는 도면'은 대한중기에 제대로 납품했고 잘 팔릴 수 있는 작은 기계의 도면을 내가 우리 선임 연구원에게 지시해서 제작한 것이다. 그리고 그 도면은 원하는 업체가 쓸 수 있게 해 달라고 상공부에 무료로 드렸다. 무료로 드린 도면을 판매한 것은 대한중기와 아무 관계가 없다. 불만이 있으면 나를 고발하라고 법정에서 대한중기 대표로 온 사람에게 호통을 쳤다.

고소를 당해서 재판장에 서야 했던 직원은 당일에 무죄 판결이 내려졌다. 훗날 내 덕에 살았다며 아내와 함께 선물을 들고 찾아와서 고맙다는 인사를 하고 갔다.

　이야기를 앞으로 돌려서 서로 관련 없어 보이는 함인영 박사 이야기를 왜 앞에서 소개했는지를 설명하고 이 이야기를 마무리 짓겠다.

　일본 출장을 마치고 KIST 연구실로 돌아왔는데 나의 부재중에 대행하던 부소장이 내 연구비로 과기처 연구 심의관 이해 박사의 해외여행비를 결제한 사실이 발각되었다. 어째서 이런 일이 생겼는지를 물었더니 이해 박사의 끈질긴 요구를 거절을 할 수가 없어서 그렇게 처리해 줬다는 것이었다. 끼리끼리 논다는 말이 있듯 선악을 구분하지 못하는 사람들이었다.

　그러나 일차적으로는 함인영 박사가 이해 박사에 대해서 이야기를 했을 때 냉정하게 판단을 내리지 못한 채 이해 박사와 함께 일을 한 내가 바보였다. 이 악당들은 알고 보니 내가 미국방부 초청으로 이탈리아 피사 국제회관에 간 사이 나를 좌천시켜 제거하자는 음모를 꾸민 사실을 최근에 와서야 알게 되었다. 당시 KIST에서 성기수 박사의 '선배의 경험담을 듣는다' 모임이 끝나 회식을 하는 자리에서 당시 과기처 과장에게 들은 이야기인데 전두환으로 정권이 바뀌자 내 사직서를 받아 오라는 음모가 있었다는 이야기를 고백했다.

　"역시 그런 배경이 있었군요. 당시에 저는 과학기술의 앞날_{디지털 기술의 경향 : 당시 일본 베스트셀러}을 교재로 전두환 대통령에게 설명하는 가정교사를 하고 있었습니다."라고 이야기해 주었다.

당시 대한상공회의소大韓商工會議所 한국경제연구센터韓國經濟硏究所에 내가 집필한 〈한국의 산업기술현황과 기술혁신〉을 이하에 소개한다. 이하 참조.

* 韓國 産技術現況 技術革新

Present Condition of Technology and Innovation in Korea by Bong Jin Lee

Director of precision Machinery and Technology center in KAIST

大韓商工會議所 韓國經濟硏究所 센터 刊

The Korea Economic Research Center

The Korea Chamber of Commerce & Industry

1982. 9. 11.

KIST 정밀기계기술센터

정밀기계기술센터는 독일과 한국과의 우호적友好的인 관계의 상징
으로 설립된 기관이다. 독일에서 해마다 운영비를 원조받았고 우리
나라로 본국의 고문을 파견해 주는 등의 여러 도움을 받았다.

독일이 정밀 계측기, 측정기 류類도 기증해 준 덕분에 계측 기술에
경험이 없는 중소기업의 기술인들에게 측정 요령도 가르쳐 줄 수 있
어서 고마웠다.

KIST 정밀기계기술센터를 떠나 일본 FANUC에서 일을 하고 5년
만에 1990년 귀국을 하고 모 재벌 기업의 회장을 대행한 적이 있다.
그때만 해도 대기업 간부, 기사들에게 오차라는 개념이나 지식이 없
었다. 거액의 들여 출시한 신제품에 성능이 고르지 못한 결함을 발
견하고 이를 지적하고 고친 적이 있었다. 제작도면을 작성할 때 인치
inch를 센티미터centimeter로 바꿔 그려야 하는데 오차에 대한 기초 지식
이 없기 때문이었다.

정밀기계기술센터에 재직할 당시 참고로 사용한 독일 도면은 센티
미터로 그려져 있어서 오차 범위가 적었다. 그 도면을 참고로 제작도

면 그리는 법, 계측기를 다루는 요령 등을 지도했다. 나와 친분이 있던 FANUC사 이나바 사장은 내가 정밀기계기술센터장이 된 것을 축하하며 소형 NC공작기계를 수 대 기증해 주었다. 당시 KIST 요청으로 그 가운데 1대를 양도했다. 기증받은 NC공작기로 NC 교육, NC공작기계 실습 등을 할 수 있었다.

앞으로 NC공작기계를 유용하게 사용하려면 가공 재질에 따른 절삭切削 표준 데이터를 만들어야 했다. 이 데이터, 즉 숙련된 소재 가공자만이 갖고 있는 경험적 절삭지식의 노하우data knowing를 데이터화하여 인공지능 AI에 저장해 두었다가 장차 지능기계가 자동으로 절삭을 할 수 있도록 하기 위함이다. 일본의 기계기술연구소와 우리가 공동연구를 하자는 제안이 성사되어 연구 작업을 우리가 진행했다. 그 보고서는 정밀기계기술센터에 있다고 알고 있다. 보고서 제목은 아래에 적어 두겠다.

Report of International Research and Development cooperation ITIT Project, 'Establishment of Machining Standards for N/C Machine tools', 1981. 3, Japan mechanical Engineering Laboratory & KAIST Precision Machine Engineering계약 당시 이름, KIST와 합병했을 때 이름은 Korea Advanced Institute of Science & Technology

박정희 정권이 전두환 정권으로 바뀌자 아첨에 능한 과기처 사무관, 앞서 소개한 이해 박사가 기계기술연구소 소장으로 취임했다. 그 후

정밀기계기술센터는 발전하는 일 없이 그대로 고갈枯渴되고 말았다.

센터에 있던 연구원들이 떠나고 센터에서 독일로 연수를 보냈던 연구원들은 귀국했다가 다시 독일로 가서 학위를 따고 돌아와 삼성, 또는 대기업종합연구소 전무, 대학교수 목사 등이 되었다. 아직도 활약하고 있는 사람도 있다.

정밀기계기술센터 재직 당시 나는 서울대 대학원 객원교수로 현대 디지털제어를 강의한 적이 있다. 나는 강의 시간 30분은 반드시 과학 철학에 할애했다. 나는 과학 철학에 애정이 많아서 KIST에 재직할 때 도《연구실 노트》라는 책을 출간하기도 했다. 그리고 정밀기계기술센터를 맡았을 때도 '정밀기계기술센터 뉴스 letter'를 만들어 새로운 기술 이야기나 과학 철학에 관한 이야기를 소개했다.
그때 집필한 기술 철학 제목은 아래에 소개한다.

- 1977. 8. 2. NC계 세계적인 권위자 이나바稻葉請右門 박사 초청강의 성황리에 마침
- 'NC 최신 공작기계 세계적 동향'
- '微小 精密과 기계기술' (李奉珍)
- 1977. 3. 근대 설계 동향과 설계 기술자의 자세 기계설계는 다양한 공학의 산물-요소보다 기능위주로 해야 한다
- 1977. 5. 정밀기계기술센터(Precision Machining Center) 뉴스레

터 창간호(KIST 한상준 소장 축사)

- · 1977. 11. 우리는 왜 두뇌산업을 지향해야 하나
- · 1978. 3. 최신 공작기계 공업과 기술 동향
- · 1978. 6. 기계와 나 (조병화)
- · 1978. 9. 시험관 아기의 공학
- · 1978. 12. 시카고 국제 공작기계 전시회에 참가하고
- · 1979. 3. 사람과 대화하는 기계 로봇
- · 1979. 6. 로봇의 어제와 오늘
- · 1979. 9. 인공 지능 국제회의에 참석하고
- · 1979. 12. 지적기계와 인간
- · 1980. 3. 기술의 본질과 인간
- · 1980. 6. 인간의 진단과 기계의 자기 진단
- · 1980. 6. 4 제4차次國際生産工學會 基調講演
- · 1981. 3. 無人化工場을 돌아보고
- · 1981. 6. Mechatronic의 誕生背景
- · 1981. 11. 半導體技術 進步와 最新産業을 보고 와서
- · 1981. 12. 半導體技術 進步와 最新産業 로봇의 現況
- · 1982. 6. 우리의 精密機械技術 어디까지 왔나

以上 필자. 李奉珍

機械設計는 多樣한 工學의 産物-1977년 3월 22일 內外新聞-要素
보다 機能 위주로 해야 한다.-

1. 李奉珍, 生産技術, 세미나 講演-KIST에서 열린 제1회 생산 기술 세미나

3월 22일 한국과학기술연구소의 정밀기계센터 연구소 강단에서 生産技術 세미나가 열렸다. 세미나는 아직 초기 단계를 벗어나지 못한 우리나라 기계설계와 열 처리 부분에 대한 문제점을 제기했다.

이날 발표된 主題들 가운데 精密機械기술센터 담당자 李奉珍 박사의 「近代設計의 動向과 設計技術者의 자세」라는 강연은 設計技術者의 자세를 상세히 제시하여 큰 관심을 모았다. 李 박사는 이 主題發表에서 설계자들의 새로운 知識과 情報 入手의 필요성을 강조하고 새로운 設計理論의 究明을 촉구했다. 〈編輯者註〉

재래식 기계설계在來式 機械設計는 주로 기계 요소의 설계가 주 대상이었다. 설계자는 자신이 설계한 것이 과연 가공加工이 가능한가 먼저 파악해야 한다. 뿐만 아니라 창작이 아니라 목적에 적합한 도구를 만들어 낸다는 개념이 지배적이다.

초기의 설계는 요소 해석要素解析부터 재료 선택材料選擇, 강도 계산強度計算이 고작이었다. 그러나 오늘날 기계설계는 그 양상이 크게 달라졌다.

설계 내용은 종래의 요소 해석 위조에서 기능 위주, 개념 설계로 바뀌었고 수치제어 공작기계 등의 등장으로 가공하는 데에 제약이 사라졌다. 따라서 설계자에게도 높은 자질이 요구되고 있다.

이제는 기계 개량, 보안정보의 피드백이 빠른 시간 내에 가능해지고 기계의 효율과 성능도 제작하기 전에 예측이 가능해졌다.

　오늘날의 기계는 정밀화, 고도화, 기능화가 특징이다. 기능면으로 볼 때 기계는 전기공작기계류電氣工作機械系와 기계류機械系의 합성이다. 이 기능의 합성을 일명 메카트로닉스Mechatronics라고 한다. 그리고 이런 기계의 기능을 통칭해서 시스템이라고도 한다.

　이로서 기계설계는 종합조립 기술이라 고한다.

　기계설계에는 기능, 외형 치수, 중량, 효율, 속도, 동력 소비, 정도 강도, 강성, 내구성, 신뢰성, 안정성, 사용제작법, 가격, 유지비, 수송, 외관, 판매 강조점, 실제적인 요소가 고려된 것이 이상적인 설계라고 할 수 있다.

　기계 제작은 단순하지 않다. 기계설계는 실제적이기도 하고 광범위한 지식과 정보를 필요로 한다.

　특히 오늘날의 기계설계는 총체적인 조립 기술이므로 각각의 기계설계 분야도 옛날 설계처럼 톱니바퀴, 축을 설계하는 단순한 기계 요소뿐 아니라 교통기계, 공작기계, 산업기계, 전기기계, 원자력기계 등 매우 폭넓은 기계 시스템의 취급이 요구된다.

　여기에 응용되는 원리는 기계공학 외에도 전기공학, 제어공학, 원자핵공학, 화학 등 매우 다양한 방면에 걸쳐 있다.

　설계자 한 사람이 이러한 모든 방면에 정통하기는 불가능하다. 따라서 연구 소통에서 공급되는 정보를 주축으로 설계하는 것이 바람직하다. 설계자에게는 연구실험보다 오히려 연구 기관에서 공급되는 새로운 정보를 어떻게 합리적으로 인수하고 목적에 부합하는 기계를 구성할지가 주된 사명이라고 할 수 있다. 따라서 기계설계자에게는 새로운 과학정보를 정확하게 흡수하는 능력이 요구된다.

다음으로 기계설계에는 타협의 기술도 필요하다. 기계에 요구되는 기능의 조건은 서로 모순되는 경우가 많다. 가령 고속화와 소비 전력, 품질 향상과 가격, 경영 등은 서로 상반된다. 모든 기계가 이러한 모순을 갖고 있다.

기계설계자는 이런 모순의 균형을 잡으며 최적의 설계를 해야 한다. 설계자가 자기주장만 할 것이 아니라 협력자의 의견도 겸허히 받아들이려는 자세를 갖춰야 한다. 이처럼 기계설계는 그룹마다 설계한 서브 디자인을 전체 설계로 합성하는 종합 기술이라고도 할 수 있다.

다음은 설계자의 자질과 자세를 살펴보자. 설계자에게는 다음과 같은 자질과 자세가 필요하다.

1. 창조력이 풍부해야 한다.
2. 팀워크를 존중해야 한다.
3. 자기 취향만 고집해서는 안 된다.
4. 강도 계산을 충분히 해야 한다.
5. 공통 부품도면이 구도와 통용되는 것이라면 새로운 설계는 지양해야 한다.
6. 옛 재료에 새로운 재료가 나오면 이것을 잘 사용해야 한다.
7. 생산성을 높이기 위해 늘 새로운 지식을 쌓아야 한다.
8. 새로운 설계이론을 찾아야 한다. 신뢰성 공학, 안전상, 고장 물리

학, 시스템공학, 유기요소법, 전자계산기에 의한 새로운 설계이론, 새로운 설계이론의 근대적 설계를 가능하게 하는 것 등이다.

2. 나는 연구 개발을 이렇게 하였다-KIST 2020. 6. 25. AM 10:30 KIST-Johnson 강단

KIST 연우회硏友會가 현역 연구원들을 대상으로 「퇴역한 책임 연구원」 가운데 이야기를 듣고 싶은 연구원 순위를 조사했더니 '이봉진, 이정서, 성기수, 최영복, 김훈철 박사' 순으로 뽑혔다고 한다. 그래서 첫 번째 강연자로 내가 선정되어 2020년 6월 코로나 와중에 KIST Johnson 강당에서 「나는 연구개발을 이렇게 하였다」라는 테마의 강연을 하게 되었다.

아래에 강연 내용을 간략히 적어 두겠다.

「연구자의 연구와 자세」에 대하여.

연구자는 진화 과정의 연속으로 실행은 파도를 타는 것과 같은 것이다.

당시 연구개발과 배경 소개하겠다.

Project 1(개발한 NC선반), 대한민국 제1회 국산 기계를 여의도에서 열리는 전시회에 출품했다.

Project 2(상품화한 NC선반)를 EMO Show시카고 맥코믹 플레이스에 한국 최초 출품, 국제전에 전시했다.

주한 미국 대사와 KIST에서 와잠회에서 나에게 포부를 물었다. 그때 나는 그에게 이렇게 답했다.

"Someday, I want to export the machine to your country, which I developed."

연구 개발 순서는 연속적이었다. 1968년 12월 KIST용 컴퓨터 CDC3600 인수차 미국 Minnesota에 있는 CDC 본사를 방문했을 때부터 MIT에 가서 미국이 구소련과의 항공기 개발 경쟁에서 우위를 차지하기 위해 MIT와 미공군과 공통 개발했다가 쓸모없다고 파기한 개발 자료를 MIT연구 교수로 있던 친구 김덕주 박사와 함께 MIT도서관을 뒤져 발견한 자료를 갖고 귀국해 NC연구개발을 계속하고 있었다.

NC연구 방법은 당시 자동제어연구실 소속 연구원이던 최덕규(서울대 출신으로 후일 컴퓨터공학 박사), 이어 노태석(서울대 출신, 현재 목사) 연구원을 NC연구에 전담시켜 성공했다.

NC 개발 과정은 다음과 같다.

NC → MC → 진화 과정 = 연구 개발 방법 → Entropy

내 연구방법은 외길을 Entropy하는 것이다. 이것이 내 연구방식이다.

결론은 다음과 같은 연구개발의 자세를 가지는 것이다.

1. 철저한 자료 정리 습관화
2. 연구 생활의 목표를 가질 것
3. 꾸준한 독서로 아이디어 생산의 보물창고를 만들 것

4. 자기 안의 Entropy증가에 저항력을 강하게 갖는 습관화

5. 내적 게으름, 나태함과의 싸움에서 이기는 것

공부를 왜 해야 하는가?

나는 인간의 삶의 원동력이 사랑임을 믿는다.

무엇을 사랑하고 또 무엇을 사랑해야 하는가에 따라서 자기 세계가 보일 것이다.

이것이 내가 공부를 계속하는 이유다.

3. 김종필 총리와의 목장 기계화

1975년 9월의 어느 날이었다. 스탠퍼드대 연구소 SRIStanford University Research Institute에서 객원 연구원으로 일하다 귀국한 나를 과기처 장관 최형섭 박사가 찾는다는 연락이 왔다. 나는 장관실로 들어갔다. 그러자 최 장관은 나를 보자마자 "이 박사! 오랜만이야. 이정오전두환 정권 때 KIST 소장, 과기처 장관가 한국과학기술연구소 기술에 먹칠을 했어."라며 이야기를 시작했다

당시는 오일 쇼크 시대로 전 세계가 오일 부족으로 난처해하고 있던 때였다. 육사를 나와서 미국 터프대학의 해리 체 교수의 제자로 기계공학 박사학위를 따고 중앙대에서 기계과 부교수로 재직하다가 당

시에 새로 생긴 과학원KAIS 기계과 교수로 옮겨 온 이정오 박사는 오일쇼크의 대책으로 풍차 발전소안을 내놓았다. 정부는 한국과학기술원 기계과 교수가 내놓은 대책이니 이를 믿고 풍차 발전 프로젝트를 그에게 맡기고 말았다.

나는 제3차 경제 기획안을 만들 때 KIST에서 그를 만난 적이 있다. 해리 체 교수가 당신 제자라며 나에게 그를 소개한 것이다. 그래서 그와는 안면이 있었다. 그러다가 그가 미국 스탠퍼드대에 왔을 때 우연히 또 만나게 되었다.

객지에서 특히 외국에서 안면이 있는 사람을 만나니 반가움에 무슨 일로 여기까지 왔는지를 물었다. 그는 웃으며 풍차 발전 연구비를 받아 유명한 스탠퍼드대를 구경하러 왔다고 했다.

시간이 흘러 풍차 발전소 프로젝트를 마무리한 그는 충천도 해변 근처 목장에 풍차 시작試作품을 설치하여 김종필 총리를 모시고 시운전을 보이면서 준공식을 거행했다. 총리는 풍차가 돌아가는 것을 보면서 잘 작동한다는 이야기를 하고 있는데 갑자기 회오리바람이 불어왔다. 모두가 회오리바람을 피하려던 찰나, 풍차가 갑자기 큰 소리 내며 꺾이고 말았다. 이 광경을 지켜본 김 총리는 "이것도 KIST 기술입니까?" 하고 최 장관에게 무안을 주었다. 그래서 최 장관이 나를 불러서 이 문제에 관해 의논을 하게 된 것이 이야기의 전말이었다. 최 장관이 말하기를 이 문제를 해결할 사람은 나밖에 없다는 것이었다.

"구조계산을 제대로 못 한 탓이겠죠. 지금 바로 현장으로 가 보겠습니다." 하고 나는 직원을 데리고 충천남도에 있는 목장 현장을 찾았다.

목도牧道 100km나 되는대략 서울~천안 간 거리 작은 산정길의 긴긴 목도는 사방을 감싸고 있었다. 목도의 폭이 넓어서 가축들이 편하게 다닐 수 있게 되어 있었다. 저 멀리 해변이 보이는 아름다운 목장이었다. 목장 관리인전 중앙정보부 국장이라는 사람이 다가와 이런저런 설명을 해 줬다.

"저기 멀리 보이는 해변이 원래는 어촌이었습니다. 다른 지역으로 이주시키고 목장을 만들었습니다. 이 박사님이 이번 일을 잘 해결해 주시면 김종필 총리님이 대통령이 되고 난 후에 많이 도와주실 겁니다. 잘 부탁드립니다."

나는 관리인에게 인사를 하고 서울로 돌아와 최 장관을 다시 찾아갔다.

장관실에 들어가니 내게 묻는다.

"어때?"

"저는 못 하겠습니다. 바보가 아닌 이상 부정부패의 원흉 심부름은 못 하겠습니다."

"그게 무슨 소리야?"

"가서 보니 미국에서 보는 광고 전단지, 그 자체였습니다. 그 큰 목장을 보면서 이게 바로 집에 자주 오던 전단지였구나. 내심 그런 생각을 하게 됐습니다."

그러자 장관은 웃으며 "알았네, 가 보시게." 하는 것이었다.

며칠이 지나 최 장관실에서 내일 오전 9시에 총리실로 오라는 전화가 왔다.

　　나는 당일 주황색 포니_{당시 일본 국민차로 개발한 것은 현대가 도입한 4인승} 차를 몰고가 중앙청 건물 입구에 차를 세웠다. 그러자 수위가 뛰어왔다. 아니 대체 당신이 누군데 여기에 차를 세우냐며 따지길래 총리실에서 9시까지 오라고 해서 방문했을 뿐이라고 대답했다.

　　"지금 총리실이라고 말씀하셨습니까?"

　　"네. 맞습니다."

　　그러자 수위가 내 차_{포니}를 몰고 어디론 가 사라졌다. 나는 계단을 올라 총리실을 찾았다. 조금 있으니 최 장관이 문을 열고 들어오고 나더러 함께 들어가자고 한다.

　　총리실에 들어가니 정면에 전두환 사진과 함께 큰 황소 사진이 걸려 있었다. 총리는 황소를 등지고 상석에 앉고 테이블 좌우로 나와 최 장관이 앉았다. 나는 최 장관의 맞은편인 우측에 앉아 있었다.

　　최 장관이 곧장 말을 꺼냈다.

　　"이 박사가 현장에 다녀왔는데 부정부패의 심부름은 못 하겠다고 합니다."라는 보고다. 내가 최 장관에게 편하게 말한 내용을 곧이 곧대로 총리에게 말하니 나는 몹시 당황스러웠다. 그런데 총리는 내 왼쪽 무릎을 톡톡 두드리며 "오해하지 마십시오. 우리나라 3대 위인인 서울대 미대 교수가 벽에 그리고 있습니다. 이 박사가 목장의 동물 사료 운반 기계 장치를 설계해 주셔서 완성이 되면 이 목장을 국가에 헌납하려고 합니다." 하고 설명했다.

"그런 줄도 모르고 제가 실례했습니다."

"괜찮습니다."

총리는 비서실장을 불러 "이 박사님이 필요하다고 하시는 모든 것을 도와드리세요."라고 했다. 나는 총리에게 인사하고 돌아왔다. 총리와 장관의 대화를 들으며 이 나라가 자유 민주주의가 맞네 하고 느끼는 순간이었다.

나는 센터 차를 편히 쓰면서 설비 도면을 만들어 납품을 했다. 그러던 어느 날 한완상 소장이 나를 불렀다. 정밀센터 비용으로 시공까지 해 달라고 요구하는 것이었다. 나는 거절했다. 센터의 자금은 중소기업을 돕는 데 쓰여야 하는데 그 돈으로 시공까지 해 달라는 요구는 들어줄 수 없다고 딱 잘라 거절했다.

그럼에도 불구하고 총리는 매해 연말연시면 빠짐없이 본인이 그린 그림을 넣은 신년 카드를 보내 주었다.

내 둘째 처형의 장인, 전예용 씨가 타계했을 때 김종필 총리가 祭祀主를 맡는 걸 보고 사돈이 김종필 씨와 가까운 사이였다는 것을 알게 되었다.

그 자리에서 다시 김종필 총리와 인사를 나눴는데 전예용 씨와는 어떻게 아는 사이냐고 묻길래 제 처형의 장인이라고 이야기한 기억이 난다.

한국과학기술연구소(KIST) 단지 내에서 찍은 가족 사진

매스컴에 비친 외길 인생

행복하다는 것!

유정

돈이 많아서
행복한 것이 아니었습니다.
재산이 많은 사람도
부자가 아닌 것 같습니다.

진짜 부자는
추억이 많은 사람
생각하면 할수록
추억이 되살아나는 사람이
참으로 행복한 사람
부자인 것 같습니다
무엇을 소유했다고
자랑하지 말고
매 순간 순간

나의 아름다운 추억이

생각나도록

그 아름다운 추억을

잃지 않는 사람이

진짜 부자이고

행복한 사람인 것 같습니다

2023. 5. 20.

KIST 전경

1. 나의 인생길에서 만난 사람들

어쩌다가 택했는지 알 수 없으나 이미 나는 이 길에서 50줄에 들어섰다. 자식에게 용돈을 주면서 시키던 새치 뽑는 작업도 이제 손들었다. 내 여정旅程에서 만난 그간의 매스컴은 냉혹하기만큼 차갑기도 했으나 때로는 내 어깨를 두드려 주는 유일한 친구이기도 했다.

한때는 터무니없는 기사 몇 줄에 몹시 흥분하기도 했고, 조금 더 힘내자는 용기를 얻기도 했다. 그렇지만 솔직히 매스컴에 대한 내 마음은 냉담冷淡하다. 어떤 기자는 내가 취재에 너무 비협조적이라고 핀잔을 주기도 했고, 연구실 출입을 막아서는 경비원에게 간접적으로 욕설을 하고 돌아가는 기자도 있었다. 그래도 나에겐 모두 대수롭지 않은 일이었다.

이제 여기저기 흩어져 있던 기사들은 모아 놓고 다시 읽다 보니 모 기자某記者가 한 말이 생각난다.

"그럼, 수필이라도 한 편 주십시오!"

취재를 거부했더니 연구소 현관에서 내 연구실로 전화를 걸어와 짤막하게 한마디 던진 기자의 애절한 목소리가 떠올라 눈시울이 뜨거워졌다.

2. 기계 부품을 자동 생산하는 수치제어 공작기계數値制御 工作機械

"내 차車 부품이 국내에 없어서…."

승차요금 25원짜리 버스를 타고 갈 때 친구들끼리 주고받던 농담이다.

본인 차는국내차보다 좋은 외제차인데 국내에서 부품을 생산하지 못하므로 그 부품이 수입될 때까지 자기 자동차를 세워 두었다는 말이다. 당시 우리나라의 기계공업이 낙후되어 있음을 돌려서 말하는 뼈 있는 농담이다.

한국과학기술연구소의 자동제어연구실실장 이봉진 박사과 전자계산실실장 성기수 박사은 한국기계공업의 발전과 제3차 경제계획 가운데 기계 수출 목표를 달성하기 위해서는 '수치제어NC 공작기계' 도입이 필요하다고 강력하게 주장한다. 전자계산실은 이를 촉구하는 정부건의서를 마련하여 발표했다.

제3차 경제계획 5개년 가운데 기계류 수출 목표는 1976년에 총 7억 4500만 달러로 총 수출액의 21%였다. 1980년에는 총 13억 2800만 불로 전체 24.4%를 차지하여 수출 목표 가운데 가장 큰 비중을 차지했다.

그러나 세계적인 추세는 정밀도가 높은 기계류와 다품종 소량생산으로 향하고 있는데 이에 반해 한국 정부는 재래식 공작기계를 고집하고 있어 두 박사는 정부의 이러한 정책을 비판하고 있다. 대안으로 제시한 NC공작기계는 컴퓨터와 기계가 하나가 되어 정밀한 가공을 해내는 기계로 기계 부품을 만들어 내는 인공을 대행하는 기계다.

외국에서는 NC공작기계가 급속히 늘어 가고 있는데, 우리나라에서는 재래식 공작기계 수입이 급격히 증가하고 있다. 세계 추세에 역행하는 이런 현상은 하루 속히 반전反轉되어야 한다고 이봉진, 성기수 박사와 관계 전문가들이 이를 강조하며 정견政見을 마치고 있다.

注 : 정부의 제3차 경제 5개년 계획 초기에 미국 Turf Univ. 기계과 교수 해리 최 씨를 초빙하여 KIST 멤버들과 작업을 하고 있었다. 그러나 이후 나에게는 새로 생길 '포항제철소' 건설에 박태준 사장을 보좌하라는 청와대 명이 내려와 제3차 경제 5개년 작업에서 빠지게 되었다. (1977. 12. 8. 「東亞日報」)

3. 정보화情報化 사회-펼쳐진 1970년대

고대의 인류사는 이용하는 물질의 종류에 따라서 석기, 청동기, 철기 시대로 구분된다. 즉, 인류는 천연자원을 이용함으로써 문명생활을 하게 된 것이다. 이어서 인류 사회에 '에너지'를 이용하는 문명이 나타났다. 18세기 후반 영국을 중심으로 일어난 '산업혁명'이 바로 그것이다. 제2차 세계대전 중에 개발된 '레이더' 사격관제장치는 종래의 물질과 '에너지'에 또 다른 요소가 있다는 개념을 알려 주었다. 이것이 오늘날의 '정보'라는 개념이다.

정보화 사회의 서곡序曲

정보에 대한 철학적 고찰은 성서에서도 찾을 수 있다. 그러므로 정보라는 것은 결코 근래에 생긴 것이 아니다. 다만 지금까지 무심히 지나쳐 왔을 뿐이다. 무엇보다 2차대전 중 개발된 통신이론, 그리고 「사이버네틱스」CYBERNETICS : 정보처리(情報處理)「시스템」과 동물과 인간의 중추신경조직中樞神經組織을 비교 연구하는 학문에 의해 정보가 과학적 지위를 확립했다고 할 수 있다. 그 후 개발 성공으로 오늘날의 정보화 사회情報化社會, 조작사회操作社會에 공학적工學的 수단을 부여하게 되었다. 다량의 '데이터'를 처리하는 EDF, 경영관리를 위한 MIS, 국가 '레벨'에서 생각하는 NIS 등의 '컴퓨터'와 통신 기술이 연결되어 '정보혁신' 또는 '정보화 사회'라 불리는 미래의 세상을 보게 된 것이다.

우리 주변에서 기대하는 두뇌를 가진 '컴퓨터'가 주역이 된 제2의 산업혁명이라고 할 수 있는 정보처리혁명情報處理革命이 일어나고 있다. 그러나 이러한 정보화 사회가 우리 행동원리에 결과적으로 이득이 될 것인지 아닌지는 솔직히 필자인 나조차도 답하기 곤란하다.

여기서 우리 주변에서 일어나는 여러 가지 문제점을 생각해 보았다.

정보혁명情報革命

20세기 후반에 들어서 「컴퓨터」를 중심으로 한 3C 혁명계산(計算) : Computation, 제어 : Control, 통신 : Communication으로 기술혁신이 집중적으로 일어나고 있었다.

이러한 기술혁신技術革新은 사회의 각 요소와 연결되어 있는 정보·

통신의 내부에서 일어났기 때문에 그 영향이 매우 크다. 거의 사회 전반에 걸쳐서 변화를 유발하기 때문이다.

이것이 바로 「정보혁신情報革新」이다. 정보혁명을 매개로 진전하는 정보화는 사회 속에서 정보의 역할과 가치를 점차 높여, 지금까지의 물질 에너지 중심의 공업 사회를 정보 지식을 중심으로 하는 정보화 사회Post Industrial Society로 바꾸고 있다.

정보혁명은 오늘날 선진 공업화 사회 곳곳에서 일어나고 있는데 그 계기는 정보량의 급증에 있다고 볼 수 있다. 컴퓨터는 연산처리의 고속화·기억 용량의 증대·입출력 장치의 개발 등이 진전하여 정보의 대량 처리·원격 정보 처리 기능을 갖추게 되었다.

인공위성에 의한 우주 통신, 해저 횡단 동축銅蓄 케이블에 의한 전신, 전화의 자동 교환화 등 통신기술의 발전으로 말미암아 전 세계의 정보망이 형성되고 정보처리가 기능해졌다. 정보 과학의 진보가 혁명적인 기술적 토대와 사회 정보처리 능력을 비약적으로 높이고 있다. 그러나 컴퓨터의 대량 고속처리가 곧 정보화 그 자체를 의미하지는 않는다. 정보화라는 것은 일파가 만파를 불러일으키는 것 같은 전면적 변화를 가리킨다.

정보 소비형 경제

선진 공업화 사회에서는 정보화로의 진전을 양적量的으로 파악하려는 시도를 한다. 소위 정보화지수라는 것이다. 이것을 선진 공업화 사회(선진국에서는 현재를 공업화 사회라고 봄)에서는 정보화 국제

비교 자료도 시도하고 있다.

간단히 소개하면 정보량을 나타내는 통화 수또는 전화 대수, TV 계약 대수, 서적 신문 발행 부수, 고등교육 수준, 노동 면으로 본 산업구조 제3차 산업 취업자의 비율, 상품의 정보화광고비, 생활의 정보화가계 지출에 대한 잡비 지출의 비율, 정보처리 능력컴퓨터 보유 대수, 1인당 국민소득 등을 들 수 있다. 이 지표는 모두 국제 비교의 편의상 고안된 것으로 각 지표의 비중이 무시되고 있기는 하지만 정보화 진전을 나타내는 유력한 근거로 사용되고 있다.

정보화 또는 정보화 사회가 되기 위한 이행조건을 사회 각 분야로 넓혀 보면 우선 사회가 풍요로워야 한다. 정보 지식의 저장, 지적 능력, 교육 수준, 정보처리 능력, 도시 집중에 의한 정보의 고밀도화, 여가, 정보, 지식산업이 각기 일정한 수준으로 올라서야 한다. 따라서 상품의 광고비, 시장 조사비 등 정보코스트의 비중이 높아지고 상품의 정보화가 나아가서는 개인 생활에서도 교육비, 교양 오락비, 통신 교통비 등 정보 지출을 증가시켜, 경제생활의 양식을 정보 소비형으로 바꾸고 있다.

두뇌 노동의 질적 전환

지금까지 이야기한 '정보화 현상' 또는 '정보화 사회의 조건'들은 공업화가 고도로 발달된 선진국에서는 이미 준비되어 있고 또 준비하고 있다.

기술혁신을 바탕으로 이루어진 오늘의 공업화 사회는 물질과 에너지를 결부시킨 물적 생산의 확대가 그 중심이었다. 따라서 생활수준의 향상은 대량 생산에 알맞은 대량 소비를 촉진시켰고 소비자의 욕구는 점차 고급화, 다양화로 바뀌며 이른바, 정보 소비형 고도 소비사회를 출현시켰다. 산업구조도 고도화되고 노동인구도 1차 산업에서 3차 산업으로 이동하면서 생산성이 육체 노동에서 두뇌 노동으로 질적 전환을 이루었다.

이러한 여러 현상은 공업화 사회의 성숙과 정보의 역할 및 가치가 높아짐에 따라 공업화가 정보화로 전환하는 순조로운 노선을 따른 것이다.

그러므로 산업혁명 이후 줄기찬 기술개발로 성공적인 공업화를 이루어 낸 선진국들이 이제 정보화수준이 1970년대에 머물러 있는 후진국들에게 어떤 방법으로 공업화를 촉진시킬 것인지 또 후진국들은 밀려 들어오는 선진국의 정보화 사회를 어떻게 받아들이고 소화해낼 것인지가 앞으로 풀어나가야 할 과제가 되었다.

선진국들이 공업화 사회의 번영을 이루어 낸 이유를 생각해 보면 간단하다. 그것은 한마디로 대중에 의한 기계 지배라고 말할 수 있다. 단적인 예로 미국, 일본의 자동차 대수를 보자.

정보화 사회에서의 원칙도 비슷하다고 생각한다. 오늘날 미국 일본 독일의 정보 관련 지수를 보면 선진 여러 나라들은 대중이 정보를 제어하고 이용한다는 것과 그들은 정부와 사회의 문전에 있다는 것을 이해할 수 있을 것이다.

산업혁명 이후 에너지·파워 시대의 기계 생산성은 획일적이었다.

이에 비해 정보화 사회의 정보 기계컴퓨터는 다양한 요구에 응할 수 있는 융화성을 갖고 있다. 이런 점을 살펴볼 때 앞으로 후진국은 열심히 과제를 수행해 나가야 한다. 그렇지 않으면 선진국과의 격차가 심하게 벌어질 것이다.

이제 정보화 사회의 주역인 컴퓨터를 조금 더 살펴보기로 한다.

컴퓨터(전자계산기)

컴퓨터를 전자계산기라 부르는 것은 통속적인 번역에 지나지 않는다. 오히려 정보사회의 원동력이 컴퓨터라면 컴퓨터를 정보 처리 기계라고 부르는 것이 타당할 것이다.

정보 처리 기계는 입출력 장치, 제어·기억·연산 장치로 구성된다는 사실이 이제는 상식이다. 여기에서는 컴퓨터의 특성과 거대한 인공 두뇌, 소위 전자 두뇌를 살펴보기로 하자. 컴퓨터의 특성은 한마디로 종래의 기계에 대한 개념을 바꾼 비획일성에 있다. 즉, 기계치고는 비교적 융통성이 많은 기계라는 점이다.

컴퓨터가 인간의 다양한 요구에 응할 수 있는 비획일성을 갖고 있는 예를 들어 보자. 종래의 공작기계가 상식에 따르고 획일성을 지녔다는 사실을 의심할 사람은 없을 것이다. 그러나 인공 기계의 수치제어를 컴퓨터와 연결시키면 공작기계가 한없이 융통성을 발휘한다는 것은 쉽게 이해할 수 있을 것이다.

교육 면에서 컴퓨터의 응용을 들어보면 소위 CAIComputer Assisted Instruction 방식을 들 수 있다. 즉 교육받는 대상의 특성·소양·능력에 맞추어 가장 능률이 오를 수 있는 교과 과정을 마련하고 피교육자 개개 인의 능력에 맞춰 제공하는 방법이다. 이에 비해 오늘날의 교육이 얼 마나 융통성이 없고 획일화되었는지를 잘 알 수 있다.

컴퓨터를 사용한 사무 처리에 있어서도 일반 원칙을 따르면 놀라 운 능력을 발휘한다. 그러나 상궤를 벗어난 사무 처리에 대해서는 미 리 대책을 준비해 놓을 수 없으므로 실제 프로그램으로선 그런 예외 적인 경우에는 지금까지 출력된 컴퓨터의 결과를 바탕으로 인간의 판단력에 의존할 수밖에 없다.

그럼에도 불구하고 인간에게 풍부한 판단 자료를 제공해 주는 컴 퓨터가 인간의 획일성을 비획일화하는 데 중요한 역할을 한다는 사 실에는 의심할 여지가 없다. 다시 말해서 컴퓨터는 정보 사회에서 인 간의 역할과 나아가 인간 재발견의 실마리가 되고 있다. 이처럼 컴퓨 터가 비획일성을 이뤄 낼 수 있는 것은 그것이 Man-made Brain인 전 자 두뇌를 지녔기 때문이다.

10년이 넘도록 영어를 공부해도 영어 회화에 어려움을 느끼는 사 람이 많다. 대학에서 전공을 해도 사회에 나와서 바로 이용하지 못하 는 사람이 대부분이다. 학교 교육이 쓸데없다며 학교 교육 무용론을 주장하는 사람도 많다. 이는 자기 전공에 대한 이해와 체득이 부족하 기 때문이다. 본인이 배운 실용적인 지식을 필요할 때 실생활에 사용 하는 것처럼 충분히 자기 것이 되어 있으면 그것을 활용할 방법을 스 스로 만들어 내는 게 당연하다. 컴퓨터의 전자 두뇌야말로 방대한 자 료를 동일한 수준에서 이용할 수 있다.

가령 전자 두뇌 속에 10만 단어가 들어 있지만 마치 한 단어가 있는 것처럼 숙지하고 자유자재로 구사할 수 있다면 초과학적 효과는 충분히 상상할 수 있을 것이다. 인간의 뇌와 전자 두뇌를 비교해 보자.

전자 두뇌와 인간의 뇌

인간의 뇌에는 무수히 많은 신경 세포가 있다. 대뇌피질에 포함된 신경 세포의 수는 140억 정도라고 한다. 이들 뇌 신경 세포가 정보처리를 한다고 알려져 있다. 즉, 신경 세포들은 한쪽에서 온 신호를 적당히 처리한 다음 신경 세포로 전달한다. 이때 인접한 세포체에 발생하는 신호는 시냅스 후 전위라 부르는 아날로그Analog는 계량이란 의미이고 Digital은 계수라는 의미로 여기에서는 대응되는 개념으로 사용된다적인 양인데 여기에는 세포체의 전위를 상승시키는 종류와 감소시키는 종류 두 가지가 있다 전자를 흥분성, 후자를 억제성이라 말한다. 하나의 세포에 모이는 아날로그 신호는 세포체에 합쳐져서 그 값이 충분히 커지면 신경 세포의 축계에 펄스Pulse를 보내는 것으로 여겨진다. 이처럼 미세한 신경 세포의 움직임만 봐도 계산기는 1과 0의 삼치 논리를 취하는 데 비해 생물은 아날로그적으로 정보를 처리한다. 그러나 이것만으로는 뇌와 계산기의 본질적인 상이점에 대한 설명이 충분하지 않다.

맥그로우와 리츠는 위에 말한 신경 세포의 기능을 추상화한 모델을 만들어 컴퓨터와 같은 논리로 움직인다고 본다.

그러나 이때 이들은 한 신경 세포로부터 다른 신경 세포로 전달되는 데 요하는 시간을 일정치로 가정한다. 그의 계산기의 논리는 직렬적인 데에 비해 뇌는 병렬적으로 정보를 처리한다는 차이가 있다. 즉, 계산기는 연역은 되지만 귀납은 못 한다는 것이 근본적인 차이다. 그러나 전자 두뇌의 연산 속도는 마이크로 세컨드백만 분의 일 초로 빨라지고 있으며 기억 용량도 2K2,048에서 262K262,144으로 대용량화되는 경향이 있다. 현재의 전자 두뇌도 점점 더 인간의 두뇌와 비슷해져 가고 있다 할 수 있다. 그러나 생물의 인식 과정에 매개물인 소리·문자 감각 등이 중요한 역할을 하고 있지만 컴퓨터는 이러한 패턴 인식에는 아직 유치한 단계다. 이러한 면을 보충하려고 로봇공학이 등장하게 되었다.

정보화 사회로의 전개

현대 사회는 공업화 사회라 불린다. 모든 가치 생산이 공업력에 있기 때문이다. 종래에 한 나라의 국력은 국토 크기, 인구, 자원 등 물리적인 양으로 비교 되었는데 오늘날 비교 표준은 공업력으로 바뀌고 있다. 그렇다면 1970년대 이후에 오는 것은 무엇일까? 미래학자들 사이에는 이것이 중대한 명제로 등장했다.

1968년 7월 도쿄에서 열린 일·미 미래학 심포지엄에서 일치된 의견은 앞으로 정보화 사회가 될 것이라는 결론이었다. 즉 가치 생산이 공업력에 있는 것이 아니고 정보화로의 이행에 있다는 것이다. 이러한 가치관의 변화가 선진국에서는 이미 시작되고 있었다.

그런데 앞서 말한 것처럼 정보화 사회에서 가장 중요한 문제점은 정보화 사회 속에서의 인간성 회복 방법이 될 것이다.

정보화 기술이 과연 인간에게 독이 될지 해가 될지 산업혁명 이후 공업화가 만들어 낸 풍요로운 사회의 문제를 살펴보면 정보화 사회가 우리 인간에게 어떤 영향을 주게 될지도 자명해진다.

대중이 정보를 제어하고 전문 지식과 기술이 상호 관련성을 갖고 종으로 갈라져 있던 것들을 횡으로 연결시킴으로써 사회 전체가 시스템화된 관리 사회가 되면서 인간을 재발견할 수 있는 최적한 사회를 실현한다는 유토피아적인 미래상을 정보화 사회에서 찾아볼 수 있을 것이다 그러나 목적 목표가 뚜렷해야만 조직화된 관리 사회도 의미가 있고 정보, 처리망도 그 진가를 발휘할 수 있을 것이다. 따라서 어떤 목표를 세울 것인가라는 가치 선택의 문제가 정보화 사회에서 인간 회복에 이르기 위해 사람이 하여야 할 일인 것이다. (1970. 1. 3. 국제 신보)

注 : 일본인 미래학자 마쓰다 요내지增田米二 선생이 《컴퓨터피아 Computopia》라는 다가올 컴퓨터 혁명을 쓴 저서가 일본에서 큰 반향을 일으키는 베스트셀러가 되었다.

필자가 1968년 KIST 창설 유치 과학자로 귀국하기 전, 마스다 선생님께 직접 허락을 받아 KIST 입소 후 번역 출간한 서적이 한국판 '컴퓨터 유토피아'다. 당시 한국에서는 최초로 소개되는 과학기술의 미래에 대한 참신한 내용이었다. (1968년 KIST출간)

이를 본 국제신문사가 신년 특집으로 게재하고 싶으니 필자에게 정보에 관한 집필을 요청해 와서 신문사에 기고문을 쓴 원고가 있다.

이 원고는 1970년 1월 3일 신년 특집으로 게재되었다.

KIST에서 마쓰다 요내지增田米二 선생을 초청한다.

KIST에서 《컴퓨토피아》 한국어판 출간을 기념하여 마쓰다 요내지 선생님을 초청했는데 선생님께서 흔쾌히 판권을 기증해 주셨다. 당시 KIST 소장 최형섭 박사가 새로 지은 연구소 영빈관에 선생님 내외를 모셨다. 공식 만찬을 마치고 귀빈실에서 소장님 내외, 마쓰다 선생님 내외분, 우리 부부 세 커플이 차를 마시며 담소를 나누게 되었다. 세상 돌아가는 이야기, 연구소 이념, 목표 등 다양한 소재로 이야기를 나누고 있었다. 마쓰다 선생님은 아내에게 영어로 물었다. "무슨 일을 하고 계십니까?" 그러자 아내는 "저는 전업주부입니다."라고 일어로 대답했다.

"영어도 알아듣고 일본어도 하시는데 살림만 하신다고요? 참, 아깝습니다もったいない!"라며 소장의 얼굴을 쳐다보며 다시 아내에게 이야기를 했다.

"일본에 꼭 오세요. 초대하겠습니다." 그러자 아내는 "옆에 앉아 계신 소장님이 허가를 내 주지 않습니다."라고 대답했다. 마쓰다 선생님은 최 소장을 향해 "정말입니까?" 하며 웃으며 물어봤다.

그날 이후 아내는 마쓰다 선생님의 사모님을 모시고 여기저기 서울 구경을 다니며 명소를 안내했고 나는 마쓰다 선생님이 초대받아 강연하는 곳에서 동시 통역을 맡았다.

이화여대 대강당에서 마쓰다 씨는 앞으로는 남녀 간의 결혼, 선보는 방식도 달라진다는 미래상을 강연했고 기업에서는 회사 경영에 관한 유토피아의 다양성을 강연했다.

직장에선 이후 내가 해외 출장 서류를 갖고 들어가면 최 소장을 나를 보고, "이 박사, 나한테 오기 전에 마누라 결재를 먼저 받아 와!"라고 농담을 했다. 그 이후 나는 마쓰다 선생과 각별한 친구 사이가 되었다. 내가 FANUC사로부터 스카우트되어 일본에서 지낼 때는 아타미의 선생님 별장에 초대받아 대접받기도 했다.

이하에 마쓰다 선생님이 KIST를 방문하고 자기 나름의 KIST의 미래상을 예측한 일본지 '특집 II 아시아와 일본ｱｼﾞｱと 日本 : 문화교류의 접점文化交流 接點'에 실린 내용의 일부번역본를 소개한다.

참고하기를 기대하면서.

30억 JC LIfe지에 실린 글 : 번역 이봉진
'KIST가 의미하는 것 KISTの意味するもの'
한국이 이루어 낸 근대적인 방향 맞추기韓国が果たした近代的な方向づけ
増田米二(日本経済開発協会理事)

그 정신적인 백본backbone-마쓰다 요내지

내가 한국과학기술연구소KIST를 처음으로 접한 것은 기계공학을 전공하고 동 연구소에 들어간 이봉진 씨로부터. 내가 집필한《컴퓨토피아다이아몬드사 간행. 이그제큐티브북》를 한국어로 번역하고 싶으니. 허락해 달라는 편지를 받고. 이것을 인연으로 한국을 방문했을 때였다.

마치 올림픽 직전의 도쿄처럼 활기가 넘치는 서울 시가지에서 조금 벗어난 한적한 곳에 KIST가 위치하는데 한국에서는 좀처럼 보기 어려운 울창한 소나무 숲과 언덕이 있는 환경은 마치 그림처럼 넓은 곳이었다. 첫날은 해가 저물 무렵에 도착해 주변 경관을 잘 보지 못했는데 다음 날 아침에 창문을 열어 보니 광대한 한국과학기술연구소의 경관을 보고 놀랐다.

그리고 이 선생의 안내를 받아 인사를 나눈 최형석 소장의 그릇 크기에도 깊은 인상을 받았다.

그는 일본 와세다대학을 졸업하고 여러 어려움을 겪다가 미국 미네소타대학에서 학위를 받은 인재다. 대단히 우수한 엘리트 중 한 사람임에 틀림없고 박 대통령의 측근으로 대한민국에 지금의 KIST라고 하는 과학연구소를 처음으로 추진한 인물이기도 하다.

나는 1월 10일의 일본경제신문에 '동양東洋 제일의 싱크탱크'라는 제목으로 KIST에 관한 기사를 올렸다. 그 이후부터 한국에서도 KIST에 관련된 기사에 '동양 제일'이라는 표현을 사용하는 경우가 많아졌다. 최근 소식에 따르면 최 소장이 어느 날 연구소 멤버 전원을 소집해서 '동양 제일'이라는 평가에 걸맞은 인재가 됩시다."라고 멤버 전원을 '독려'했다고 한다. 나는 어떤 면에서는 KIST가 동양 제일임에 틀림없다고 본다.

규모나 실적 면에서는 물론 동양 제일이 아닐 것이다. 그러나 그들의 사고, 운영 방법, 또는 그 내용을 보면 동양 제일이라는 표현에 손색이 없다. 그만큼 근대적이고 게다가 효과적으로 운영되는 싱크탱크의 예는 일본을 포함한 아시아 각국에서 찾아볼 수 없다. 그러한 성격의 KIST를 설립하게 된 근본에는 발전도상국에서 벗어나자는 절실한 인식이 있었으니 KIST 창립 의의를 높이 평가할 수 있다.

KIST의 설립의 도화선이 된 것은 일찍이 최 원장이 한국의 한 과학 잡지에 실은 캐나다의 과학기술진흥책에 대한 논문이었다고 한다. 그 논문을 발표하고 얼마 지나지 않아 박 대통령으로부터 만나자는 연락이 왔다고 한다. 대통령은 최 소장이 생각하는 과학기술연구소를 한국에 만들고 싶으니 과학연구소에 대한 아이디어가 있다면 조언해 달라고 부탁했다고 한다. 그러자 최 소장은 그만의 독특한 열변으로 도도한 헌책을 했는데 바로 그 자리에서 채택되어 최 소장의 생각을 그대로 옮기라는 대통령 지시가 내려진 것이다.

소문에 의하면 박 대통령은 좋은 안이라 판단하면 바로 그 자리에서 즉결즉단을 내리는 성격이라고 했다. 그리고 신상필벌도 엄하다는 소문이 들렸다. 박 대통령의 급한 성격이 KIST 건설이라고 하는 혁신적인 사업을 현실화한 것만큼은 사실이다.

한국과학기술연구소 육성안의 원안은 대부분 최 소장의 생각에 따라 만들어졌다. 그 안에 정부가 연구소 활동에 간섭하지 않는다는 반전도상국으로서는 획기적인 내용이 있었다. KIST에는 미국의 원조가 어느 정도 있었지만 한국 정부는 경리 감사와 연구 내용에 간섭하지 않는다는 그야말로 voluntary, 자주성을 인정하는 법안이 작성된 것이다. 그렇지 않으면 과학기술의 진흥은 있을 수 없다는 최 소장의 지론이 관철되었다.

최 소장은 이와 같은 원안을 갖고 인재 확보와 해외로 유출된 두뇌를 조국으로 데리고 오기 위해 미국, 유럽 등으로 찾아다녔다. 해외에서 PhD 자격을 갖고 3년 이상 경험한 사람을 중심으로 인재를 찾아 대한민국의 현대화 세계화를 하는 데 도움을 요청하며 설득하러 다녔다. 그중에는 일류 대학 교수, 대기업의 최고 연구원 등 75명의 후보자가 있었는데 그 가운데 자신이 받게 될 급여가 낮아짐에도 이를 따지지 않고 모집에 응한 사람은 30여 명이었다. 이들은 자신의 현실적인 대우는 부족하나 애국심이 있었다. 바로 이 사람들이 고국에 귀국하여 대한민국의 현대화에 기여한 것이다. 거기에 최 소장의 KIST에 대한 정신적인 백본이 있다.

합리적인 운영태세

이렇게 최 소장이 해외에 거주하는 후보자들을 설득하고 귀국시키기 2, 3일 전에 KIST 육성법이 의회를 통과했다. 그러나 통과한 안의 내용은 원안과 너무 달라져 있었다. 정부가 크게 간섭하게 되어 있었다. 이 내용을 본 최 소장은 당장 박 대통령에게 가서 사의를 표했는데 대통령의 위로도 있고 해서 다시 한번 국회의원들을 설득해서 자신의 지론을 관철시켰다.

KIST는 일본의 이 과학연구소와 미국의 바델 연구소 등을 모델로 했다. 특히 바델 연구소와는 자매 관계를 맺어 여러 가지로 도움을 받았다. 이 과학연구소의 순수과학기술 분야 연구와 바렐 연구소와 산업기술 계약연구를 모두 하는 국제적인 요구에 응하는 큰 연구소로 출발할 것이다. 그래서 연구소에는 순수과학 학술만 담당하는 부소장과 산업 부문을 용역 계약을 담당하는 부소장 2명의 부소장이 있어서 연구소 운영 자체가 합리적이었다. 프로젝트의 성격에 따라 서로가 시간 단위로 돕는 협력이 있었다.

한국 엘리트들의 의기를 보다-마쓰다 요내지

나는 KIST, 그리고 KIST에 모인 한국의 우수한 사람들을 접하고 매우 부러웠다.

앞서 이야기한 이봉진 씨는 동경대학을 졸업한 Mechanical Engineering이다. 아직 35, 36의 젊은이일 것이다. 동경대학 재학 중에 서울시 도시가스 설계를 했는데 이번에는 막 건설을 시작하는 포항제철소를 무대로 본인의 역량을 발휘하고 있다. 이 제철소는 일본이 일을 해 주어 이전부터 신제철소가 컨설팅을 하고 있다. 연간 300만 톤 규모의 제철소이다. 완성되면 한국의 철강재 수요를 모두 감당할 수 있을 만큼 스케일이 큰 제철소가 생기는 것이다. 이봉진 씨는 기계설계, 압연 설비, 금액으로 치면 아마도 몇십억, 몇백억 원을 다루는 프로젝트에 어드바이서로 활약하고 있다.

KIST의 스태프는 한국 경제의 추진력이다.

일본도 명치유신 당시 젊은이의 의기를 느낄 수 있었다. 30대 중반에 그런 권한이 주어진 과학자들은 나라 만들기에 생의 보람을 느끼며 심장이 활활 타오르는 한국의 에이스들이다. 이런 인재들을 모아움직이고 있는 KIST도 한국의 과학기술 개발의 전통을 새로 만들기위해 불태우고 있다.

게다가 이것은 불행 중 다행일 수 있다. 한국이 6.25 전쟁으로 지도자층을 잃어버리자 젊은 엘리트들이 그 자리를 넘보게 되었다. 그에 더불어 인플레이션은 남아 있어도 박 정권이 출현함으로 인해 급속히 근대공업국으로 발전을 이뤄 가고 있다. 한국은 지금보다 더 많은 엘리트를 요구한다.

이봉진 씨는 한국의 중공업에 관한 경영기획원의 계획작성에도 참가하여 1회 정책결정에 여러 분야 역할을 맡고 있다. 나는 앞서 말했듯 KIST의 규모와 실적에 대해 그것이 한국 경제와 기술개발에 즉효적이지는 않다고 적었지만, 이봉진 씨를 시작으로 KIST 각 멤버의 공헌도를 보면 KIST의 존재는 큰 의미에서 경제 발전, 정책결정 등에 매우 큰 영향을 주고 있음을 알 수 있다.

이와 비슷한 성공 케이스를 다른 개발도상국에서도 찾아볼 수 있으리라 생각하지 않는다. 한국만큼 PhD 자격을 갖고 있는 인재가 많은 개발도상국은 거의 없다. 여기에 더해 KIST의 사업처럼 과감하게 근대적인 것을 해낼 수 있는 정치가가 그리 많지 않을 것이다.

개발도상국이던 한국이 KIST를 통해 근대 선진국화를 이루어 낸 것은 기적이 아니라 할 수 없을 것이다.

4. KIST 재직 당시 매스컴 기사, KIST 재직 시 이룬 실적, 논문
   및 저서 소개

1. 未來人間로봇 時代 어디까지 왔나
머지않아 交通整理, 盲人案內役 1972. 季刊「生協」가을호

2. 1년 내내 햅쌀밥
1972. 11. 27.「서울신문」

3. 알루미늄 熔湯鍛造法 개발
1976. 9. 28.「內外經濟」

4. 熟鍊工不足 메울 數値自動制御裝置
科學界 1977년의 挑戰 1977. 1. 23.「東亞日報」

5. 自動數値制御式 旋盤 개발
1977. 1. 29.「內外經濟」

6. 다가온 高速電鐵 시대
1980年代 建設 앞두고 살펴본 그 現況과 未來
1977. 3. 19.「경향신문」

7. 人口疏散 대역사

「자전거 經濟」에 충격 주자는 것이죠

1977. 9. 19.「경향신문」

8. 數値制御 自動旋盤 開發

1977. 5. 30.「매일신문」

9. 超정밀 無人作動의 꿈 실현한 "執念 三重奏"

1977. 6. 8.「경향신문」

10. 未來를 여는 技術産室

産業界의 新製品개발 現場 1977. 9. 2.「內外經濟」

11. 頭腦産業開發

報 年中 특별 計劃-KIST·KDI 協贊

1977. 10. 8.「현대경제일보」

12. 未來의 産室NC 工作機械

1978. 1. 25.「東亞日報」

13. 韓國에도「로봇트」時代

1978. 5. 26.「朝鮮日報」

14. 사람 대신 갖가지 어려운 일 척척
1978. 6. 22.「소년 동아」

15. 美에 완전 知能 갖춘 로봇트 등장
1978. 10. 30.「경향신문」

16. 自動式 數値制御旋盤 개발
1979. 1. 20.「中央日報」

17. 人工知能의 未來
1979. 9. 4.「東亞日報」

18. 막 오른 로봇트 時代
1980. 1. 28.「東亞日報」

19. 韓國産 로봇트에 工場 맡기겠다
1980. 2. 5.「경향신문」

20. 산업「로봇트」國産化
1980. 12. 16.「한국경제신문」

21. 일하는 로봇트

1981. 4. 10. 「中央日報」

22. 工場의 새 일꾼-韓國에도 産業로봇 時代

1981. 5. 22. 「한국경제신문」

23. 科學韓國의 主役들

1981. 6. 11. 「서울신문」

24. 「無人工場時代」가 다가온다

1981. 6. 18. 「서울신문」

25. NC(數値制御) 기술學校 개강

1982. 6. 29. 「경기신문」

26. 「無人工場時代」를 연다

1981. 7. 2. 「서울신문」

Ref. 李 奉珍著 : 隨筆集. 연구실 노트,

pp. 252~334. KIST發行, 1982. 10. 1.

研究實積

1. 學術 論文

1) 1963年 自動旋盤製作設計に關する研究(東大工學論集)

2) 1963年 回傳研磨に關する試驗的研究(東大工學論集)

3) 1985年 非金屬の含有した金屬の强度に關する研究(東大工學論集)

4) 1967年 輕金屬の最適切削に關する研究(東京 都立大工學論集)

5) 1969年 Computaional Methot of Fuel Optimal Control in Regulator system(KNS, Vol. 1 No. 2. 1968)

6) 1971年 金屬異方性이 深絞에 미치는 影響(KSME, Vol. 11, No. 4)

7) 1972年 Computer Simulation of the Computaional Methot in Fuel Optimal Control(KNS, Vol. 4. No. 1)

8) 1972年 On the Computaional of the Optimal Control of a Class of Nonlinire system(KNS, Vol. 12, No. 4)

9) 1972年 On the Methot of Indentifying Obsolute Machinary(KNS, Vol. 12, No. 4)

10) 1973年 on the Optimal Control in the Linear Time Invariant System with Non-Terminal Boundary Condition(KNS, Vol. 5. No. 3)

11) 1977年 國産 NC旋盤의 開發製作에 있어서 Systematic method(KSME, Vol. 17, No. 3)

12) 1978年 平面研削機의 bell way 組立品에 죄소가공비를 고려한 뷰 部品의 치수 公差 부여에 관한 연구(KSME, Vol. 18, No. 1)

13) 1978年 切削標準設定에 관한 연구 (Ⅰ) (KSME, 秋季學術大會)

14) 1979年 切削標準設定애 관한 연구 (Ⅱ) (KSME, 春季學術大會)

15) 1979年 韓·日製鋼鐵の切削特性比較연구(日本MEL春季發表會 1980. 2. 20)

16) 1980年 Robot와 NC공작기계와의 자동화 system 연구(KSME, 春季學術大會)

17) 1981年 工作機械 c Interface의 PLC화에 관한 연구(KSME, 論文集 Vol. No. 3. 1981. 8.

18) 1981年 The Positioning Control of Robot using Micro. Computer 11th International Symposium on Industrial Robot(11th ISIR), &~ (1981. 8)

19) 1982年 二次元 Countouring Control을 위한 Interpolation(KSME, 論文集)

20) 1982年 國產旋盤의 限界速度를 올리기 위한 設計와 實驗연구 (KSME, 論文集)

21) 1983年 B. J, Lee. The 4th Interatiomal Confeence on Production Engineering, JSPE, 1983

22) 1984年 B. J, Lee. Symposium on Application I Manufactoring Operations, Asian Productivity organization in Hongkong 1984 May, 28, Jun. 2

23) 1988年 B. J, Lee. ON the Architecture Based on MAP and the Automatic Proccess Scheduling as an Application of

Management Function in cell Computer, CIRP Annals Vol. 37, 1988 Manufacturing Technolege, pp. 473~476

24) 1988年 B. J, Lee. MA對 應FA構築と Proccess Schedulingの自動化に對いて昭和83年精密工學會春期大會講演論文集. 1988

35) 1990年 B. J, Lee. Global經濟時代に望まれる工作機械. The 4th International Machine Tool Engineers Conference. 1999, IMEC. pp. 151~154

36) 1990年 B. J, Lee. CurrentTREnd and FutureOutlook of Factory Automation MST. 21 the International Conference on Manufacturing ststem and Enviroment-Looking Toward the 21st Centueing, 1999, pp. 201~204

39) 1993年 B. J, Lee. Y. Ono. YOON LEE. Introductiont to FANUC Cell 60 and its application on MAP Based Large Manufacturing FA systemfor 72 Houer Continuous Unmanned Operation; Computters Intd. Engineering. Vol. 24, No. 4, pp. 593~605. 1993

40) 2013年 B. J, Lee. Witnessing the Bleeding Technology, KSPE. Vol. 30, No. 3, 251~253

41) 李奉珍. Expert System に基づいた自動加工 scheduling 方法 特願 223866

42) 李奉珍. 機上檢查用査計側. 特願 87-171278

43) 李奉珍. 檢查機能を考慮した構造, 特願 87-295146

44) 李奉珍. 加工セル工具の補修指示裝置 特願 87-303326

2. 一般 論文

1) 1969年 製鐵工業에 있어서 制御理論의 應用과 問題點(大韓機械學會, 材料세미나, 1969. 6)

2) 1969年 數値制에 의한 金屬加工에 관하여(大韓機械學會, 產業機械세미나, 1969. 9)

3) 1969年 自動設計에 관하여(KIST 새기술, Vol. 2, No. 1, 1959)

4) 1969年 工學技術者를 爲한 電子計算應用數學(韓國化學工學會, 產業協同研究委員會編, 1969. 10)

5) 1970年 最近都市瓦斯製造裝置의 動向(KIST 새기술, Vol. 2. No. 1. 1970)

6) 1970年 數値制御工作機械에 관하여(KIST 새기술, Vol. 2. No. 2. 1970)

7) 1970年 化學工業에 있어서 電子計算機의 利用에 관하여(韓國化學工學會, 化學과進步, Vol. 10, No. 4. 1970)

8) 1970年 金屬異方性이 深絞에 미치는 影響(大韓機械學會, 材料세미나, 1970. 9)

9) 1971年 製鐵所壓延工程計數制御에 관하여(韓國化學工學會, 產業協同세미나, 1971. 9)

10) 1971年 情報理論(全國新聞 編輯幹部를 爲한 特別教育세미나, 서울대, 新聞大學院 1971. 10~11)

11) 1971年 工作機械의 最新動向(科學과 기술-科學技術處-Vol. 4. No. 3, 4. 1971. 12)

12) 1972年 自動設計와 國內外 動向(KIST 새기술, Vol. 4. No. 2. 1972)

13) 1973年 機械化農營을爲한 Counytry Elevator의 國産化(KIST 새기술, Vol. 4, No. 2. 1973)

14) 1973年 乾物乾燥條件과 裝置에 관하여(大韓化工學會, Vol. 13. No. 4. 1973)

15) 1973年 狀態空間法에 依한 制御理論(1)(大韓機械學會, Vol. 13. No. 2. 1973)

16) 1973年 狀態空間法에 依한 制御理論(II)(機械學會, Vol. 13. No. 3)

17) 1973年 狀態空間法에 依한 制御理論(III)(機械學會, Vol. 13. No. 3)

18) 1973年 狀態空間法에 依한 制御理論(IV)(機械學會, Vol. 13. No. 4)

19) 1973年 數値制御와 工作機械에의 應用(大韓電子學會, Vol. 10. No. 4. 1973)

20) 1974年 數値制御工作機械製作에 있어서 設計上의 問題점에 關하여(大韓機械學會 應用力學세미나 1974. 5)

21) 1976年 Flywheel式 energy storage에 관하여(大韓機械學會, Vol. 16. No. 1. 1976)

22) 1976年 自動車의 安全操縱 Simulation에 關하여(大韓電氣學會, Vol. 25. No. 3. 1976)

23) 1976年 制御工業의 推移와 機械工業에의 應用現況(大韓機械學會 應用力學特輯號 Vol. 16. No. 4. 1976)

24) 1977年 最近機械設計의 動向과 設計技術者늬 姿勢(KIST-PMC 제1회 生産技術 Seminar 1977. 8)

25) 1977年 最新工作機械의 開發動向(KSME Vol. 17. No. 4. 1977. 8)

26) 1977年 最新工作機械工業과 技術動向(FIC 工作機械세미나 1977. 12)

27) 1977年 最近의 工作機械와 制御技術 動向(大韓電氣學會)

28) 1978年 最新工作機械의 動向(KSME Vol. 18 No. 1 1978)

29) 1978年 CAD/CMS에 관하여(KSME Vol. 18 No. 1 1978)

30) 1978年 NC工作機械의 전망과 來日의 機械工業(KSME Vol. 18 No. 2 1978)

31) 1978年 技術革新과 綜合研究機關의 役割(이코노미스트, 1978)

32) 1978年 工作機械의 새로운 傾向(KSME Vol. 23, No. 7, 1978)

33) 1978年 工作機械의 周邊技術의 動向(KIST-PMTC Seminar 10)

34) 1979年 機械制御에 Mini-Coputer 應用(korstic, vol. 2, No. 1)

35) 1979年 機械工業에 Micro Computer 應用(KEC, 1979. 4)

36) 1979年 Robot의 가능성과 精密機械技術(KSME應用力學 Seminar, 4. 21)

37) 1979年 NC가공에서 高信賴性(KIST-PMTC Seminar, 10)

38) 1979年 최신 機械制御방식 동향(大韓電子工學 vol. 6, No. 2)

39) 1979年 Robot산업기업의 現況과 개발동향(korstic, vol. 2, No. 7, 1979)

40) 1979年 生產System의 자동화(대한 商工會議所, 1979. 9)

41) 1980年 우리는 왜 機械工業을 育成해야 하나(近代化의 터전, Vol. 6, No. 2, 1980. 4)

42) 1980年 工作機械의 特性과 展望(工業技術 1980. 3)

43) 1980年 생산 라인의 자동화 現況(1)(korstic, vol. 3, No. 2, 1980, 4)

44) 1980年 생산 라인의 자동화 現況(2)(korstic, vol. 3, No 3, 1980, 6)

45) 1980年 The 4th ICPE Invited Speech : The ficulties in Cooperation Between Development Countries and Dveloped Countries.

46) 1981年 工作機械의 動向과 展望(korstic, vol. 4, No 1, 1981, 3)

47) 1981年 Computer를 이용한 생산 System의 現狀과 動向(MOST Seminar 1981. 4, 2)

48) 1981年 FMS의 現狀과 動向(korstic, vol. 4, No. 3. 1981, 6)

49) 1981年 工作機械制御의 現狀과 動向(korstic, vol. 4, No. 5. 1981, 8)

50) 1981年 한국工作機械의 現狀과展望(マシニスト, Vol. 25. No. 9. 1981)

51) 1981年 FMS(Flexible Manufactory syst)의 現狀과 展望(KSME, 生産工學 및 産業機械部門 學術講演會, 1981. 10)

52) 1981年 산업로봇트의 주변기술 現狀과 展望(korstic, vol. 4, No. 6. 8)

53) 1981年 NC기술의 現狀과動向(대한전기협회, 通卷 30, 1981)

54~55) 1981年 산업로봇트 現狀과 展望(上, 下)(대한전기협회通卷 61~62. 1982/1~2)

56) 1982年 半導體産業과 Mehatronics(大韓商議先端技術 Seminar 1982/1~2)

3. KIST Project 技術研究報告

1) 1967~1968. 9~4. 서울특별시 2만 世帶用 都市瓦斯設計(서울특별시 依託, 日本東京瓦斯派遣, 實施)

2) 1968. 4~10. 釜山市 長期 Enmergy 需給에 관한 조사 연구(釜山市依託, KIST)

3) 1969~1970. 11~3. 製鐵所 기계적 문제에 관한 研究

4) 1970. 4~8. 製鐵所의 工程自動化에 관한 研究

5) 1970. 9~12. 製鐵所의 壓延自動化에 관한 研究(3, 4, 5 : 浦項綜合製鐵所依託 KIST)

6) 1971. 2~8. 仁川製鐵所의의 안전방화案 스립에 관한 研究(仁川製鐵所 依託 KIST)

7) 1971. 4~12. 서울 特別市高速電鐵 車庫민 整備工場(서울市 依

託 KIST)

8) 1971. 5~8. 地下鐵로 인한 南大門 및 東大門 진동 防吸에 관한 研究(서울市 依託 KIST)

9) 1772. 2~4. 서울市 남부 貯炭 公害를 防止를 依한 實驗的研究 (大成 煉炭 依託 KIST)

10) 1972. 3~5. 大量米穀乾燥處理플랜트 基本設計

11) 1972. 6~10. 大量米穀乾燥處理플랜트(19, 11, 農振公依託 KIST)

12) 1972. 3~12. 製造工程自動化에 관한 研究(科技處依託 KIST)

13) 1972. 3~12. 數値制御工作機械 國産化에 관한 研究(科技處依 託 KIST)

14) 1973. 3~5. 자동소화 Pumpo 개발연구

15) 1973. 7~12. 郵便物 運搬設備의 機械的壽命判斷에 관한 研究 (中央郵遞局依託 KIST)

16) 1974. 2~8. 錢貨計數器의 國産化에 관한 研究(韓銀 依託 KIST)

17) 1974/5. 9~9. A study of flywheel system as an energy storage for vechicle(Stanford Reserch Institude)

18) 1975. 3~12. 國産BUS와Turk Man Engine 탑재에 관한 研究(韓 國機械 依託 KIST)

19) 1975. 3~12. 自動販賣機 開發試作에 관한 研究(KIST)

20) 1975~6. 11~4. 牧草運搬 기계화 設計연구(KIST)

21) 1975~6. 11~7. 국산 2·5ton TRUk에 ISUZU Engine 탑재에 관

한 硏究(韓國機械 依託 KIST)

22) 1976. 1~4. 제4차 經濟開發 5個年計劃(機械工學部門 工作機械 擔當)

23) 1975~6. 3~7. 용탄탄조 工程에 관한 硏究(KIST)

24) 1975~6. 12~12. 國産旋盤의 N/C Retrofit에 관한 제작에 관한 硏究(KIST)

25) 1976~7. 1~12. 汎用平面硏磨機 開發計劃 및 제작에 관한 硏究 (KIST)

26) 1977. 1~7. 國産NC旋盤設計 製作硏究(第1回韓國工作機械展示出品作)(貨泉依託 KIST)

27) 1977. 3~10. 旣存기계의 騷音公害방지에 관한 硏究(農韓産業 依託 KIST)

28) 1977~8. 4~3. 切削作業 標準設定에 관한 韓·日共同硏究（Ⅰ）(KIST-MEL)

29) 1977~8. 8~1. NC旋盤 主軸 Spindle 速度制御 관한 硏究(貨泉 依託 KIST)

30) 1977~8. 11~3. 韓國時計工業育成 方案(韓國時計工業協同組合 依託)(KIST)

31) 1098. 1~5. 自動工具交換裝置 및 그 制御에 관한 硏究(KIST)

32) 1978. 1~7. 中小企業을 爲한 熱처리 및 表面처리技術支援對策에 관한 硏究(KIST)

33) 1978~1979. 3~3. 切削作業 標準設定에 관한 韓·日共同硏究

(Ⅱ)(KIST-MEL)

34) 1978. 1~12. 로봇트 開發을 위한 基礎調査研究(KIST)

35) 1978~1978. 3~10. NC旋盤製作 研究(KIST, 大邱重工業)

36) 1978~1979. 3~10. NC平面研削盤 開發研究(KIST-國際 전광사)

37) 1978~1979. NC Milling 開發製作에 관한 研究(1次釜山大學)

38) 1979. 1~12. Robot를 중심으로 한 NC旋盤 自動加工System制
御에 관한 研究(KIST)

39) 1979~1980. 9~8. NCMilling 開發製作에 관한 研究(2次釜山大學)

40) 1979~1980. 4~3. 切削作業 標準設定에 관한 韓·日共同研究
(Ⅲ)(KIST-MEL)

42) 1980. 1~12. NC旋盤精度向上을爲한研究-Heard Stock-(KIST)

43) 1980. 4~12. 中小機械工業生産技術支援事業(KIST)

44) 1980~1981. 3~4. 切削作業 標準設定에 관한 韓·日共同研究
(Ⅳ)(KIST-MEL)

45) 1981. 1~4. 地下鐵工事발파에 依한 振動이 建築構造에 미치는
影響(Hotel Lotte 依託 KIST)

46) 1981. 1~12. NC工作機械移送系制御에 관한 研究(KAIST)

47) 1981. 1~12. 工作機械移送系制御에 관한 研究(KAIST)

48) 1981~1982. 4~3. 金型自動設計 및 製作의 Total System에 관한
研究(KIST-MEL)

49) 1982. 1~12. 旣存 工作機械工場의 FMS에 관한 繫念設計研究
(KIST-産多)

50) 1982~1983. 5~4. Pallet Changer를 갖는 NC Maching Centeter
   의 開發研究(MOST_大韓重工業)

4. 著書

4-1. 專門 書籍

1) 1968年 컴퓨도피아(Computopia)增田米二著(李奉珍譯)韓國科
   學研刊

2) 1977年 生産設計工學, 二友出版社 刊

3) 1977年 數値制御入門 韓國科學研刊

4) 1977年 NC加工技術. 賢文出版社刊

5) 1978年 數値制御 賢文出版社刊

6) 1978年 數値制御入門(增補改訂版)

7) 1979年 自動制御의 基礎 賢文出版社刊

8) 1981年 알기 쉬운 NC讀本 稻葉清右衛門著(譯書) 賢文出版社刊

9) 1981年 韓 · 美 · 獨 · 日 機械用語 大辭典, 賢文出版社刊

10) 1981年 절삭데   핸두북, 韓國科學技術院 刊

11) 1981年 알기 쉬운 NC讀本(增補改訂版)稻葉清右衛門著(譯書)
    省安堂刊

12) 1982年 로봇트 革命. 電設文化社刊

13) 1982年 情報化社會 (The Information Society as post Industrial
    Society by Y. MZUD) 李奉珍(譯) 電設文化社刊

14) 1982年 最新 工作機械 講義, 電設文化社刊

15) 1982年 韓國産業技術의 現況과 技術革新. 大韓商工會議所 韓
國經濟研究센터 刊 출처 : 이봉진 수상집 연구실 노오트, 1978.
6. 10. 한국과학기술원 간

16) 1984年 I.I. ARTOBOLEVSKY. 譯 : 李奉珍 :「現代機械設計綜
合"機 構集」發行人 李柄舜. 月刊 機械技術

17) 1982年 韓經文庫16 製造業의 自動化戰略-CIM 入門-1992年

18) 1989年 日本式 經營. 韓國經濟新聞

19) 1993年 韓國式 經營. 韓國經濟新聞

20) 1993年 하이테크의 사상-첨단 기술은 우리를 이렇게 변화시킨
다-

21) 1884年 Re Engineering 韓國經濟新聞

22) 2014年 情報知性 시대. 문운당

23) 2016年 나노기술 세계. 문운당

24) 2021年 생물 기능과 인공 지능. 문운당

25) 2022年 研究 開發을 나는 이렇게 했다(KIST 강연. KSPE 作)

4-2. 評論, 隨想 詩 小說 등의 書籍
1) 2017年 아내가 가고 난 후 써보는 나의 일기(Ⅰ) (문운당 : 文運堂)

2) 2017年 두 거울의 接點에서 사물을 본다.

3) 2017年 나의 잡상 집. 수상, 수필, 시, 일기- Ⅰ

4) 2018年 사부시집((思婦詩集)(Ⅰ)

5) 2018年 7월의 눈(주, 새로운 사람들)(문 운당)

6) 2019年 우연 과 사랑(주, 새로운 사람들)

7) 2019年 유정과 백합의 편지-약혼(約婚)기

8) 2019年 유정과 백합의 편지-와 재회(再會)-

9) 2019年 유정과 백합의 편지-KIST 생활에서의 便紙往來-

10) 2020年 공학자(工學者)의 아내(妻)

11) 2020年 Collections Communicated with my revered friend

12) 2020年 裕庭의 lyrics-詩集(Ⅱ)

13) 2021年 나의 잡상집(雜想集) lyrics-隨筆集 (Ⅱ)

14) 2021年 아내가 가고 난 후 써보는 나의 일기(日記) (Ⅱ)

15) 2021年 죽음이라는 인생의 최후와 미래상(未來像)

16) 2022年 아내가 가고 난 후 써보는 나의 일기(日記) (Ⅲ)

17) 2023年 유정 시집과 잡기(雜記) 집 (Ⅲ)

18) 2023年 보이지 않는 과학기술 이야기해 보자

19) 2023년 과학·기술과 로봇 자본주의

20) 2024年 나의 유령과의 사랑-우리의 생애에서 좋았던 나날-

4-3. 기타 高宜珣 글 사진집 기타 등

1) 2017年. 百合 高宜珣女史 의 生涯-信仰과 美意識의 一生-2017.
   3. 21. 東京 個人書房

2) 2017年. 裕庭 이봉진과 百合 고의순의 삶의 흔적(痕迹) 2017. 7.
   21. 東京 個人書房

3) 2018年. 裕庭과 百合의 生活記錄-家族들과 함께 한 53년-2018.

2. 25. 文運當

4) 2019年. 裕庭과 百合의 便紙 往來 2018. 2. 25. 文運當

정밀공학회 창립과 유네스코 기술 전문

대우중공업사의 사장 윤영석 씨가 대한공작기계회장을 겸할 때였다. 박 정권에서 전 정권으로 바뀐 즈음 그를 만날 기회가 있었는데 그가 나를 보더니 이런 부탁을 했다.

"이 박사, 우리가 만든 공작기계를 수출해도 외국에서는 알아주질 않아. 한국산 공작기계를 수출할 수 있게 학술적으로 알리는 학회를 만들 수 없을까?"

"기금을 모아 주시면 해 보겠습니다."

"그래? 기금이라면 염려 말아요. 회원사에 한국공작기계학회의 취지를 알리고 찬조금을 모아 줄게요."

이런 이야기를 주고받은 지 얼마 지나지 않아 여의도에 정식으로 한국공작기계 사무실이 생겼다. 나는 KIST에서 함께 일하던 비서와 정밀기계 센터 직원 1명을 데리고 나와 업무를 시작했다. 학회 설립 요지, 어떤 성격의 학회로 만드느냐, 학회 활동, 윤리 규정 등을 만들었다.

회장은 이 학술 분야 전문가, 학자, 공작기계회사 대표를 모아 학회직을 만들고 신생 학회 창립식은 한국공작기계가 있는 건물 내에서 회장 이봉진, 부회장 건국대 기계과 교수 이용성, 통일공작기계 문송균 사장, 2부회장, 학회 지정 임원, KIST 정밀기계기술센터에서 데리고 온 비서 김옥화, 공작기계 전 직원 외 공작기계사의 직원들이 참가한 가운데 마칠 수 있었다.

윤영석 회장이 약속한 공작기계사장단 회의 날이었다. 하필이면 그날 직원의 외도가 발각되어 고소를 당하고 바로 수감됐다는 것이다. 그 바람에 검토해야 할 서류가 빠져서 이사회를 열지 못하는 해프닝이 있었다.

나는 자립을 해야겠다는 생각이 들어 최 장관을 찾아가 의논을 했다. 그러자 장관이 맡고 있는 유네스코 기술 전문가로 나를 추천해 주셨다. 그 덕분에 동남아 일대, 홍콩, 태국, 인도네시아 등에서 기술 강습, 지도, NC공작기계 소개, 기술 등을 알리고 상의하게 되었고 수고비로 받은 돈은 학회의 잡비로 충당하게 되었다.

이 시기였다. 내가 전설 문화사에서 간행하는 잡지에 연재하던 '최신 공작기계'라는 글을 모은 '최신 공작기계 강의'라는 책이 출판되었다.

그리고 그 책을 교재로 KAIS, 연세대 기계과에서 강의를 했는데 꽤 좋은 평가를 받았다. 여기에서 재미를 본 이병집 사장이 《Mechanism in Modern Engineering Design by I. Artobolevsky》라는 책의 번역을 부탁해 와 번역해 준 일이 있다.

번역판은 1984년 3월 5일 기술정보사에서 '현대 기계설계 종합기구집 1~7권이 이봉진 역으로 출판되었다.

여기까지 하고 예전부터 이야기가 오가던 일본 FANUC사 스카우트가 마무리되어 당시로서는 좀처럼 내주지 않던 취업 비자를 받아 고국을 떠나게 된다.

일본 FANUC에 스카우트되다

1. FANUC 이나바 세이우에몬稲葉清右衛 사장과의 인연

내가 KIST에 입소해 연구실을 차려서 시작한 것이 '컴퓨터제어'였다. 그것은 컴퓨터가 인간을 대신해 기계를 자동으로 움직이게 하는 현대제어인 컴퓨터제어였다. 1968년 미국에 갔을 때 MIT에서 수집해 온 NC 관련 자료를 갖고 수치제어연구를 시작한 해가 1970년이다.

1973년은 새로운 제어이론인 '상태공간법에 의한 제어이론'을 한국기계학회지에 연재하고 있을 때였다.

어느 날 내 연구실로 후지쓰의 중역임원 엔도 씨가 찾아왔다. 그는 한국에도 수치제어(NC)를 연구하는 사람이 있다는 것을 알고 이나바 세이우에몬稲葉清右衛 씨 부탁으로 나를 찾아온 것이다.

나는 기회가 되면 한번 만나러 가고 싶다는 이야기를 나눈 후 우연히 같은 해 대만 행사장에서 인사를 나누게 되었다. 대만에 파견된 한국 사절단은 정부가 대만 행사에 참가하기 위한 목적으로 정부 국장급, 한국전력사장, KIST 책임 연구원급으로 편성됐다.

그곳에서는 양국 간 산업구조, 지향하는 정책의 차이점, 즉 한국은 대기업 대만은 중소기업 중심형으로 나라의 산업을 일으키고 있다는 정책 이야기, 정책의 장단점 등을 토론했다. 토론이 끝나고 장총통에게 표경表敬 방문을 하고 박물관에 가서 중국 본토에서 갖고 온 미술품들을 구경했다. 당시 대만에는 유곽遊廓이 있었는데 유각마다 장개석 총통의 사진이 걸려 있어 이상한 느낌이 들었다.

귀국길에 들린 서점에는 영어 원서책의 복사본이 조금 싸게 판매되고 있어서 몇 권 구입했는데 공항 출국심사에서 그 책은 국외로 반출이 금지된 도서라고 하여 당황스러웠다. 그러나 우리를 안내하던 관리가 정부 초대 일행이라고 설명해 준 덕택에 구입한 도서를 무사히 갖고 올 수 있었다.

알고 보니 대만에서 미국의 전문 서적을 복사해서 싸게 판매할 수 있는 것은 미국의 원조를 미국 대학교 교재를 복사할 수 있는 권리로 받았기 때문이었다. 그래서 미국으로 유학 온 대만인들은 영어를 모국어처럼 구사할 수 있었기에 공부에도 유리했다.

미국 원서의 복제권을 택한 대만을 보면서 우리나라가 미국의 원조로 영등포에 공장을 지은 것은 아이러니하다는 생각을 했다.

귀국길에 나는 모체인 후지쓰富士通에서 독립하여 창립한 FANUCFujitsu Automatic Numerical Company에 갔다. 창립 당시 사장은 고라이 씨였고 이나바 씨는 전무였는데 이나바 씨의 특허 발명과 그 특허를 이용한 NC공작기계가 잘 팔리자 고라이 사장이 이나바 전무를 사장으로 앉히고 독립적으로 경영을 해 보라고 한 시기였다. 나는 이나바 씨가 사장이 되었을 때 그를 만났다.

이나바 사장은 나를 보더니 무척 반겨 줬다.

"NC는 나만 하고 있는 줄 알았더니 한국에도 전문가가 계시다고 하길래 반가워서 초대했습니다."

그런데 알고 보니 이나바 사장도 동경대 동문이라서 한층 더 반가웠다. 우리는 서로의 연구에 관해 이야기를 나누었다. 이나바 사장은 NC도면을 나에게 연구에 참고하라고 선뜻 내밀었다.

사장은 자료는 갖고 가도 좋으나 'Academic use only'NC도면을 학술에만 사용할 것에 서명해 달라고 해서 나는 영어로 서명을 하고 사장과의 회식을 마쳤다. 다음 날 귀국해서 노태석 연구원에게 도면을 건네주고 앞으로 다른 업무 대신 이 NC만 공부 하라고 지시했다.

이후 이나바 세이우에몬稻葉清右衛 사장과 동문 선배이자 친구로 교제하게 되었다. 그리고 내가 KIST를 떠날 때는 노 연구원이 보관하던 NC도면을 회수하여 지금은 내가 보관하고 있다. 그와의 약속을 지키기 위해서이다.

2. 稻葉清右衛 FANUC 사장의 권유

고국의 과학기술 발전을 위한 애국심으로 KIST에 들어와 15년을 재직하며 학술적으로나 실용적으로나 NC공작기계의 진화 연구개발, 외에 여러 산업 분야의 연구를 해 왔는데 내가 이탈리아로 출장을 가 있는 동안 연구소에서는 나에게 양해를 구하지 않고 지방으로 발령을 내렸다. 출장 길에서 귀국하던 날 지방 발령 통보를 받은 나는 사표조차 내지 않은 채 퇴사를 했다.

　그런데 나를 그만두게 만든 지방발령 사건 뒤에 음모가 있었다는 사실을 알게 되었다. 얼마 전 KIST 존슨 강당에서 '선배에게 듣는다' 강연을 마치고 함께 점심을 먹는데 앞에 앉아서 식사를 하던 전 과기처 과장에게서 '이 박사에게서 사표를 받아 오라'는 명이 있었다는 이야기를 처음으로 들었다. 당시 음모가 있었다는 것을 알게 된 것이다.

　청와대에서는 당시 일본에서 베스트셀러 《양자역학 과학기술시대》를 교재로 대통령에게 알기 쉽게 알려 달라는 부탁이 들어왔다. 나는 FANUC KOREA의 모치츠키 사장에게 부탁해서 책을 구해 읽고 있었는데 불행히도 '아웅산 사건'이 일어나는 바람에 중지되었다. '그래도 대통령은 새 기술을 알고 싶어 했나?'라는 생각을 해 본다.

　1983년에는 정권이 교체되면서 퇴출된 KIST 천병두 소장이 '무인 자동화, NC공작기계 등의 개발'로 대한민국의 기계공업에 기여한 공으로 나를 추천해 주어 5.16민족상을 받았다. 그리고 그해 미국 국방성이 NATO 회원국, 우방국의 로봇 전문가를 초청해 앞으로 인간을 대체하게 될 로봇에 대하여 Brain wash를 하자는 초청장이 왔다. 나는 관심이 많으므로 참석하기로 했다. 출장으로 가게 되면 뒷말이 많고 시간도 걸리는 일정이라 아예 사비(상금으로 받은 돈)로 이탈리아 피사 산중에 있는 International Convention Center에 1주일간 세미나, Brain wash를 하고 돌아왔다. 귀국 날 김포공항으로 마중을 나온 기사가 나를 보더니 이렇게 말했다.

　"해외에 계시니 연락이 안 되셔서 말씀을 드리지 못했습니다. 부장님, 지금 연구소에 가셔도 부장님 방이 없습니다."

"그래서?"

"창원 기계연구소로 전보되셨습니다."

"누구 맘대로?"

이야기를 나누며 집으로 들어갔다.

FANUC KOREA 이사회에 왔던 이나바 FANUC 사장이 말했다.

"한창 연구하실 때인데 아쉽습니다. 지금 저희 회사에 기초연구소가 건설되어 세계에서 인재를 모으는 중입니다. 혹시 저희 회사로 오지 않으시겠습니까? 연구소 부소장 자리와 이 선생님 개인 연구실을 드리겠습니다."

이렇게 제안을 하는 것이었다.

'내가 다시 일본으로?'

"지금 하코네箱根에 집을 짓고 있는데 근처에 집을 지어서 같이 지내면 어떻겠습니까?"라는 의외의 제안을 해서 깜짝 놀랐다. 마음속으로 '일본에서 공부하다가 조국을 위해 일하겠다고 돌아왔는데 다시 일본에서 일본 사람이 되다니 안 되지!' 이런저런 생각이 맴돌았다.

"잠시 생각할 시간을 주십시오."

"언제라도 좋습니다. 마음이 있으면 말씀해 주십시오 기다리겠습니다."

나는 아내와 의논을 했다. 그러자 아내는 내가 하고 싶은 대로 하라는 것이었다. KIST에서 상사였던 천 소장과 이야기를 했더니 아주 가 버리라는 것이었다. 마지막으로 최형식 장관과 의논을 했더니 "지금은 정권교체로 뒤숭숭하고 큰 시련이 왔지만 언제까지나 이럴 건 아니고 이 박사는 우리나라에서 할 일이 많은 사람이니 2년만 있다가 오지 그래?"라고 조언을 했다.

제자인 현창현 연구원이 내 지도로 연세대에서 'NC공작기계 Programable Control'로 석사학위를 받고 내가 KIST를 떠나자 그도 나와 함께 KIST를 나와 새로 생긴 국립 강원대 기계과 조교수로 가게 되었는데 그가 나에게 강원대 교수로 오라고 권하길래 한 학기를 다녔지만 가르치는 일은 영 적성에 맞지 않았다. 나는 강원대를 그만두고 일본으로 가기로 결심하고 공과대학 학장에게 사의를 표했다. 그러자 이제 곧 공대 학장이 될 텐데 휴직하고 가는 것은 어떻겠냐고 물었다. 그러나 나는 아예 깨끗하게 정리하고 떠나기로 마음먹은 후라 공과대학 학장안을 거절하고 학교를 그만뒀다.

이나바 사장에게는 "2년만 근무해도 괜찮습니까?"라고 물었다. 그러자 사장은 그것도 괜찮다고 해서 나는 고국에서 다시 일본으로 떠나기로 결정했다.

3. 국내외 매스컴 기사

어느 날 아침, TV 뉴스를 보는데 마침 내 이야기가 나왔다. 이봉진 박사가 일본에 스카우트되어서 간다. 또 다른 방송에서는 한국의 두뇌가 일본으로 수출된다. 연봉을 KIST의 3배 받고 간다 등등 조간지와 TV방송에서 나도 모르는 내 연봉이 매스컴에서 언급되고 있었다. 일본 취업 비자를 받으려면 취업 조건을 외무부에 제출해야 한다는 규정이 있는데 그 서류 내용이 외부로 유출된 것이었다. 신문, TV에서는 용케도 내 연봉을 나보다 먼저 알고 보도하고 있었다.

4. 한때는 대한민국 요인이었던 나

잘나가던 시절 이야기다. 나는 한때 대한민국의 보호를 받는 '요인要人' 신분이었다. 야간동행, 허가나 보호받고 외국 출장을 나가면 공항에는 정보부 영사가 환영을 나와 호텔까지 안내했다. 출국 시에도 공항까지 인도해 주는 대우를 받았다. 나는 요인증을 갖고 있었지만 아무것도 모르는 나는 출장 시에 써내는 여정을 어겨 시말서를 쓴 일도 있었다.

일본에 출장 갔을 때 있었던 일이다. 도쿄의 긴자 제1호텔에 묵었는데 이른 아침, 조식을 먹으러 호텔 식당으로 내려가 줄을 섰는데 교포로 보이는 아름다운 여인이 미소를 지으며 가볍게 인사를 했다. 그런데 나를 보호하는 영사가 조용히 나에게 다가오더니 조심하라는 것이었다. 그런데 그날 밤늦은 시간에 누군가 방문을 노크를 하길래 열어 보니 아침에 만난 그 여인이 서 있었다. 이런저런 이야기를 하다가 자정이 가까워지는데도 나가려는 기척이 보이지 않았다. 그러나 내가 하품하는 것을 본 여인은 결국 방에서 나갔다.

212 끝없는 탐구와 도전

그러고는 꽤 시간이 지난 어느 날이었다. 대우빌딩에 있는 대우실업에 들러 김우중 회장을 만나고 나오는데 대우 건물 현관에서 그때 그 여인과 다시 마주쳤다.

"아 도쿄에서 만난 분이네요."라고 먼저 아는 척을 해 왔다.

"네. 김우중 회장을 만나고 돌아가는 길입니다."

그러자 그녀가 웃으며 말했다.

"선생님은 그날 밤 저를 많이 경계하시던데요?"

"여긴 무슨 일로 오셨습니까?"

"저기가 제 사무실이에요."

그녀가 가리키는 곳을 보니 정보부 출장소였다. 그제야 나는 알게 됐다. 저 여인을 이용해 미인계에 걸려드는지 나를 시험해 본 것이구나.

5. 일본에서 보는 후진국 전문가

내가 일본의 대표적인 회사 FANUC社에 스카우트되었다는 사실이 일본경제日本經濟 외 다른 신문에도 보도가 되었다. 그로 인해 나는 일본에서도 이쪽 분야 사람들에게는 알려지게 되었고 지인들과 회사 사장들로부터 축하를 많이 받았다. 어느 날 일본 신문사에서 稻葉 사장에게 찾아가 인터뷰를 했다. 일본에도 인재가 많은데 왜 하필이면 후진국에서 엔지니어를 스카우트했냐는 질문을 했다. 그러자 사장은 이렇게 짧게 대답했다 "인재에는 국경이 없습니다. 나는 이봉진이라는 인재를 스카우트했을 뿐입니다."

짧고 강력한 어구로 대답하기로 유명한 이나바 사장은 언제나 명언名言으로 재치 있게 표현하는 데 천재적이었다.

당시 신문기사를 참조한다.

한국의 로봇 박사로 널리 알려진 이봉진 박사〈사진〉가 세계적인 자동화기기 생산업체인 일본 파낙사에 스카우트돼 화제가 되고 있다. 이 박사는 연봉 7만 달러를 받기로 하고 파낙사와 2년간 계약을 맺고 오는 8월 중 출국할 예정.

파낙사에서는 이 박사를 기술 고문 겸 FA(공장 자동화) 추진 본부장으로 초빙했으며 주택을 제공하는 등 중역 대우를 해 주기로 했다는 이야기.

올해 52세인 이 박사는 제주 출신으로 일본의 동경대 공학부 기계공학과에서 학부 과정을 거쳐 이 학교에서 기계공학 박사학위를 취득한 수재.

그는 1968년에 현 한국과학기술원의 전신인 한국과학기술연구소(KIST) 연구원으로 초빙, 여기서 자동제어연구실장, 정밀기계기술센터장을 역임했다.

현재 한국정밀기계학회를 창립하고 회장직을 맡고 있는 이 박사는 그동안 국내 처음으로 1976년에 NC공작기계를 제작해 내기도 했는가 하면 1980년에는 산업용 로봇을 제작하기도 했다.

이러한 공적 때문에 관련 업계에서는 이 박사를 한국의 로봇 박사로 부르고 있다.

세계적 무인화 공장의 대명사로 알려진 파낙사가 이 박사를 FA 추진 본부장으로 초빙할 정도이고 보면 그의 실력을 짐작할 수 있을 것 같다는 것이 일반적인 평가.

그러나 일부 각계에서는 이처럼 우수한 두뇌를 국내에서 활용치 못하고 외국으로 보내는 것은 공장 자동화를 위해 로봇 등 개발을 적극 추진하고 있는 국내 업체들로서는 손실이 아닐 수 없다고 아쉬워하고 있다.

어쨌든 이 박사가 2년 동안 더 좋은 기술을 습득, 국내 자동화 산업계에 기여할 것으로 기대는 되지만 당장 우수한 인력이 필요한 국내 사정을 감안할 때 고급 인력 활용 정책에 문제점이 없지 않다는 것이 전문가들의 지적이다. 〈진〉

6. 일본 FANUC으로 이주하다

혹시나 비자가 나오지 않아서 출국을 못 하면 어쩌나 하고 염려하던 일은 일어나지 않았다. 정부는 권력다툼에 열중한 탓인지 출국 방해는 없었다.

장녀 윤지는 정신여고에 재학 중이라 대학진학을 위해 한국에 남기로 했고 호기심이 많은 막내 윤혜는 일본으로 따라가겠다고 해서 함께 떠났다. 논현동 집은 윤지를 부탁하면서 아내의 친한 지인에게 빌려주었다.

우리는 밤늦게 일본 나리타 공항에 도착했다. 회사에서 보내 준 차가 우리를 기다리고 있었다. 그 차를 타고 회사 영빈관으로 가서 며칠 후 사택 아파트에 입주했다. 몇 주 후 한 번 더 이사를 하라고 해서 옮기게 되었는데 들어가보니 후지산이 바로 보이는 곳이었다. 사장이 특별히 배려해 준 듯했다. 후지산은 사계절의 모습이 모두 아름답고 특히 산정에 눈이 쌓여 있는 모습을 보면 일본의 명산이라고 말하기에 부족함이 없다. 해발 3,776m인 후지산은 일본인의 신앙의 대상이자 예술의 원천이다.

후지산 산정에 쌓인 눈이 녹아서 지상으로의 긴 여정을 마치고 솟아오른 샘물은 이곳의 명수로 유명하다. 이 물은 손님용 접대 음료수로도 유명한데 물이 좋아서인지 이곳에는 장수하는 사람이 많다고 했다.

여기저기 고인 맑은 물이 솟아 나오는 연못에는 활기차게 헤엄치는 물고기들도 볼 수 있다. 후지산을 둘러싼 후지 4호湖에는 사계절 관광객이 끊이지 않는다. 그래서 호숫가에는 아기자기한 예쁜 음식점들이 많았다.

우리가 그곳에 살 때는 시간이 나면 아내와 함께 호숫가 음식점에서 경치를 즐기며 식사를 하곤 했다. FANUC사는 지상 1000m 높이에 위치해 있는데 그야말로 식물의 보고다. 그리고 FANUC사가 부지를 옮겨 오기 전의 야마나시현山梨県은 원래 가난한 현이었다고 한다. 그러다가 FANUC사를 유치해서 부자 현이 되었다.

막대 윤혜는 일본인 학교 오시노忍野중학교로 편입을 했다. 외국인은 처음이라 교감선생님까지 나오셔서 설명을 해 주시고 전학 수속을 해 주셨다. 일본어는 히라가나와 인사만 겨우 익히고 간 애를 일본 담임 선생님은 시간이 나는 대로 불러 열심히 일본어를 가르쳐 주셨다. 너무 감사해서 담임 선생님께 작은 선물을 보냈는데 그러면 곧바로 배로 선물이 되돌아오니 한국과는 무척 다름을 느꼈다.

윤혜는 0점부터 시작해서 졸업할 무렵에는 우등생이 되어 있었다. 한국 초등학교 성적과 오시노 중학교 성적으로 응시한 고등학교 입시에서는 다행히도 합격을 해서 일본에서 명문 사립고로 유명한 ICU 고등학교에 입학을 했다. 학교에서는 크게 기뻐하며 입학생 명단까지 붙여 놓았다.

오시노 중학교가 생긴 이래 이런 좋은 고등학교에 진학한 졸업생은 처음이라고 했다. 회사에도 윤혜의 입학을 축하해 주었고 원하면 언제든지 회사에서 채용하고 싶다고 할 만큼 윤혜의 자질을 높게 평가해 주었다. 그러나 막내딸은 이쪽과는 영 상관없는 길을 선택해 FANUC사에 취업하는 일은 없었다.

7. FANUC에 첫 출근

회사 출근 첫날이다. 정해진 장소로 갔더니 중역, 사장이 있는 5층이었다. 이나바 사장에게 인사를 하자 그는 짓고 있는 건물을 가리키며 나에게 2년 동안 할 수 있는 일을 생각하면서 '생산기술연구소'를 짓고 있다고 설명했다. 내 직함은 상무이사, '생산기술연구소' 건설 담당 실장이었다.

그리고 나에게 숙제를 내 주었다. 그것은 타임Time지에 소개된 FAFactory Automation 로봇이 로봇을 만드는 자동화 공장이 일본에 생겼다는 그 FA를 내가 보는 관점에서 어떨지 진단해 보라는 것이었다. 혼자서 해 보라는 것이었다. 나는 궁리 끝에 위에서 전체를 살펴보고 판단해야겠다는 아이디어가 생겼다. 조사 방법으로 연역법deduction 演繹法을 이용하기로 계획을 잡았다.

8. 연역법演繹法 deduction으로 FA를 진단하다

FA공장 전체를 보다 : 자동화 공장은 야구경기장만큼이나 크다. NC공작기계, 산업용 로봇 그리고 운반 로봇이 한 작업장에 모여 있기 때문이다.

Time Study를 한다 : 나는 공장의 가동 현상을 파악하기 위해 위에서 아래로 전체를 내려다보기로 했다. 이론으로는 연역법과 Time study를 공유하는 것이다. 바둑판처럼 기간 간격과 제품 가공 시간 상태를 고려하면서 세밀하게 check 시간을 정해서 살펴본다. 정해진 시간이 되면 정확하게 가공이 끝나고 가공품이 돌아오는 시간 또는 가공이 완료되어도 가공품이 없는 경우 등을 관찰한다.

가공 운반의 idle time을 변수로 3기능이 잘 기능하는가를 관찰하고 기록한 상태를 보며 결론을 내렸다.

결론 : Time Sturdy 수집한 데이터를 보며 왜 idle time이 일정하지 않은가, 운송 로봇의 대기시간이 불편하다는 등의 변수를 가지고 제어컴퓨터의 용량이 모자란 것 같아 이를 지적했다.

9. 사장님에게 보고하다

실험이 끝나 퇴근 전에 사장님 비서에 이나바 사장과의 회견 예약을 부탁했다. 다음 날 첫 번째로 사장님께 관찰과 time study data 그래프를 보이며 설명했다. "제어용 컴퓨터 용량을 늘려야겠습니다."라고 말씀드렸더니 사장이 말했다.

"임시 이사회를 열 테니 다시 한 번만 이 study을 설명해 줄 수 있는가."라는 요청이었다. 나는 "네, 그렇게 하겠습니다."라고 대답하고 사장실을 나왔다. 사무실로 돌아가서는 Overhead Projector 용 필름 자료를 만드느라 분주해졌다.

10. 중역회의에서의 briefing

사장님 비서 유모토湯本 씨로부터 중역회의를 한다는 전화가 왔다 나는 프리핑 자료를 들고 회의실로 갔다 중역들이 모두 모여 사장이 오기를 기다리고 있었다. 사장이 들어오자 모두 일어나 예의를 갖춰 인사를 한다. 사장이 이야기를 한다.

"리 센세이 선생가 기존의 FA를 Study한 내용을 들어봅시다."

나는 준비한 자료를 가지고 data를 하나씩 overhead projector 정리한 다음 필름 자료를 하나씩 overhead projector 올려놓으며 브리핑을 했다. 브리핑이 끝나자 사장이 말했다.

"미나상여러분 보셨지요? 어떠세요? 의견이 있으면 말씀해 보세요."

아무도 말하는 중역이 없다. 그러자 사장은 "고란노토오리보시는 바와 같이 이 선생을 모셔온 일은 참 잘한 선택임을 아셨을 줄로 압니다. 여러분, 이 선생님에게 앞으로 큰일을 맡길 예정이니 협조해 주시기 바랍니다."

하고 중역회의가 끝났다.

이건 내 생각이다. 일본의 매스컴「후진국에서 전문가를 스카우트했다 그 정도 인재는 일본에도 많은데」라고 보도된 기사를 읽고 중역들 간에도 잡음이 많았을 것이다. 이번 기회에 나 자신, 스스로의 능력을 시험해 보고 싶었던 마음도 있었지 않았나 하고 생각해 보았다.

11. FANUC 생산기술연구소 소장이 되던 날

건설 중이던 연구소가 드디어 완공되었다. 이로써 FANUC에 3번째 연구소가 생긴 것이다.

첫 번째 연구소가 「상품개발연구소」, 두 번째는 「기초기술연구소」, 세 번째가 바로 「생산기술연구소」이다.

상품개발연구소, 기초기술연구소 소장은, 동경대 공학부 정밀기계과 학부 출신 중역 전무들이었다. 특히 기초기술연구소 소장은 이나바 사장이 모교 정밀공학과 강사로 갔을 때 강의 중에 신문을 읽고 있던 학생이라 그를 의지로 입사시켰다고 사장이 내게 말해 준 적이 있다. 내가 생산기술연구소 소장으로 재직할 때의 일이다. 동경대 기계과 교수인 내 동기 하타무라畑村 씨와 원격제어에 관한 공동 연구를 위해 의논차 기초기술연구소 모치츠키望月 소장과 함께 동경대 산업기계과에 가게 되었다. 당시 하타무라 교수는 일본에서 미국에 있는 자동화 공장을 조작하는 원격제어연구를 하고 있었다. 동경대 출장을 다녀와 사장에게 보고할 때 사장이 나에게 이런 이야기를 해 주었다.

FANUC의 연구소 소장은 모두 학사 출신의 전무이고 생산기술연구소는 앞으로 박사학위를 가진 상무가 소장을 담당할 것이다. 그런데 회사에 이공학 박사학위를 가진 사람은 사장과 나뿐이었다.

생산기술연구소가 완공되어 개원할 때 예상대로 내 이름을 호명하여 나는 '생산기술연구소' 소장이 되었다. 당시 생산기술연구소라는 것은 일본에서도 FANUC社가 처음 만든 연구소라 주, 일간지에 크게 보도되었다. 내 동경대학 동기 츠츠이筒井哲郎 군은 승진한 나를 축하하러 생필품, 부하와 술 마실 때 쓰는 잔, 기타 일본 생활에 필요 한 여러 가지 물건을 들고 찾아왔다. 학우의 진심 어린 축하를 느낄 수 있는 값진 시간이었다. 그러나 이 친구는 3개월 전 지병으로 세상을 떠났다. 그의 부인 세츠코節子 씨로부터 남편이 세상을 떠났다는 소식을 시간이 한참 지나 알리게 되어 미안하다는 영문 편지를 받았다. 편지를 받은 날 나는 바로 국제 전화를 걸었다. "진작 알려 줬더라면 장례식에 참석했을 텐데….."라고 말하자 식구끼리 모여서 장례를 치러 지금에서야 지인들에게 연락을 하고 있다는 것이었다. 그의 둘째 아들은 영국 대학 교수, 며느리도 이태리 국적의 같은 대학 교수다. 일본인은 가족만 모여서 하는 장례식이 많다. 아무리 친해도 부담을 주기 싫어하는 일본식 문화가 있다.

현판 내용 : 이 건물은 예전 생산기술연구소(소장 이봉진 박사)이다.

筒井哲郎との別れの詩

別れの手紙

あの人も逝った。私を知る友人達は

自分の命は季節の枯れ葉の如く

あの空を飛んで行く

自分の家へと急ぐかのように

あの空へと急ぐ時

たったの一瞬の思い出してくだされ ばそれで十分

君より頂いた長年にわたる友情は見得ざる宝石のよ

うに、

私の胸にしまわれ、光芒を放し、わが人生を如何に豊

かにしてくれた。

有り難う、

深い感謝を伝えつつ、お別れの言葉に代えさせていた

だきたい。

さようなら！友よ！

츠츠이 테츠로와의 이별의 시

이별의 편지

그 친구도 떠났다. 나를 아는 친구들은

자신의 목숨은 계절의 낙엽처럼

저 하늘을 날아간다.

자신의 집으로 가는 길을 서두르듯

저 하늘로 서두를 때

단 한 순간이라도 떠올려 준다면 그것으로 충분하다.

그대가 나에게 준 오랜 우정은 보이지 않는 보석처럼

내 가슴 속에서 빛을 발하고, 내 인생을 얼마나 풍요롭

게 해 주었는지.

고맙다.

깊은 감사를 전하면서 작별의 말로 대신하고 싶구나.

안녕히! 친구여!

–친구의 부인으로부터 친구의 부고소식을 듣고

12. 생산기술연구소 소장이 되다

오랜만에 사랑하는 아내와 회사 간부 식당에서 식사를 하고 있었
다. 사장님 비서가 다가오더니 "이 선생님! 주말에는 어떻게 지내고
계십니까?"라고 물었다.

나는 쇼핑한 것을 보여 주며 "고란노토오리보시는 바와 같이 집사람과
함께 쇼핑도 하고 여기에서 식사도 하고 있습니다."라고 말했다. 그

러자 그가 이렇게 이야기해 주었다.

"이 선생님, 다른 중역 간부분들은 주말에도 회사에 나오셔서 일하시는 것 같은데요?"

나는 그 말의 의미를 알아듣고 아내에게 먼저 사택에 들어가라고 하고 중역실로 갔다. 책상에 놓인 까만 파일을 열어 보니 Dr, Lee라고 적힌 미국 GMGeneral Motors사의 자동화 관련 내용의 파일이다. 나는 이 보고서를 가지고 집에 돌아와 토, 일 이틀 동안에 모두 읽었다. 월요일 출근하자마자 사장님 비서에게 사장과의 면담을 부탁했다.

자서전을 쓰면서 추억을 되새기다 보니 눈물이 흘러 글 쓰기를 멈추게 된다. 생각해 보니 보통 여성 같았으면 일중독인 남편과 못 살겠다고 짐을 싸서 나가고도 남았을 것이라는 생각을 하게 된다. 아내는 현명하고 애국자였다. 1968년 5월 21일 우리나라에 처음으로 생기는 한국과학연구소 건설이 한창일 때 소장인 최형섭 박사와 인사를 나눈 기회가 있었다. (그때 최 소장의 권유로) KIST에 입소해 새로운 나라를 만드는 일에 몰두해 1년 중 반년은 외국에서 생활했고 신혼여행은커녕 신혼생활도 제대로 하지 못했다. 그러나 아내는 그런 나를 이해해 주고 불평 없이 자기 일을 하며 지냈다.

사장님 비서로부터 사장님이 기다리고 계신다는 전화가 왔다. 나는 서둘러 사장실로 들어갔다. 사장이 나를 반긴다.

"파일을 다 읽어 보았습니다."

"벌써요?"

"예."

내용 이야기를 시작했다.

"다른 종류의 기계끼리도 서로 통합이 되는 무인화 같습니다."라고 하자 사장은 웃으며 "바로 그 일을 이 선생님께 부탁하고 싶을 것입니다."라고 말했다.

"네. 일의 Road Map을 작성하겠습니다."라고 말하고 나는 사장실을 나왔다.

연구실에서 구상을 하고 로드맵을 작성해야 했다.

당시 작성한 Road Map은 필자의 다른 저서 《정보 지성 시대》(pp. 201)에 자세히 나온다.

Road Map이 완성되자 사장님에게 Road Map을 설명하고 표 10-1에서 보는 바와 같이 연구원 5명을 충원 요청하여 각각 분담을 배당했다.

운영 담당, 기계 설비, FA system, 방송계 system VIC, 반송계 설비 담당 연구원 5명은 모두 신입으로 이들을 가르치며 일을 시켜야 했다.

일본의 공대는 모두 학부에서 연구원 자질을 배운다. 자체 실험 설비 설계와 제작을 하여 실험 결과가 합격해야 졸업을 한다. 그리고 자신이 설계한 기계의 설계도면을 심사에 제출하고 설계의 특징을 전 교수 앞에서 설명하고 교수의 질의 응답에 합격해야 한다. 그러므로 공대 학부를 졸업하고 취업을 하면 회사에서 바로 연구원이 되어 상품개발에 배속된다. 만일 이 분야의 학자가 되고 싶으면 조수로 남아 연구와 공부를 하며 학부생의 실험 등을 돕는다. 본인의 논문 3개가 학회지에 실리면 이를 정리한 것을 박사 논문으로 만들어 박사학위를 받는다.

나에게 배속된 5명의 연구원은 이상과 같은 교육 실험을 마치고 온 신입이라 일일이 지휘하며 연구를 시켜야 했다. 총 책임자인 나는 신인 연구원들보다 한 시간 일찍 나가 그날의 과제를 정하고 제출한 결과를 살펴보고 교정했다. 그리고 새로운 해결 방법은 없는지 궁리하는 게 매일 주어지는 나의 과제였다.

사장과 약속한 기일을 지키기 위해 밤낮을 가리지 않는 날들이 이어졌다. 후진국 지도자라는 말이 듣기 싫어 필사의 노력을 했다.

13. MAP Based 48시간 무인화 FA개발 세계 최초 성공

종래의 제조업 회사는 오로지 기계의 기능과 성능만을 따졌다. 이 회사 저 회사를 알아보며 부품 제작에 더 유리한 기계를 골라서 제조 설비를 구성하는 식이다. 그러니 규모가 큰 제조공장은 각 회사의 내로라하는 기계들의 전시장이나 다름이 없었다. 최신 기계를 설치하면 부품 가공에 불편하고 효율이 나빠질 뿐이라는 분위기였다. 그런 문제를 해결하려면 공장 내 제조 설비를 단일 회사 기계로 통일하는 게 가장 좋겠지만 사실상 그건 불가능한 일이었다. 그래서 다른 회사들의 기계가 모여 있을지라도 하나의 명령으로 움직일 수 있는 기술이 개발된 것이다. 그것이 바로 MAP이다.

회사의 상품 연구소에서는 MAP의 하드웨어를 만들고 생산기술연구소에서는 MAP의 소프트웨어를 개발하여 두 기능을 잘 조정한다. 나는 이왕이면 종전의 24시간 무인화 FA를 48시간 완전 무인화 FA로 만들려고 기획했다.

48시간 무인화 FA를 완성하고 약속기일을 지키는 습관은 KIST에서 일하던 시절부터 연마된 나의 I(Industry)-project를 실천하는 식이다. 이 과제 발표는 일본 국내 전문가, 정부 관계자, 언론사, 유저(users)들이 참석한 가운데 이 연구를 지휘한 총 책임자(이봉진)가 내용을 소개하고 인정받는 순서로 진행되었다.

특히 책임자가 한국인이었으므로 나는 한국의 KBS TV 동경 특파원 김민희金民熙 후에 사장 비서 씨를 참관시켰다. 후일 KBS TV에서 방송되었는데 마침 한국에 머무르던 아내에게 KBS방송국에서 필름을 받아 달라고 부탁해 현재 그 필름은 내가 보관하고 있다.

일본은 회사가 투자한 새 기술이 개발되면 국내 전문가와 관계자 앞에서 공개하고 브리핑을 한다. 그래서 이 기술을 공식적으로 인정받으면 국가가 개발 투자비를 보조하는 규정이 있다.

이 성과로 말미암아 일본신문, 일본경제신문, 아사히신문, 요미우리신문, 공업신문 등에 내 이름이 나온 기사가 실렸고 세계적으로 이 분야의 제1인자로 알려지게 되면서 이나바 사장은 미국의 본인이 회원으로 있는 America Engineer Academic Fellow에 나를 추천했다. 그리고 영국에서도 세계적인 과학자 인정서가 배달되어 왔다.

어느 날 이나바 사장이 나를 불렀다. 사장실에 갔더니 이번 연구 내용을 제조기술 학술지CIRP Manufacturing Technology에 실어 달라는 것이었다. 회사 기밀이 누설될 것을 염려해 좀처럼 학회지에 싣는 것을 꺼리는 사장이 이 기회에 회사를 세계에 알리고 싶어 요구하는 것이었다. 그래서 나는 내가 고안한 특허 4개를 등록하고 영어로 논문을 작성해 CIRP Annals 1988 Manufacturing Technology에 투고하기 위해 요시가와吉川 之弘 동경대 정밀공학과 교수, 총장 학술원 회장 등을 역임 교수가 주최하는 일본의 분과에 심사를 요청하고 요시가와 교수가 추천하는 일본의 최첨단 기술 논문으로 1988년 CIRP Annals에 실리게 되었다. 이 학회는 그해 동경에서 열렸는데 FANUC에서 축하 파티를 열었다. 내 논문에 관심을 보이며 재차 브리핑을 요구하는 바람에 회사 대강당에서 다시 한번 논문 발표를 했다. 많은 사람들과 인사를 나누고 질문에 친절하게 답변을 하다 보니 어느새 파티는 끝나 있었다. 정말 감동적인 날이었다.

사진 설명 : CIRP Annals 1988, Manufacturing Technology 1988, 27
"On the FA MAP(manufacturing automation Protocol)"
Submitted by H. Yoshikawa(1) : FANUC/Japan received on Jan. 12, 1988.
세계 최초 MAP 논문을 발표하고 질문을 청했지만 참석자들이 처음 듣는 기술이라
사로가 의견을 교환하는 모습. 결과적으로는 질문하는 자는 없었다.

상세 내용은 필자의 서적을 참고 바란다.

《정보 지성 시대》 p199~203

   i. SHIPSTAR Associates MAP TOP & OSI handbook ship star Associates Inc, 1871

   ii. IROFA MAP Japan Meeting '88

14. 도쿄 일미日美 기술회의

일본과 미국, 두 국가 간에는 매해 과학기술회의가 나라를 번갈아 가며 열리고 있다는 사실을 처음으로 알게 되었다.

이 국제회의는 각국의 전문가들이 모여 과학기술의 동향을 논의하고 과학기술이 흐름에 관해 서로 의견을 주고받는 자리였다. 이를 주체하는 일본 이화학연구소理化學研究所에서 산업계 대표로 FANUC의 이나바 사장이 초대를 받았다. 그런데 이나바 사장은 나더러 본인을 대신해서 다녀오라고 하여 사장을 대신해서 참석하게 되었다. 회의를 주최하는 이화학연구소에 통보했더니 수락한다는 답장이 왔다. 이렇게 해서 일본 산업계 과학기술 전문인으로 회의에 참석하게 되었다.

당일 주최 장소로 갔더니 일본 측 전문가들이 모여 있었다 그중에는 나의 대학 동기인 요시모토吉本 교수동경대 자동제어 담당도 있어 대화하기가 편했다. 점심 시간이 되어 식사를 하고 회의실로 들어가는데 일본 측 멤버들이 서로 편하게 이야기를 나누다가 나를 보더니 갑자기 대화를 멈췄다. 분위기가 이상해지니 당황했는데 요시모토 교수가 말했다.

"아! 이 씨는 우리와 다름없는 사람이라 괜찮아요李さんは 日本人と代わらない."라며 나누던 이야기를 계속하는 것이었다.

일본인들끼리 나누던 이야기는 '미국 대표는 일본의 FA를 이야기하지 않으니 이번에는 일본 첨단 FA 이야기는 하지 말고 다음 번 일·미 회의에서 써먹자.'라고 자기끼리 하는 이야기였다.

이 국제회의는 두 나라 간에 서로 의견을 모아 3일째에 정식 국제회의를 열도록 되어 있었다. 발표 내용은 미국과 일본, 두 강대국이 조정한 내용을 「근대 과학기술의 동향」이라는 제목으로 과학기술의 흐름을 조정하고 있음을 알게 되어 좋은 경험을 했다. 나는 오시노忍野에 있는 회사로 돌아가기 전에 KBS TV 동경 특파원 김민희金民熙를 만나 국제회의 자료를 주면서 한국에서 이용하라고 했다. 그가 이렇게 보도해도 되는 건지 묻길래 "나는 한국인이므로 이런 정보는 우리가 알아야 한다."고 설명하면서 자료를 건넸다. 나는 그길로 회사로 들어가 이나바 사장에게 회의 내용을 보고했다.

15. 주일 미대사관에서의 파티

일미 국제회의가 끝나자 주일 미대사관에서는 작은 파티가 열렸다. 나는 미나토쿠 아사부港区麻布에 있는 미대사관을 찾아갔다.

여기는 전에 대학생이던 큰딸의 미국 방문 비자를 받기 위해 아내와 함께 온 일이 있다.

당시 한국 주미대사관에서는 미국에 입국하면 한국으로 돌아오지 않을 가능성이 크다는 이유로 특히 한국 여대생에게는 미국 방문 비자를 내주지 않아 방학 동안 미국에 잠시 다녀오고 싶어도 갈 수가 없는 상황이었다.

테이블에 있는 비자 신청서에 필요한 정보를 모두 적어 창구에 제출했더니 사무관이 나에게 명함을 갖고 왔는지 물었다. 명함을 꺼내어 건네자 바로 그 자리에서 큰딸의 미국 비자 도장을 찍어 주며 한국에서 비자를 받지 않고 일본에서 받으려고 하는 이유를 물었다.

우리는 비자를 받고 인사를 하고 나와서 악기상에 들러 작은딸의 플루트를 사서 점심을 먹고 오시노로 돌아왔다.

파티에서 만난 사람들 중에서 눈에 띈 사람이 있었다. 삼성 JAPAN 사장이다. 그는 나를 보자마자 "혹시 신문에 난 이 박사님이십니까?" 하고 먼저 다가와 물어봐 준 것을 계기로 친해졌다. 그리고 그가 삼성물산 사장으로 귀국했을 때는 일본 경제 연구 모임에서 함께 공부하는 친구가 되어 있었다.

어느 날 아내와 함께 소망교회에서 예배를 보고 일어서는데 누군가 내 바지를 잡아당기며 일어나지 못하게 해서 놀래서 돌아보니 바로 삼성물산 사장이었다. 그는 삼성의 상사에서 부회장, 삼성 신라호텔 사장으로 전직이 되었을 때라 교회에서 나는 보고는 반가워서 아는 척을 한 것이었다. 호텔에서 조식을 같이 하자고 하길래 집으로 돌아가 차를 몰고 신라호텔로 갔다. 현관에서는 직원이 우리를 기다리고 있다가 사장실로 안내해 주었다. 이것을 계기로 신라호텔을 종종 이용하게 되었는데 아내와 친한 숙명동창들을 초대해 아내의 회갑연을 열기도 했다. 이때 신라호텔에서 찍은 사진을 보면 즐거웠던 그 시절의 추억이 되살아나고 그때 그 행복했던 마음이 그리워진다.

이때 나를 아는 척해 주었던 그 친절한 사장도 나도 언젠가 천국에서 다시 만날 날이 있기를.

기초기술연구소 부소장 겸 개인 연구실 실장 시절

오시노忍野의 FANUC 단지 내 울창한 숲속. 외로이 솟은 빨간 벽돌 건물. 그 안에는 10년 앞을 내다보고 그때 요구될 상품을 연구 개발하는 곳, 세계 석학이 모여 중역급 이상인 전문가들이 연구하는 곳이다. 나는 지상 연구실에서 Machining Center의 지능 연구를 하는 연구실 실장을 맡으면서 동시에 기초기술연구소의 부소장을 겸했다.

실장들은 일찍 출근해 업무 시작 전에 정문 입구의 넓은 공간에 모여 약 5분 정도 돌아가며 하루에 한 사람씩 본인이 하고 있는 공부 또는, 읽고 있는 책, 학회에 참석한 이야기, 그간 읽은 기사 중 궁금한 내용 등을 이야기하기로 되어 있었다.

이번에는 내 차례였다.

나는 일본 문화와 한국 문화의 다른 점을 이야기했다. 일본인과 한국인의 신고 다니는 전통 신을 보면 일본인은 '게타일본식 나막신'를 신는다. 일본의 게타는 엄지와 검지발가락 사이에 끈을 꿰어 신고 다니는 구조인데 한국의 목신은 통나무를 발모양으로 파서 신는 구조다. 게타는 구조상 발가락 사이에 끼워서 신으니 걸을 때 신발을 끌고 가지만 한국의 목신은 발 모양에 맞춰서 만들기 때문이 신발과 발이 같이 움직인다. 신발의 구조를 보면 문화적文化的으로 일본인은 아날로그적인 면이 있고 한국인은 디지털적인 면이 있다고도 볼 수 있다. 개인적인 생각이지만 일본의 기술은 예부터 hardware에 강하고 한국인은 software에 강한 게 아닐까 하는 생각이 든다. 조례시간에 그런 이야기를 했다. 40년이 지나 생각해 보면 오늘날의 한국이 software 강대국이 될 것을 예측한 이야기였다는 생각이 든다.

FANUC사 기초기술연구소는 아무나 출입을 할 수 없다. 용무가 있어도 사장의 허가증을 갖고 와야만 문이 열린다. 매일 아침 건물 청소를 담당하는 사람, 기초기술연구소 소속 연구사원 외에 회사 사장을 제외하고는 아무도 들어올 수 없는 장소이다. 나는 재직 당시 사장의 허가를 받아 역대 주일 한국 대사교육부장관을 지낸 이규호, 외무부장관을 지낸 이원경, 그리고 이 대사 후임으로 부임한 대사 3분과 대사관 간부를 초청해 나노기술연구실을 보여드린 일이 있다.

문교부장관을 지낸 이규호 대사는 관심이 많아 오후 늦게까지 연구소를 둘러봤다.

이원경 대사가 사장과의 점심 식사 자리에서 이런 이야기를 했다.

"이 선생님은 여기서 월급을 받아서 미국 유학 중인 아들에게 모두 쓰고 계십니다."

나는 대사에게 말했다.

"저는 애국자입니다. 나라가 해야 할 일을 스스로 벌어서 자식을 외국에서 공부시키고 있는 것입니다."

모두가 웃었다.

전두환에서 김영삼으로 정권이 바뀌고 FANUC사를 방문하고 싶다고 하여 문화부 장관과 함께 애써서 한국 대통령의 FANUC사 방문 준비를 마쳤는데 도쿄에 도착한 김영삼 대통령이 돌연 FANUC사 방문 일정을 취소하고 중국으로 가 버리는 일이 생겼다. FANUC은 일본의 쇼와昭和 천황, 그 뒤의 헤이세이平成 천황도 다녀가는 일본의 굴지의 회사다. 영국의 '대처수상'도 다녀가면서 '일본에 가보니 로봇이 일을 하고 있었다.'는 명언을 하여 영국의 고질적인 골칫거리인 노사문제를 해결했다.

중국의 '등소평', 그 외에도 여러 국가의 원수들이 일부러 찾아오는 회사인데 김영삼 대통령의 가벼운 처신에 할 말이 없었다. 국가의 경제, 기술에는 관심이 없다고 느꼈다.

여기 재직하는 동안에 박태준 총리전 포항제철사장의 부탁으로 MIT 전기전자과에 재학 중인 아들에게 FANUC을 견학시켜 주고 진로를 상담해 준 일이 있었고 전두환 대통령의 장남도 다녀갔다.

그 외에도 장관 두 명과 엔지니어 그룹의 박경석 회장도 다녀갔다. 귀국 후에 엔지니어 그룹에서 강연 의뢰가 들어와 인연을 이어 갔다.

FANUC을 떠나던 날

　포항제철소 박태준 사장으로부터 고국에서도 할 일이 많다. 우리 나라로 돌아오라는 권유를 받았다. 나는 그러면 이나바 사장에게 이 봉진 박사를 할애해 달라는 편지를 보내라고 했다. 그로부터 얼마 지나지 않아 정말로 이나바 사장 앞으로 편지가 배달되었다. 편지를 읽은 이나바 사장은 나를 불렀다. 어떻게 하고 싶은지 묻길래 고국에서 부르면 돌아가고 싶다는 솔직한 마음을 전했다. 사장은 내 마음을 이해해 주고 전 연구원을 모아 귀빈실 강당에서 이별의 송연을 열어 주셨다. 이별 선물로는 일본 정밀기술의 정수라고 하는 세이코 GS시계를 주셨다. 시계 뒷면에는 工学博士李奉珍殿 平成元年8月29 日ファナック株式会社稲葉清右衛門가 새겨져 있었다. 그리고 NC ROBONANO로 가공한 君子避三端이라는 충언이 함께 박혀 있었다.

　사장은 내게 회사를 아주 그만두지는 말고 기술 고문으로 남아 있어 달라고 했다. 그래서 15년을 회사 고문으로 재직했고 급여도 받았다. 그러다가 아들이 사장직을 물려받았을 때 고문직을 사임했다. 실제 재직은 5년의 짧은 기간이었음에도 불구하고 FANUC은 나에게 종신연금을 주고 있다.

1985년 아내와 이나바 사장 사모님

아내와의 이별을 아쉬워하는 이나바 사장 부인

FANUC 이나바 사장 사모님과의 송별회

2020년 가을, 정밀공학회 임원 FANUC 견학
이나바 회장과 식사하며 의견을 교환하는 모습

FANUC 기계전시회에서 찍은 사진(2022년)

한국으로 돌아온 이후 평탄치 않은 나의 삶

　고국에 돌아가면 포항제철소 산업연구소 소장, 포항공대 교수 겸 직하기로 했고 대학에서는 정보기계학과를 계획하고 있었다. 그런데 주변 분위기가 영 마음에 들지 않는다. 발령 당일까지 출근을 망설여지니 나가지 않았다. 그러자 기다렸다는 듯이 바로 퇴사 통보를 받았다. 나는 학과 개설을 준비하는 과정에서 인재를 충원하기 위해 미국 출장을 다녀왔다. 그런데 그 출장비도 반납하라는 지시가 내려왔다. 폭발 직전이 심정으로 그만두는 사람에게 왜 출장 보고서를 쓰라고 하냐고 따졌다. 놀란 박 사장이 만나자고 했지만 뿌리치고 그와의 인연에 종지부를 찍었다.

　그 후 우연히 비행기에서 옆 좌석에 앉은 대성그룹 김영대 사장을 만났다. 서로 명함을 주고받고 인사를 나누다가 의기투합이 되어 그의 회사 가운데 「가하 컨설팅」을 맡기로 했다. 김 사장은 종래에 해 오던 연탄 사업을 중단하고 제조업으로 도약하기 위해 새로운 사업을 구상하고 있는데 해외에서 인재를 구하는 중이라고 했다. 나에게 그 선도자 역할을 해 달라고 부탁하는 것이었다.

　그런데 비슷한 시기의 어느 날 효성 그룹에서 연락이 왔다. 조경래 회장이 나를 만나고 싶어 한다는 것이다. 그를 만나서 용건을 들어보니 나에게 회장직을 맡겨 효성중공업을 FANUC과 같은 회사로 만들고 싶다는 것이었다.

먼저 맡기로 약속한 가하 컨설팅 일이 있기는 하지만 둘 다 못 할 것 같지도 않았다. 그래서 반나절은 효성중공업으로 나머지 반나절은 가하 컨설팅으로 출근을 하는 것으로 양쪽 회사를 반씩 출근하기로 정했다. 업무 계약은 효성중공업이 가하 컨설팅과 하는 것으로 하고 효성중공업에서 받는 보수는 전액 가하 컨설팅으로 납입하게 했다.

출퇴근은 가하 컨설팅 차로 출퇴근했는데 회사의 사정을 보면서 오전 오후 시간을 유용하게 쓸 수 있어 나쁘지 않았다. 다만 시간이 조금 지나 회사 돌아가는 속사정을 알고 보니 가하 컨설팅은 3형제가 대성 산업을 걸고 재산 싸움을 하는 복잡한 상황이었다.

효성중공업은 재벌 기업으로 사원들이 대게 좋을 대학 출신이었다. 출장길에 들른 효성기술연구소에는 내가 예전에 KIST 연구실에서 데리고 있던 노태석 군이 연구소 소장을 맡고 있었다. 연구원들에게 미리 참고자료를 보내어 읽고 설명하라는 숙제를 냈는데 아무도 읽어 오질 않았다. 심지어 연구소 간부회의에 사장도 나오지 않는다. KIST에서 데리고 있었던 노태석 소장만 나에게 야단을 맞는 상황이 종종 벌어졌다. 급기야 사장이 내 결재를 받는 게 싫은지 내 뒷조사를 하는 것이 발각됐다. 어쩔 수 없이 조 회장을 만났다.

"회장님, 정치엔 정보 정치가 있다고 알지만 기업도 정보 경영을 합니까?"라고 물으니 "그게 기업의 현실입니다. 그래도 그만두지는 마십시오."라는 것이었다.

"그럼 둘 중 한 사람을 선택해 주십시오."라고 말하고 회장실을 나왔다.

그러나 시간이 지나도 변화의 의지는 보이지 않았다. 계약기간이 만료되자마자 나는 미련 없이 효성중공업을 나왔고 또 형제 싸움으로 어수선했던 가하 컨설팅 쪽도 그만두었다.

여기저기 불러 주는 곳에서 일하던 나는 독립을 하기로 했다. 내 성을 따 「Lee Engineering」이라는 컨설팅 회사를 열기로 한 것이다. 세무서에서 사업자 등록을 했다. 전에 데리고 있던 비서와 운전기사 겸 보조 사원을 데리고 테헤란로에 있는 내 건물 5층 사무실에 회사를 차렸다. 주변에서는 광고도 없이 과연 그게 비즈니스가 되겠냐는 걱정이 있었지만 나는 이렇게 말했다.

"광고하고 선전하는 명의를 본 적이 있으세요? Engineering도 필요하면 알아서 찾아오게 되어 있어요."

FANUC 정문에서, 45세

1995년 캐나다 밴쿠버 미술관에서

Lee Engineering 창립

나는 한동안 테헤란로 근처에 나는 작은 건물을 갖고 있었다. 금싸라기 땅에 건물을 갖게 된 계기는 KIST 최형섭 소장의 제안 덕분이었다. 정년 퇴직을 하면 그 이후에 살 곳이 없는 사람을 많이 보았는데 퇴직 후에 지낼 곳을 미리미리 마련해 두는 것이 좋을 것 같다는 제안을 했다. 최 소장 제안으로 KIST에 주택 조합이 생겼다. 한강 남쪽 강남 허허벌판 토지를 일단 연구소 자금으로 매입하고 월급에서 매달 일정 금액을 공제하기로 했다. 당시에 나는 필지 두 개를 갖고 싶은데 자금이 부족했다. 일본에서 의사로 있는 친구이자 중학교 선배 김형옥 의학박사에게 한 필지 가지면 어떻겠냐고 물으니 본인도 언젠가 고향으로 돌아가고 싶으니 토지 구입 기회가 있으면 갖고 싶다는 것이었다. 그래서 나는 두 필지를 선택하고 부족한 자금은 김형옥 형이 자기 몫을 한꺼번에 준 덕분에 두 필지를 구입할 수 있었다.

1974년 봄으로 이야기를 돌려서 당시에 나는 스탠퍼드대 연구소 SRIStanford Research Institute에 객원 연구원으로 1년 동안 미국에서 생활하고 있었다. 그런데 그해에 토지가 정리되고 KIST 주택조합원들은 제비뽑기로 본인의 필지를 받게 되었다. 제비뽑기는 미국에 있는 나를 대신해 내 연구실 연구원 김공배 군이 뽑아 주게 되었는데 그때 뽑은

2필지 가운데 1필지는 김현옥 형의 명의로 등기를 했다.

　형의 땅에 건물을 올리게 된 사연도 재미있다.
　아내의 아버지 고영환 장인어른은 6.25 무렵 동아일보 논설위원으로 재직하고 있었는데 북한에서 내려온 이언진 씨를 동아일보에 입사시켜 주셨다고 한다. 장인어른은 전쟁 때 납북되었지만 그 후 이언진 씨는 부사장까지 승진을 했고 병환으로 여생이 얼마 남지 않았을 때 아내에게 연락을 해서 부른 것이다. 예전에 아버지 덕분에 동아일보에 입사하고 부사장이 된 은혜를 갚고 싶다고 했다. 자식이 없는 그는 본인의 판교 별장을 양도하고 싶다는 것이었다.
　나도 초대를 받아서 그 별당에 가 본 일이 있었는데 정말로 아름답게 잘 가꾸어진 탐나는 별장이었다. 주변 일대에는 동아일보 중역들의 별장이 많았다. 그런데 그 아담한 집小屋이 있는 2000평이나 되는 아름다운 별장을 또 김현옥 형과 공동으로 돈을 내어 아내 명의로 싸게 살 수 있었다. 그 무렵 나는 KIST를 그만두고 일본 FANUC사에 가게 되었는데 나이 들어 다시 조국에 돌아오면 그 별장에서 글을 쓰면서 지내도 좋겠다는 생각을 하고 있었다. 그런데 이게 어찌된 것인지. 일본에서 한국으로 돌아와보니 그 별장이 토지 공사에 접수되어 우리 허락도 없이 아파트를 짓고 있다는 것이었다. 공익을 위해서 접수했으니 보상금을 받아 가라는 통지서만 달랑 보내왔다. 국가를 위한 법인지 국민을 위한 법인지 사유재산을 본인 허락도 없이 몰수하다니 있을 수 없는 일이었고 충격적인 일이 아닐 수 없었다.

할 수 있는 모든 항의를 했지만 이야기가 통하지 않았다. 결국 아름다운 우리 별장은 사라지고 국가 보상금으로 대체되었다. 바로 그 보상금으로 테헤란로에 있는 땅에다가 아내 명의의 작은 건물을 짓게 된 것이다.

땅은 내 명의지만 건물은 아내 명의로 빌딩 이름은 내 이름의 마지막 한자 진進을 골라 진빌딩이라고 지었다.

김현옥 형도 그때 받은 보상금으로 KIST주택조합에서 배당된 역삼동 땅에 귀국하면 살려고 집을 지었지만 실제로 와서 살지는 못했다. 자식이 없던 형은 자기 형의 차남을 양아들로 들여 의사로 키우고 그 아들에게 양도했다. 평생 열심히 살며 쌓은 재산을 본인은 누리지 못하고 양아들에게 넘기는 드라마 같은 인생이다. 90을 넘긴 나도 과연 누구를 위한 배려였나. 내일을 모르는 것이 인생이라는 생각이 든다.

1. LG 조찬 강연

1990년 나는 일본에서 조국으로 돌아왔다. LG에서는 내 귀국 소식은 어떻게 알았는지 FANUC사에서의 경험, 연구 개발 상황을 듣고 싶다고 조찬 강연 의뢰가 들어왔다. 나는 기꺼이 수락하고 LG 조찬 강연을 하러 갔다. 여의도에 있는 LG 본사에 도착하여 회장님과 함께 강연장으로 들어가니 장내에 우렁찬 박수 소리가 들렸다.

나에 대한 소개가 끝나고 단상에 올랐다. 가볍게 인사를 하고

FANUC에서 경험한 이야기를 시작했다.

"연구는 10년 앞을 내다보고 시작한다. 그리고 그 연구는 사람이 바뀌어도 지속된다."

마치 한국경제신문사에 연재했던《일본식 경영》원고를 다시 이야기하는 느낌이 들었다. 다른 점이 있다면 이번엔 저자가 직접 말로 설명하는 것이다.

"FANUC에 박사는 두 명, 사장님과 나뿐이고 공과대 학부 졸업자 모두가 연구원 자격을 갖는다. 그리고 그 위에 주임 연구원이 연구책임자가 된다."

"연구된 내용(모의제품)은 상품개발실로 이송된다. 거기서 완성된 개발 제품은 다시 상품 연구소로 간다. 상품 연구소에서는 제품의 신뢰도를 높이는 실험을 하면서 최종적으로 제품 사양서仕様書를 작성한다. 시장에 상품이 출시된다."

"기업의 연구는 위와 같은 과정이 반복되는 일이라고 생각합니다. 간혹 성능이 거의 비슷한 상품이 나오면 한 단계 높은 기능을 가진 상품을 준비해 두었다가 교체하면서 우위를 되찾아옵니다. 그렇게 해서 상품을 진화시키게 됩니다. 쉬운 예를 들면 진공관 라디오가 반도체로 진화되듯 말이죠.

제품 수명은 완성된 제품을 신뢰 연구 파트에서 다루고 있는데 실험 장치를 자동화해서 24시간 기계적으로 시험을 합니다. 실험 장치는 연구한 사람이 실험 장치를 직접 고안해서 자체 제작하거나 전문

업체에 맡기기도 합니다.

상품개발은 시간과의 싸움이므로 담당자의 근무 시간은 자율로 맡기고 추가 근무 시간을 간섭하지 않습니다. 물론 근무 추가 시간은 보상합니다. 연구를 하다가 생기는 특허는 연말 회계 때 특별 보너스로 보상해 줍니다.

간단히 말하자면 상품을 개발하는 연구원을 나무를 심어서 소중하게 키워 가듯 계속 진화시키려는 노력을 하는 것입니다.

여기까지 대략적인 연구개발 이야기를 했습니다. 매주 한국경제신문에 제가 경험한 일본 기업의 경영 이야기를 연재하고 있습니다. 필요하시면 한국경제신문에서 더 읽어 주십시오. 이것으로 강의를 마치겠습니다."

질문이 몇 개 들어왔는데 너무 오래전 이야기라 생각이 나질 않았다. 전기, 전자, 기계가 하나로 합쳐지는 상품이 근대적인 상품이 될 것임을 강조하면서 강의를 마무리했고 청중의 큰 박수 소리와 함께 단상에서 내려왔다.

LG에 메카트로닉스 기계 전기, 전자 회사가 새롭게 생긴 것도 이 강연에서 영향을 많이 받은 것으로 알고 있다 사장과 의견을 나눌 일이 많아 개발 제품을 선물로 받은 일이 있었다.

강연으로부터 며칠이 지나 LG 생산기술연구소 소장 전무가 나를 찾아왔다.

2. LG 생산기술연구소 상품개발 Project

LG 생산기술연구소 소장 전무가 사무실을 찾아왔다. 이야기인 즉, LG가 일본에 가서 일본에서 보급하는 TV도면을 사와서 제품을 제작해서 시장에 출시하면 일본에서는 이미 새로운 TV가 출시된다. LG가 제작한 제품은 늘 구식으로 밀려서 수출을 해도 싸게 팔아야 하니 수지타산이 맞지 않고 한국에서도 잘 안 팔린다.

일본 거래처에 올 때마다 $1000씩 주고 새 도면을 구입해서 제작을 해도 문제가 해결되지 않으니 자체 제작할 방법을 찾으라고 조언했다. 돈도 아끼고 무엇보다 $1000로는 고질적인 문제를 해결할 수 없다는 충언을 했다. 그러자 나에게 이 문제를 해결해 달라고 요청했다. 나는 "돈만 받고 해결해 드리는 일에는 흥미가 없고 정말로 내 도움이 필요하다고 느끼시면 회사에서 나에게 명예가 되는 직책을 주시면 일을 맡겠습니다."라고 했다.

그러자 며칠 만에 다시 찾아와서「특별 고문」이라는 감투를 제시했다. 나는 이를 받아들였다. 당시는 일본에서 들어온 지 얼마 되지 않았기에 계약서에 일본 주소를 적었다. 보수는 알아서 달라고 했다. 그러자 외국인 전문가가 엔지니어링에 해당하는 보수를 주겠다는 것이었다.

교육 출근을 월말 1회 하기로 했다. 교육 방법은 연구원들에게 1개월 치 숙제를 내주고 해 오는 것을 지도하는 방식으로 하겠으니 선임급 연구원 10명을 선정해 달라고 요청했다.

첫 번째 모임이었다.

교육 대상으로 뽑힌 선임급 연구원들은 모두 서울대 출신, KAIST들이었다 우리나라 최고의 학벌 출신이라 성격도 모두 괜찮아 보였다.

그러나 학교에서 실제로 실험 연구를 해 보지 못했고 제어론도 잘 모른다고 하니 내가 경험했던 대로 가르치기로 했다. 각자 기본적인 것을 생각해 만들고 싶은 것을 그려 보고 어떻게 설계하고 제작 도면을 그려 어떻게 제작을 하는가를 모두에게 일단 설명하고 한 사람씩 각각 분담해야 할 것이 정해 주고 한 달이 지나 각자 과제해 온 것을 보고 교정하는 식으로 진행하고 그날 오후에는 전 연구원을 강당에 소집해 어떤 점을 잘 모르는지, 잘 틀리는지에 대한 이야기 등 예전에 가르쳤던 내용을 다른 연구원에게도 똑같이 설명하고 가르치는 식의 교육을 3년간 했다.

완성된 연구 제작품 기계를 시운전해 보고 작동하는 것을 확인하고 이 교육을 마쳤다.

이로써 어떤 기계 또는 어떤 TV를 만드는가에 관해 방법과 실행이 완성되기까지 교육을 완성했다. 솔직히 내 연구 개발의 노하우를 후배들에게 알려 준 것이기도 하다.

후일담이다. 나와 친해진 주임 연구원 몇 명은 내게 주례를 부탁하기도 했다. 나는 기꺼이 이를 맡았다. 2~3년간 매달 만나 온 연구원들의 교육을 마무리했다.

3. 만도기계 생산기술연구소 설계

만도기계와 현대자동차는 형제 회사다. 형이 자동차를 맡아서 경영하고 동생은 현대자동차 부품을 가공한다. LG 생산기술연구소 소장의 추천으로 어느 날 만도기계 전무가 나를 찾아왔다. 만도기계에 생산기술연구소를 만들어 달라고 부탁하길래 정식으로 의뢰를 받아 컨설팅을 시작했다. 회사 내 연구원을 10명을 교육 대상자로 뽑아 달라고 부탁했다.

나의 엔지니어링 컨설팅 방식은 내 회사 직원을 의뢰한 곳에 파견해서 기술을 파는 것이 아니다. 내가 직접 의뢰한 회사에 가서 필요한 지식과 기술을 알려 주고 문제의 근본을 해결할 수 있게 만드는 데 목표가 있었다. 그래서 그 회사에서 검증된 유능한 직원들을 뽑아 달라고 해서 직접 기술을 가르치고 양성하는 방식으로 엔지니어링을 했다.

회사에서 선발한 전도 유망한 명석한 직원들에게 나의 지식과 기술을 가르치는 일은 보람이 있었다. 만도기계에 출근했더니 10명의 연구원이 선발되어 기다리고 있었다. 이사를 중심으로 과장급들 인재들이다. 각자의 자리에서 맡고 있는 일은 한정된 분야의 일이었다.

그래서 기술이란 연계성이 있음을 가르치고 연구원들을 데리고 다니면서 여기저기 공장을 견학시켰다. 생산기술연구소를 구상하며 연구원들에게 일을 배당하고 매일 일정한 시간에 하고 있는 일에 대해 서로 이야기하는 시간을 만들어 모두의 일이 서로 어떻게 연계되는지를 인식시키며 주어진 일을 하게끔 했다.

점심시간에는 연구원들과 함께 식사를 하면서 서로 친목을 도모하는 환경을 만들었다.

각 접점을 고려해 연구 제목을 정하고 정해진 날 정해진 시간에 연구 발표를 시켰다. 모두에게 발표하고 평가받는 연구소 시스템을 고안하고 그 밖의 연구소 관리는 내가 경험한 방법을 채용하는 방식으로 연구소 구상을 실천하기로 했다.

연구소 안이 결정되자 회사 간부, 공장장을 소집해서 연구소 안을 발표한 것이다.

이 일이 끝나자 수고했다고 논현동에 있는 아미가 호텔에서 식사를 대접받은 기억이 난다.

새해가 되어 일본으로 간부들과 사장이 신년 인사를 하러 가는데 함께 가자고 권하길래 나도 함께 따라갔다. 선물을 건네며 올해도 차질없이 부품 공급을 부탁한다고 하는데 좀 이상했지만 그때는 그런 시기였다. 지금은 잘된 부품을 골라서 구매하는 회사가 되어 있으리라 믿는다.

4. 울산 현대자동차 CAD/CAM, FA 강의

내가 일본 FANUC에서 일하고 있을 때였다. 출국 전에 만들어 놓은 한국정밀공학회가 염려되어 학회지에 자주 원고를 써서 올리고는 했다. 당시 학회를 맡아 관리하던 김재관 박사가 학회에 업적을 만들

겸 외부인사 강연회를 열면 좋겠다는 의견을 내어 나도 찬성하고 강연을 해 줄 만한 지인을 찾아보았다.

김재관 회장에게 "동경대학 공학부 학장인 내 동기를 데려가고 싶은데 학회에서 초청장을 보내 주면 갈 수 있다고 한다."고 전하자 재빠르게 나카지마 나카지사中島 尙正, 동경대 공학부 학장 앞으로 '정밀공학회에서 외부 인사를 초청하여 세미나를 열려고 합니다. 형편이 되시면 부디 내한하시어 정밀공학회에서 강연을 해 주시면 감사하겠습니다.'라는 영문 초청장을 작성해 학회에서 나카지마 학장에게 직접 부쳤다. 그러자 나카지마 교수로부터 흔쾌히 강연 제안을 수락하겠다고 답장이 왔다.

나카지마 교수는 나랑 김포공항에서 만나서 다시 국내선 비행기를 타고 김해공항까지 함께 이동하여 울산 현대자동차로 들어갔다. 단지 내에서 걸어가다가 나를 알아보는 사람들이 인사를 건네자 나카지마 교수는 조금 놀라는 눈치였다. 일본에서는 그런 모습을 보기 어렵다고 했다.

울산 현대자동차 영빈관 측의 안내를 받아서 방으로 들어갔더니 한국 정밀공학회 김재관 회장이 먼저 와 있었다. 김 회장에게 나카지마 교수에게 소개하고 울산 현대자동차 부사장과 인사를 나눈 후에 잠시 숨을 돌리고 있었는데 회장 준비가 끝났다고 연락이 와서 우리 일행은 다시 회장으로 이동했다.

세미나 강단에 들어서니 빈 좌석이 없을 만큼 청중으로 가득했다. 알고 보니 일본에서도 유한 교수님이 현대 자동차에 일부러 강연하러 찾아 주셨다는 소문에 전 직원이 작업을 중단하고 강연장에 모였다는 것이었다.

총 책임자인 부사장이 나와 나카지마 교수를 소개했다. 우렁찬 박수 소리와 함께 나카지마 교수는 강단에서 CAD/CAM, 컴퓨터 설계와 제조에 관한 그의 전공 이야기를 들려줬다. 대학에서 강의하는 최신 기술과 지식을 전해 주는 귀한 시간이었다.

이어서 나는 일본 FANUC에서 이룬 공장 무인화 자동화를 강연했다.

강연이 끝나자 부사장은 우리를 데리고 회사 자동차 조립 현장을 견학시켰다. 그리고 널찍한 자동차 설계실도 보여 줬다.

"설계실까지 공개해 주시는 걸 보니 자신감이 굉장한 것 같네요. 일본에서는 설계실만큼은 외부인에게 절대 보여 주지 않는 게 보통이에요."라고 나에게 이야기했다.

나는 수고비로 여비와 강연비 1000불을 회사에서 받아 그에게 건넸다. 나카지마 교수는 서울은 들르지 않고 바로 도쿄로 돌아갔다. 그리고 나는 학회에서 곧장 일본으로 들어갔다.

5. 삼성과의 인연

삼성과의 인연은 어린 시절 소꿉 친구 이기풍李起豊으로부터 시작된다. 이 친구는 1970년대에 삼성물산 이사로 재직하고 있었는데 내가 KIST에 재직할 당시, 가끔 시내 소공동 롯데호텔에서 손님을 만날 일이 있으면 용건이 끝나고 KIST로 돌아가기 전에 롯데호텔 앞에 있는 삼성물산에 있는 친구를 만나러 들르곤 했다. 기풍이랑은 같은 초등학교를 나왔고 중학교는 서로 다른 학교로 진학했다. 기풍이는 초등학교를 졸업하자마자 제주도를 떠났고 나는 제주도 오현중학교를 다니면서 4.3 사건을 겪었다. 중학생 이후로는 서로 소식을 모른 채 지내고 있었다.

그러다가 사회인이 되어 나는 과학기술자로 기풍이는 회사 중역이 되어 우연히 다시 만나게 되었다. 어찌나 반갑던지 서로 그간의 인생 이야기를 들려주느라 시간 가는 줄 몰랐다.

기풍이도 6.25 때 인민군으로 끌려가 포로가 되어 거제 포로수용소에서 해방을 맞았다고 했다. 알고 보니 서울에서 보성 고등학교를 다니다가 인민군으로 끌려갔고 나 역시 서울 결동에서 고등학교를 다니다가 인민군으로 끌려가다 말고 간신히 빠져나와서 고향으로 내려갔다가 다시 일본으로 밀항을 간 이야기 등 서로 하고 싶은 이야기가 너무 많았다.

어느 날 기풍이가 나에게 고민을 토로했다. 혹시 자신이 옮겨 갈 만한 직장이 없을지 의논을 해 온 것이다.

사정을 듣고 보니 삼성의 창업주 이병철의 두 아들 사이에 누가 삼성을 계승하느냐 싸움이 벌어져 형이 물러나고 동생 이건희가 계승자가 되었다. 자기는 형의 친구라 남아 있기가 어려워졌다. 새 직장을 찾아야 한다는 것이었다. 나는 삼성 뒷골목에 있는 「産多」 사장에게 일자리를 부탁했다. 거기서 잠시 일하다가 회사 특파원으로 미국에 가서 그 후 미국에서 자리를 잡았다. 서로 식구끼리도 친하게 지내던 친구였는데 미국으로 가게 되어 우리는 그야말로 이산 친구가 되고 말았다. 그 이후 내가 미국에 갈 일이 있으면 가끔 만나는 사이가 되었는데 기풍이는 미국에서는 자영업을 하고 있었다.

세월이 많이 지나 일본 FANUC에 있다 1990년에 귀국을 했을 때였다. 삼성 비서실에서 조찬 강연 의뢰가 들어와 삼성 본사에 들어갔는데 1층 화장실에 들렀다. 그러고는 비서실 층의 화장실에도 들어가 보았다.

본사 건물 내에 있는 조찬 강연장은 그리 크지도 작지도 않은 아담한 장소였다.

우선 인사를 건네고 "본사에 들어오면서 잠시 화장실을 보고 왔습니다. 그런데 1층 화장실과 비서실 화장실은 수준 차이가 너무 나네요. 깜짝 놀랐습니다."라고 말을 꺼냈다. 내 의도를 파악했는지 분위기가 순식간에 조용해졌다. 외부인이 다짜고짜 회장실을 들먹이며 지적하니 분위기가 좋을 리 없었다.

그래도 삼성이 한국에서 제일 잘나가는 회사라는 자부심이 있을 텐데 더욱 분발해야 한다는 의미로 이야기한 것이다. 조찬 강연은 주로 내가 일본에서 경험한 일을 이야기하면서 잘 마치고 나왔다. 그런데 그 조찬 강연 이후 삼성은 나에게 더 다가왔다. 아마도 회사 자존심이 걸려 있었기 때문이 아닐까 싶다.

사원 교육

삼성은 특히 일본의 경영에 관심이 많았다. 신라 호텔 경영은 일본
에서도 격조 높기로 유명한 오쿠라 호텔의 경영 방식을 많이 도입했
다. 호텔 오쿠라가 위치한 도쿄 미나토쿠 아자부는 주일 미대사관이
위치한 곳이다. 내가 일본에서 일할 때도 귀한 손님을 대접할 때는 오
쿠라 호텔을 많이 이용했다.

내가 포항제철소와 관련해서 일본에 머무르고 있을 때에도
FANUC 이나바 사장은 나를 많이 도와주었다. 어느 날 이나바 사장과
식사를 하는데 "이번에 KIST의 소장이 바뀌었습니다. 새로 온 소장은
천병두千炳斗 박사님인데 일본에서 소총 개발하는 일을 하다가 이번에
발령받았다고 하네요."

그러자 이나바 사장님이 그를 소개해 달라며 축하연을 열어 주겠
다고 했다. 천 박사와 일본에서 함께 일하던 동료들도 모두 불러 오쿠
라 호텔에서 축하하자는 것이었다. 나는 '이나바 사장이 내 체면을 세
워 주려고 그러는 건가?'라는 생각도 들었다. 오쿠라에서 축하연을 해
주겠다는 소식을 천 소장에게 전했더니 몹시 기뻐했다.

회식이 끝나고 각자 집으로 돌아가려고 하는데 사장님 비서이자
전무인 가토신페이 씨가 우리에게 차가 어디 있는지를 물었다. 모두
택시로 왔으니 알아서 잘 돌아가겠다고 했다.

그러자 아니다. 잠시만 기다리라고 하더니 각각 택시를 불러 주었
다. 모두를 보내고 나서 나에게 이렇게 이야기했다.

"終わり良ければ総て良し끝이 좋으면 다 좋다."

이후 천 소장은 이나바 사장과 친해졌다.

삼성 신입 사원이 일본 회사에 파견되어 일하러 가기 전에 배워야할 일본식 매너와 일본어를 가르쳐 달라는 의뢰가 들어와서 강의한 적이 있었다.

삼성의 교육센터는 용인 에버랜드 부지 안에 있다. 그곳에는 삼성 창업자 이병철 씨의 호號를 따서 이름 지은 '호암 미술관'이 있다. 나는 몇 달 동안 그곳을 다니며 삼성전자 신입 사원들에게 일본 문화를 교양으로 가르친 일이 있었다.

여담인데 삼성의 이건희 씨가 사장으로 있던 시절에 이나바 사장님과 함께 호암 미술관을 방문한 일이 있었다. 이건희 사장이 우리를 데리고 다니며 직접 미술관을 안내해 주었고 다양한 이야기를 나눴다. 로보트에 관한 이야기 가운데 선박 외장을 칠하는 로봇 개발에 관해 이야기한 것이 기억난다.

사원 교육과 시험

삼성과의 인연이 깊어져 과장급 이상 간부 사원에게 전문지식, 과학기술지식 최근 과학기술 동향 등을 교육한 일도 있다. 교육 과정이 끝나면 마지막에 시험을 치르고 마무리하는 해마다 한 번씩 진행되는 행사였다.

마지막 시험을 보는 날이다. 부장 한 명이 시험을 보고 나가면서 나에게 다가와서 이런 부탁을 했다.

"박사님, 제가 시험은 잘 본 것 같은데 점수를 보통 정도로만 주시면 좋겠습니다."

"왜 그러시죠?"

"이사로 승진하면 위험해서요. 이사로 승진했다가 자칫 실수라도 하면 바로 1년 후에는 짤리게 됩니다. 저는 이사로 승진하는 것보다 차라리 부장으로 오래 남아 있고 싶습니다."라고 고충을 토로하는 것이었다.

삼성은 실로 무서운 회사임을 인식하게 되었다.

삼성 종합연구소 이야기

정만영鄭萬永 박사가 나에게 이런 이야기를 했다. 1984년 그는 KIST 제2 부소장으로 있다가 새로 생긴 통신기술연구원 원장을 맡게 되었다. 그는 일본 오사카 제국대학 약전과 출신으로 학위를 일찍 취득했다.

정리해서 말하자면 그는 KIST에서 분리된 전문 연구원이었다. 당시 과학자들은 전기전자 연구원, 기계연구원, 모체인 KIST에서 분리된 연구원이 대부분인 시절이라 그중 한 사람이었다. 나도 최형섭 과기처 장관 때 미국 교환연구에서 돌아왔는데 기계기술연구소 건설안을 나에게 맡아 달라고 했다가 박정희에서 전두환으로 정권이 교체되고 과기처 장관이 바뀌면서 육사 출신이 기계연구원 원장으로 부임하고 나는 그들의 음모로 지방 발령사실상 퇴출이 내려지면서 일본 FANUC에서 스카우트된 것이다.

내가 FANUC에 스카우트되기 전에 있었던 일이다. 정만영 박사는 나에게 함께 삼성전자로 가자고 했다. 그는 삼성전자 부사장으로 가고 나는 삼성 종합연구소 건설을 맡기로 해서 Study를 하고 있었다.

삼성 관할 회사에서 일하는 대졸 이상을 만나 보면서 연구원 자격이 있는지 여부를 판단하고 우선 출발하는 연구원으로 대처하려는 생각으로 계획을 수정하고 삼성 비서실에 가기 전에 삼성전자의 강일구 사장실에 들어갔다. 나를 본 사장은 나와 마주앉아 무슨 일로 왔는지 용건을 물었다.

"이건희 회장님께 사내 연구원 자질이 있는 사람 명단을 보여 드리러 왔습니다."

그러자 강일구 사장이 "그 명단에 빠진 사람 입장도 조금 생각해 주시면 안 될까요?"라고 말하는 것이었다. 나는 내심 아차 싶었다. 연구원은 외부에서 충원해야겠다고 생각을 바꿔 이건희 회장과의 당일 미팅을 취소했다.

당시 FANUC에서는 내 스카우트 이야기가 오가는 중이었지만 당분간 삼성전자 고문으로 있으면서 삼성전자의 연구소 전동기 개발에 참여하고 있었다. 삼성전자 전동기 개발에 도움이 되어라고 정밀과학기술센터에서 CNC공작기계용으로 개발한 「DC Serve Unit」 도면 5부를 준 일이 있다. 당시 중앙연구소 소장 임경춘林慶春 후에 Japan Samsung 사장, 삼성 자동차 사장을 역임 씨가 받아서 나에 인수증을 써 주었다(1883년 12월 19일).

내가 KIST에 사표도 내지 않고 갑자기 떠난 해가 1983년 10월이었다. 그 이후 삼성전자 금형 개발에 일조했다 이때는 일요일이 되면 강일구 사장이 종종 우리 집에 찾아와 "이 박사, 골프 치러 갑시다!"라고 나를 불러냈다.

나는 할 일이 많아 골프를 즐기지는 않았다. 그래도 강일구 사장에게 예를 갖추어 동행했고 친하게 지낼 수 있었다.

삼성전자 금형 개발

명색이 삼성의 기술 고문이니 종종 삼성에 가서 기술 지도를 했다. 그런데 우리나라 대기업의 금형 제작소를 보고 너무 환경이 열악해서 놀란 적이 있다. '이것이 현실이구나.'라는 충격을 받았을 정도다.

삼성의 다이die 제작소는 원래 반원 형태의 철판 지붕을 덮어서 만든 미군 병사의 숙소였던 장소를 삼성이 제작소로 쓰고 있었다.

다이는 매우 정밀하게 제작을 해야 한다. 제작 설계대로 크기, 표면 강도, 정밀도 등이 기록되어 있어서 제작의 정밀도는 1000분의 1 정도를 지켜야 한다. 그러려면 공장 작업환경은 실내 온도, 습도는 물론이고 분진 등의 방해 요소가 없이 먼지 하나 없는 공간에서 만들어야 하는 것이다. 그렇게 제작한 다이를 압연기를 설치해 대량의 부품을 생산해 내는 것이다. 그렇게 해도 정밀도가 나올까 말까 한 것이 업계 상식이다.

나는 환경을 보고 경악을 했다. 건물을 모두 철거하고 새로 정밀한 가공 공장을 지어야 한다고 조언을 했는데 이를 모두 치우도록 했다. 그리고 새로 금형 건물을 짓고 상온을 유지하도록 시설을 잘 갖춰 놓왔다. 금형 제작 공작기도 도입해 번듯한 금형 제작소를 만든 것이다.

훗날 내가 일본에서 한국으로 돌아왔을 때 당시 부장이던 금형 제작소 책임자가 "박사님이 만들어 놓으신 금형 제작소가 잘 돌아가고 있습니다."라고 인사를 해서 뿌듯했다.

삼성전자 제품 신뢰성 기술 지원

일본에서 돌아온 나는 고명산 교수와 함께 관료를 설득해 서울공대에 제어계측과를 만들었다. 일본에 가기 전에도 서울대 4학년을 대상으로 자동제어를 강의하고 있었는데 이제 정식으로 제어계측과가 생기고 나서는 신입생이 4학년이 되면 서울대로 와서 강의를 해 달라는 교수의 부탁이 있었다. 그러나 나는 일본에서 돌아온 후에 대학 교수가 되지는 않았고 리 엔지니어링이라는 개인 사무실을 차려서 기업 컨설팅을 하고 있었다. 그러던 어느 날 계수제어, 현대제어를 가르쳐 달라는 강의 의뢰가 들어왔다. 매주 토요일 객원교수로 현대제어를 강의할 기회가 생긴 것이다. FANUC에 있을 때는 계측제어과 교수들을 회사에 초대해서 무인제어를 보여 준 일도 있었다. 이론만 알고 있던 교수들은 이론이 실연되는 모습을 보면서 느끼는 점이 많았을 것이다.

그때 수강생 중에는 미국 미네소타대학에서Univ. of Minnesota 학위를 받은 삼성전자 전무가 있었다. 계측제어과에서 산업용 로봇을 개발했는데 삼성전자가 1억을 주고 제작 기술을 사 갔다. 그런데 삼성이 제작한 로봇은 하루가 멀다고 고장이 나는 모양이었다. 고민 끝에 나에게 로봇의 문제 현상을 해결해 줄 수 없는지 부탁하기에 내 전공은 신뢰성이 아니라고 거절했다. 그래도 포기하지 않고 계속 의뢰를 해 오는 바람에 난처해졌다.

FANUC의 로봇은 7년 무고장을 자랑하는데 그 노하우를 알려 달라는 것이다.

나는 이나바 사장을 만나러 일본에 갔다. 사장을 만나 사정을 이야기했다.

"귀국해 보니 FANUC이 너무 유명해서 저더러 전자 제품의 성능의 신뢰성 개선을 요구해 어쩔 수 없이 도와 달라고 찾아왔습니다."

그러자 사장이 담당 전무를 불렀다. 담당 전무가 오자 사장은 그에게 李 선생을 도와주라고 말했다. 나는 담당 전무로부터 전자 부품의 품질 관리 요령과 오랜 시간에 걸쳐 쌓은 노하우 자료를 얻을 수 있었다. 귀국해서 삼성의 자동제어 담당 김 박사를 불러 계약을 했다.

내용의 일부 「Tacit Knowledge : 교과서에는 없는 경험적인 지식」 부분은 3년 후에 공개하는 조건으로 계약을 요구했더니 김 전무는 난색을 표했다. 나는 조건을 수락하지 않으면 계약은 그만두겠다고 했다. 그러자 내가 요구한 조건이 받아들여졌다.

이나바 사장이 후에 말해 주었는데 사실 이 박사가 알려 달라고 하니까 Tacit Knowledge를 준 것이지 삼성이 요구했으면 거절했을 것이라고 했다.

계약이 끝나자 나는 계약서의 일부를 복사해서 상공부 정밀기계과 홍용표 과장에게 주고 2년이 지나면 이 Tacit Knowledge를 필요로

하는 업자에게 드리라고 했다. 이때가 1990년 12월이었다. 내 강의를 듣던 김 전무는 나중에 삼성 부사장이 되었다.

6. 대학교에서 받았던 제안과 에피소드

연세대학교 교수 제의

1967년 서울시 도시가스 사업을 위해 잠시 귀국했다가 그 프로젝트가 끝나면서 KIST에 입소했을 무렵으로 기억한다. 연세대학교 기계과 교수로 재직하는 최인규 박사는 동경대 선배였다. 최 선배의 권유로 나는 대학원 강의를 맡아서 'Boundary layer theory'라는 과목을 가르쳤다. 동경대 대학원에서 공부했던 내용을 자습하는 기분으로 강의를 했는데 이를 본 기계과 학과장 이형식 교수가 교수 급여를 KIST만큼은 드릴 수 없지만 그래도 교수 자리를 줄 테니 학교로 와주지 않겠냐고 제안했다. 이후 이 교수와 함께 학술 논문도 쓰고 계속해서 연세대 강사를 했다. 그때 만난 제자 중에 이강용 군이 KIST 자동제어연구실 연구원으로 왔었다. 그는 그 후 미국 로체스터대학에서 기계공학 박사학위를 따고 모교 연세대학교 교수가 되었다.

서울대학교 원자력공학과 강사

같은 해에 일본인 최초로 노벨물리학상을 받은 교토대학 교수 밑에서 물리학 박사학위를 받고 귀국한 박봉렬朴鳳烈 교수서울대 원자핵공학과 교수, 한국과학기술 한림원 회원가 서울대 원자력공학과 자동제어 강의를 부탁했다. 그래서 그때 원자력학회지에 제어 관련 논문을 싣곤 했다.

경희대 강사

하루는 삼청동 총리관저에서 해외 유치과학자 회식이 있었다. 우리 테이블의 호스트는 민관식 문교부 장관이었다. 민 장관은 고국에 돌아와서 불편한 점은 없는지 물었다. 아내는 고충을 이야기했다.

"장관님께 이런 말씀을 드리기는 어색합니다만 저는 아이가 세 명 있는데, 셋이 모두 다른 학교에 다니고 있어서 너무 힘이 드네요. 셋이 같은 학교에 다닐 수 있게 해 주셨으면 합니다."

장관은 아내에게 조금 더 자세히 말해 달라며 이야기를 묻더니 "그런 사정이라면 해결해 드리겠습니다."라고 대답했다.

"사모님 부군은 어디서 대학을 나오셨는지요?"

"제 남편은 일본 토쿄대 기계과를 나왔습니다."

그러자 장관이 "저는 교토대 출신입니다. 농학을 전공했습니다."라고 했다.

장관도 일본 유학 출신이라 우리 테이블은 분위기가 금세 화기애애해지면서 이야기꽃이 피었다.

아내의 솔직한 고충 이야기 덕분에 아이들은 모두 같은 초등학교에 다닐 수 있게 되었다. 그런데 그렇게 되자 경희대에서 나에게 요구사항이 들어왔다. 공과대에서 강의를 해 달라는 것이다. 나는 우리 아이들이 모두 한 학교에 다닐 수 있게 된 덕분에 경희대 공대 대학원생들에게 강의를 하게 되었다.

그런데 그때 만난 제자 가운데 오택열 군은 내가 창립한 한국 '정밀
공학회' 회장을 맡았고 지금은 경희대 부총장이 되었다.

서울대 약대 강사

1967년에는 서울대 약대에 제약학과가 생겼다. 당시 약학대학 학
장의 아들(연세대학생)이 내 연구실에서 연구원으로 일하고 있었다.
그게 인연이 되어 신설 제약학과에 강사로 출강을 하게 되었다. 그런
데 학교에 강의를 하러 가 보니 내가 약대 교수로 발령이 나 있었다.

어찌된 일인지 물었더니 약대 수업에 기계 전공자가 강의를 하면
아무도 수강하러 오지 않을 것 같아서 강사로 자격을 바꿨다고 했다.
서울대 약대를 가려면 연건동 옛 경성제국대 부지 내 언덕 위에 있어
서 계단을 올라가야 했다. 강의를 하러 출근할 때는 그 계단 앞에 여
학생들이 기다리고 있다가 내가 계단을 오르내릴 때 따라오면서 "선
생님, 혹시 결혼하셨어요?"라고 물어보기도 하고 나름 인기가 좋았던
걸로 기억한다.

하루는 비가 부슬부슬 내리던 날이었다. 하월곡동 내 연구실에 우
의를 입은 여학생이 나를 기다리고 있었다. 무슨 일로 찾아왔는지 물
어봐도 대답을 하지 않고 그저 서 있기만 했다.

그러던 참에 그 학생의 어머니로부터 전화가 걸려왔다.

"선생님, 저희 딸이 유학생과 선을 봐서 곧 결혼을 하고 미국으로
들어가야 하는데 결혼을 안 하겠다고 고집을 부리네요. 지금쯤 선생

님 연구실에 갔을 거예요. 저희 딸 좀 돌려보내 주세요."

"예, 어머니, 걱정 마세요. 잘 달래서 돌려보내겠습니다."

무척 당황스러운 전화였다. 젊었을 때 한때는 나도 인기가 있었지 하고 웃어 본다.

금호 공대에서 온 국제전화

FANUC 일본 생산기술연구소 소장으로 취임했을 때였다.

한국에서 느닷없이 국제전화가 걸려왔다. "금호 공대 학장 후보로 나를 추천하는 의견이 나왔는데 만장일치로 이 박사님을 학장으로 모셔오자는 분위기입니다. 이 박사님, 저희 학교 학장으로 와 주실 수 있으시겠습니까?"라는 내용이었다.

나는 여기서 중책을 맡아 일하는 중이라 학장 자리를 맡기 어렵다고 사양했다.

생각해 보니 금호 공대가 설립되었을 때 교수들이 우리 집에 와서 mechatronics에 관한 이야기를 많이 나눴는데 창립과 동시에 mechatronics를 과제로 삼은 곳은 우리나라에서 유일하게 금호 공대뿐이었다는 생각을 해 본다.

중앙대학교 총장이 되려다 만 이야기

이것도 FANUC 재직 당시에 있었던 일이다.

대한민국 최초 여성 국회의원이자 장관을 역임한 임영신 씨가 설립한 중앙대학교가 재정이 어려워지면서 1987년에는 일본에서 부동산 사업으로 대재벌이 된 김희수 이사장에게 인수되었다.

하루는 어떻게 연락처를 알아냈는지 김희수 이사장으로부터 한번 만나고 싶다는 전화가 걸려 왔다. 도쿄의 한 호텔에서 그를 만났다. 무슨 이야기를 하는지 들어 보니 본인이 인수한 중앙대학교의 총장 자리를 나에게 맡아 달라는 것이었다.

그 무렵 나는 일본 FANUC에 5년이나 일했고 조국에서는 하루빨리 돌아와 달라는 이야기가 여기저기에서 들어오고 있어서 그렇지 않아도 귀국을 해야 하나 고민하던 참이었다. 때마침 역사가 오래된 중앙대학교에 관심이 가서 김 이사장이 제안하는 총장직을 수락했다.

당시는 여기저기에서 일자리 제안이 들어오고 대학교 교수 자리 이야기도 많이 들어오고 있었지만 대학을 운영해 보는 일에 관심이 향했다. 1990년에 귀국하고 동경에서 열린 동창회에 갔을 때 "한국 중앙대학교 총장을 맡게 되었으니 잘 부탁한다."고 인사를 하자 동창들은 기뻐하며 박수로 축하해 주었다. 학교에서 필요하다는 서류를 제출하고 일단은 기계과 교수로 재직을 시작했다. 전 총장이 사임하면 이사회에서 나를 총장 후보로 올리기로 정해져 있어 잠시 동안 기계과 교수로 있던 어느 날이었다. 함께 일하던 육사 출신 기계과 교수가 저녁 식사를 함께 하자고 하길래 나는 그를 데리고 근처 중국집에서 짜장면을 먹었다. 그런데 그게 화근禍根이 될 줄은 꿈에도 몰랐다. 내가 자기를 무시하고 경시해서 싸구려 밥을 샀다는 말도 안 되는 억

지스런 이유로 공격을 해대는 게 아닌가. 나는 말도 안 되는 상황에 크게 놀라기도 했지만 너무 실망스러워서 중앙대 총장 자리를 포기하고 머릿속에서 지워 버렸다.

그런데 하루는 그가 가르치고 있는 대학원생이 나를 찾아왔다. 그는 한일 대사관에서 장학금을 받게 되었는데 진학할 일본 내 대학원이 정해지지 않으면 장학금 수여가 무효가 된다고 했다. 그러니 우선은 어디든 대학원에 들어가야 하는데 일본 유학에 관해서는 이 박사를 찾아가면 될 것이라고 지도 교수가 이야기해서 직접 나를 찾아왔다는 것이었다. 양주 한 병을 선물로 들고서 말이다.

용건을 물어보니 대뜸 추천서를 써 달라고 했다. 아니 학생과 나는 초면이고 알지도 못하는데 날더러 어떻게 추천서를 쓰라는 거냐 그냥 돌아가 달라고 했는데 학생은 본인의 진학과 장래가 걸린 일이라 그런지 꼼짝도 하지 않았다. 보통 쇠고집이 아니니 하는 수 없이 추천서를 써 주기로 했다.

"저는 사실 이 대학원생에 관해서 모릅니다. 무작정 양주 한 병을 들고 와서 본인의 추천서를 써 달라고 하는데 그렇다고 양심을 속이고 거짓말로 추천서를 써 줄 수는 없습니다. 다만 제가 정직하게 쓸 수 있는 것은 이 학생은 면학에 열중하는 학생임은 틀림없는 것 같습니다. 죄송하지만 이 학생을 앞으로 좋은 방향으로 이끌어 주시면 감사하겠습니다."라고 솔직하게 추천서를 썼다. 동경공업대학회에서 알게 된 교수가 추천서를 읽고 그를 큐슈九州에 있는 공대에 추천을 해 줘서 입학시켰다.

내가 FANUC에 재직하는 동안 그 학생이 찾아와서 함께 식사를 했고 박사 과정을 들어가려고 한다고 하길래 교토대학에 추천서를 써 줘 무사히 PhD를 마치고 지금은 모교 교수로 재직 중이다.

그런데 육사 출신의 지도 교수는 본인 제자를 위해 전화 한 통을 걸어오는 법이 없었으니 그냥 그 정도 수준의 교수인가 보다 생각한다.

어머니와 등돌린 아들

Lee Engineering 내 개인 사무실에 어느 날 아내가 친구를 데리고 왔다. 아내는 나에게 부탁할 것이 있다고 했다. 그 친구의 아들이 한양대를 나왔고 이번 한일 일본 대사관 주체 장학생으로 선발되었는데 일본에서 받아 주는 대학원이 없으면 장학금이 사라져 버린다는 것이다.

"당신이 이 친구 아들 대학원 진학을 좀 도와주세요." 하며 친구를 나에게 소개하는 것이었다.

나는 동경대 동기인 공대 학장 나카지마中島尙正에게 전화를 걸었다. 이런저런 사정을 이야기하니 그 학생을 동경대에 원하는 과에 소개해 주겠다고 하여 일이 잘 풀리고 아내의 친구 아들은 동경대 대학원 과정에 들어갔다.

석사를 무사히 마치자 석사 논문을 들고 인사를 왔다. 학생, 아내 친구, 나와 아내 넷이 기념 식사를 하고 박사 코스로 올라가서도 열심히 연구하라는 격려의 인사를 건네고 헤어졌다. 학생은 예상대로 동경대 박사 과정으로 진학했다.

나는 도쿄에 갈 때마다 롯뽄기에 있는 국제문화회관에서 묵고 그 근처에는 아내와 자주 가던 단골 이탈리안 식당이 있다. 그 식당으로 학생을 불러 밥을 사주며 박사 따면 앞으로 이 식당에 어머님도 모시고 와 효도하라고 했다. 그러자 "아닙니다. 저는 박사를 따면 이 박사님을 제일 먼저 대접하겠습니다."라고 말하는 것이었다.

그런데 그 학생은 정작 박사를 취득 후에 연락이 두절됐다. 가족들도 모르게 온데간데없이 사라졌다고 한다. 본인이 좋아하는 일본 여자와의 결혼을 어머니가 반대를 하시니 어머니와 연을 끊고 사라졌다고 했다.

배 아파 낳아 힘들게 유학까지 보내 주신 어머니를 버리고 자취를 감춰 버린 그 학생을 떠올리면 씁쓸하기 그지없다.

7. (주)우영又榮 상품개발 회장직

KIST공작실에서 일하던 기능공이 회사를 차려 성공한 이야기다.

우영 사장은 연구소 재직 당시 연구소 소장이던 김은영 박사를 고문으로 모시고 회사 운영을 잘한다. 선의善意의 독재인지 아니면 순純 자아주의 독재인지 잘 판단이 서지 않는 묘한 인물이다. 그는 사람 보는 눈이 뛰어나고 매우 개방적인 성격이기도 하다.

우선 내가 우영에 입사하게 된 배경부터 이야기를 시작해 보겠다.

5년 만에 귀국한 나에게 어느 날 앞집에 사는 김은영 박사가 찾아와 이런 부탁을 했다. 여기서 잠시 김은영 박사가 우리 앞집에 살게 된 이유를 쓰자면 KIST 출신 박사 7명이 논현동의 넓은 부지를 함께 구입해 공동 정원이 있는 빌라를 지어서 1984년부터 모여 살았기 때문이다.

김은영 박사가 꺼낸 부탁 내용은 '우영'이라는 매출이 조 단위로 규모가 큰 회사에 걸맞은 연구 담당 회장을 찾고 있다는 것이었다.

이야기를 들어 보니 회사 대표가 자수성가한 분이라 존경스럽기도 하고 회사를 키울 생각으로 연구를 담당해 줄 회장을 찾는다고 하니 관심이 갔다. 내 경험을 살려서 일해 보는 것도 나쁘지 않을 것 같았다. 최선을 다해서 일해 보자는 마음을 먹고 일을 시작했다.

사장은 나의 입사를 축하하는 의미로 나와 김은영 박사를 불러 라마다 르네상스호텔에서 식사를 대접하겠다고 했다.

식사 자리에서 나온 술은 발렌타인 30이었다. 나는 발렌타인 20은 마셔 봤지만 30은 난생처음 마셔 본다고 솔직하게 말했다. 그러자 사장이 그런 일이 있을 수 있냐면서 웨이터를 부르더니 발렌타인 30을 한 병 더 시키는 것이었다.

발렌타인 30은 소문대로 위스키 중의 위스키였다. 향이 좋고 독한 느낌이 안 들었다. 목 넘김도 전혀 부담이 없으니 주는 대로 계속 마시게 되었다. 그러다 보니 어느새 나는 필름이 끊겨 있었다.

어느 순간 이후로 기억이 없는데 집까지는 김은영 박사가 데려다 주었다고 했다. 내 평생 술을 마시고 정신을 잃은 것은 그때가 처음이

자 마지막이었다. 그리고 숙취로 다음 날 골프 약속을 지키지 못한 것도 평생 처음 있는 일이었다.

우영이 원하는 상품개발은 내가 생각하는 개발과는 상당히 거리가 멀었다. 사장은 이미 출시된 제품의 모양만 살짝 바꾸어 시장에 내놓는 정도를 '개발'이라고 생각하고 그런 제품을 메이드 인 우영이라고 말하니 묵인하기에는 영 불편했다. 개발이라고 하면 근본적으로 기능을 개발하여 새롭게 만든 제품을 출시해야 하는데 우영의 개발은 고작 디자인 변형이었다. '메이드 인 우영'이라고 소개하기엔 개발 담당 책임자로서 양심이 무척 불편하고 진정한 개발과는 정말로 거리가 먼 환경에 실망을 했다.

그렇다고 내 생각을 주장하기도 그래서 시간이 지나면 지날수록 회사에 있기가 불편한 상황이 되었다. 나는 원래 성격이 강하기로 유명한데 우영에서는 개발했다는 상품을 보면 욕이 나오는 수준이었다. 술을 좋아하는 우영 회장은 가끔 나를 술자리에 불렀지만 나는 사양했다. 서로의 가치관이 다르면 오래갈 수 없다는 사실을 깨닫게 된 경험이었다. 지금은 '우영'이 뭘 하는지 전혀 모른다. 우영에 나를 소개해 준 김 원장과의 사이도 왠지 좀 서먹해진 것 같고 살다 보니 서로 연락할 일도 없이 소원해지게 되었다.

그러다가 최근 2023년 5월 25일 KIST 존슨 강당에서 열린 Home-Coming Day 때 김 원장을 만났다. 대체 몇 년 만인지. 서로가 나이 든 모습을 보니 반가움에 절로 미소가 지어졌다.

8. 강연에 나가다

1990년 이후 나는 신문사에 원고를 많이 썼다. 한국경제신문에 「일본식 경영」「한국식 경영」의 제목으로 조선일보, 중앙일보, 잡지 등에 글도 많이 썼지만 TV 출연도 많아서 이름이 알려지자 강의 의뢰가 점점 더 많이 들어오니 비서가 스케줄을 조정하는 데 당황할 정도였다. 서울 전경련 상공회의소에 정기적으로 강의를 하러 다녔고 경영자 협회에서 주최하는 서울, 제주도 강연에도 꽤 나갔다.

그 밖에는 서울대 '언론대학원' '경영대학원', 연세대 '산업대학원'. 사단법인 '21세기 아카데미' 등 특수대학원 강사도 여기저기 나갔는데 지인들의 부탁을 거절하기가 어려워서 대부분 응한 것으로 밤낮으로 바쁘게 일하던 시기다.

그중에서 특히 1989년 12월 11일에 창립된 사단법인 '21세기 아카데미'가 기억난다. 21세기 아카데미는 광부 산하단체여서 졸업 시에는 자격증을 수여하는 기관이었다. 수강자들 중에는 회사 사장, 국회의원, 회사 간부, 대학교수들이 대부분이었고 강찬희 국회의원은 후에 국회의장이 되었다.

나는 1993년 8월에 한국경제신문에 연재하던 일본식 경영을 일주일간에 걸쳐 강의했고 12월에도 같은 테마로 한 번 더 강의했다.

9. 중소기업 기술지원

과기처에서는 나에게 중소기업 기술 지원 용역을 주었다.

나는 기계연구원 고문 자격으로 용역비를 받아 이 돈을 내가 몸담았던 '정밀기계기술연구센터'로 보내고 부하 직원들을 데리고 내 지식을 필요로 하는 중소기업이 있으면 전국 방방곡곡 어디든 찾아가 도와주었다.

기계설계실을 보면 설계에 오차 범위 선택이 없는 게 눈에 띄었다. inch를 metric으로 변환할 때 어디까지를 기준으로 할지 또는 이 설계도를 보면 기계 가공 능력이 있는지, 재질에 따른 절삭 조건을 맞춘 설계인지 지도했다. 주로 인천, 대구, 부산 등에 있는 중소기업을 다녔다.

내가 너무 바빠서 갈 수 없을 때 기계연구원 직원을 보내기도 했는데 앞에서 지적한 이론을 모르는 연구원들도 있어서 애를 먹은 적도 있다. 이론적으로는 알아도 경험이 없으니 실수하는 경우도 있었다. 중소기업이 정부 지원금을 받아서 개발했다는 용기의 완성품을 확인하러 갔을 때 일이다. 개발된 용기에 압력을 가했더니 용기에서 물이 샜다. 중소기업은 아직도 중소기업에서는 개발 능력이 미숙함을 지적하고 연구는 국립연구소의 경험 있는 연구원과 함께 연구개발을 해야 한다고 어드바이스를 해도 통하지 않았다. 참으로 답답한 관료들이었다.

설계와 현장의 연계가 이루어지지 않는 것이 우리나라 중소기업의 기술 수준이었으니 이래저래 중소기업 기술지원은 매우 힘들었다.

이 Project는 기계공업진흥회로 옮겨 갔다. 나도 곧바로 전문팀을 만들어 기술지원을 했다. 그리고 중소기업을 데리고 해외 견학을 함께 갔다. 그 시절에 이런저런 일을 하고 기계공업진흥회 회장으로부터 감사패를 받았다.

10. 한일 경제연합회 한국 대표 기초 연설

한일 경제연합회는 한국의 대기업 그리고 한국 商議가 모은 경제단체 전연합회와 일본의 대기업들이 모아 설립한 전경련(전국경제인연합회)이 손을 잡은 두 나라의 경제 진흥재단이다.

일본의 정치는 수상이 담당하지만 경제는 전경련이 담당한다. 그만큼 전경련은 권위가 있는 조직이다. 이 재단을 두 나라 기업들이 모아서 성립한 단체가 한일 경제연합회다. 여기에는 기술 지원 장학 제도가 있다. (후에 조금 더 설명하겠다.)

최근 윤석열 정권이 한일 관계를 이해하고 복원하기 위해 애쓰면서 일본에서 이 조직을 부활하자는 움직임이 생기고 있다는 기사를 보았다.

이 조직의 정식명칭은 '日韓·韓日民間合同經濟委員會會議'이고, 줄여서 社團法人 日韓經濟協會가 된다.

1992년 4월 22~23일 양일간에 걸친 제24차 일한·한일 민간합동 경제위원회에서 필자는 한국 측 대표로 기초 연설을 했다. 회의는 일본의 동북지방 센다이시仙台市에서 열렸는데 감사하게도 부부 동반으로 초대받아 아내와 함께 센다이시를 다녀오게 되었다.

이때 나는 기술적인 이야기만 하는 것보다 양국의 역사, 문화적인 관계를 이야기하는 것이 효과적일 것이라 생각해 대학 동기 츠츠이 군에게 일본판 삼국사기三國史記를 보내 달라고 부탁해서 이 책을 읽고 강연 원고를 썼다.

강연장에서는 청중들의 분위기를 풀어 주려고 강연에 앞서 이렇게 운을 띄웠다.

"오늘 저의 이야기는 일본 사학자가 쓴 三國史記 이야기입니다."

그러자 장내 청중들이 웃으며 박수를 쳤다.

강의 내용을 요약하면 다음과 같다.

"한국의 삼국시대를 살펴보면 한국은 일본보다 먼저 한문이 있었고 백제의 학자 왕인이 일본으로 건너가 한자를 보급했다. 배를 만드는 기술도 한국이 일본에게 가르쳐 줬는데 신라와 일본은 너무 가까워서 하찮은 것으로도 자주 다투었다. 건물 짓는 기술 등도 한국이 일본으로 보급했다. 삼국시대에는 문화적으로나 기술적인 여러 면이 일본보다 앞서 있었다. 그러나 근세에 와서 역전됐다. 문화면이나 기술면으로 일본이 세계 제일을 자랑하는 기술 국가로 인정받게 되었다. 일본의 Hardware는 세계 제일이지만 한국도 Software 면에서는 기대할 수 있다고 본다. 한일 양국은 서로 이웃이고 얼굴을 보면 일본인의 60%가 한일 혈연을 나눈 형제국이다. 역사는 돌고 도는 것이니, 서로 사이좋게 협력하는 것이 중요하다."

강의는 박수를 받으며 무사히 끝났다. 우리 쪽 간사를 맡은 조석래 효성그룹 회장은 "이 박사, 언제 그렇게 역사 공부를 했어?"라며 칭찬 했다.

부인들은 센다이시의 명승지를 함께 구경하고 저녁에는 연회가 있 었다. 다음 날 센다이시 지방신문에는 내 강연 내용이 실려 있었다.

11. 제4회 국제공작기계기술자회의 기초 연설

"Proceeding of the 4th International Machine Tool Engineers Conference (IMEC) Special Lecture by Dr. Bong Jin Lee"

귀국한 지 3년이 지났을 무렵 국제공작기계기술자회의에서 강연 요청이 있었다. 짐작컨대 FANUC MAP based에서 하였던 FA에 관한 이야기를 듣고 싶었던 거 같았다.

나는 이 제안을 받아들여 강연을 하러 갔다. 이 국제회의는 일본이 주관하는 것으로 공작기계 공장이 많은 도쿄, 오사카, 고베에서 하는 것 이 일반적이다. 여기에는 세계에서도 내로라하는 전문가들이 모인다.

이 시기에 국제공작기계의 주인공은 일본이었는데 회의의 관심 주제는 2세션session으로 나뉘어 있었다.

예를 들면 제2회 테마는 '세션 1 : 정밀가공 기술, 초정밀 가공의 기초 20년, 초정밀 가공 공작기계의 구조와 설계, 초정밀 위치 설정 기구, 초정밀 가공의 오차보정, 컴퓨터제어 비접촉장치 표면 거침 계측', '세션 2 : 신소재·난(難)삭제가공기술, 신소재-세라믹스, FRP 신가공 기술' 등이 발표내용이다.

제3회 테마는 '세션 1 : 공작기계의 시스템의 정밀 향상 등등', '세션 2 : 공작기계 고도화를 위한 센 싱 기술 등등'이다.

내 경우 제3회 테마는 FA에 관한 것이었는데 강의 내용은 '앞으로의 공작기계의 모습'이다.

"현재는 공작기계는 가공 정도가 고정되어 있어야 한다는 것이 상식이다. 그러나 앞으로는 가공 정도가 비고정적인 공작기계를 개발해야 한다. 그래야 공장 자동화의 모듈화가 구상가능해지고 여러 종류의 가공 집단을 만들 수 있어 FA의 효율이 좋아진다."는 요지의 강연을 했다.

내 아이디어는 오늘날 제4차 산업혁명을 예견한 의견이라고도 할 수 있다.

독일에서 제4차 산업혁명은 가동 중인 공작기계가 어떤 소재로 어떻게 가공하는가를 기계끼리 정보를 공유하면서 가공용 모듈을 만들어 가공 시스템을 만들어 낼 수 있게 되면서 제4차 산업혁명이 일어

나는 계기가 되었다. 물론 여기에 AI 활용은 기본이다.

이상과 같이 강연에서는 아이디어의 효율을 토론했다.

나는 개인적으로 1993년 국제공작기계기술자회의에서 내가 피력한 내용이 30년 만에 독일에서 실연되었고 그것이 오늘날 4차 산업혁명의 씨앗이 되었다고 믿는다.

(1993년 第4回 國際工作機械技術者會議 「3세선 앞으로의 공작기계의 모습」 209쪽)

12. 한일 정부 장학위원회 회장을 맡다

어느 날이었다. 김진현 과기처장관이 나를 찾아와 한일 정부 장학위원회장을 맡아 달라는 부탁을 했다.

이것은 앞서 소개한 「日韓·韓日民間合同經濟委員會會議」 줄여서 社團法人 日韓經濟協會가 양국의 무역 불균형을 해결하기 위해 설립한 장학 제도다.

이 장학 제도의 취지는 한국의 제조기술이 미숙하여 제품을 만들어 수출해도 안 팔리니 이를 해결하여 한일 간의 무역 불균형을 해결해 보자는 것이다. 한국에서 대학원을 나온 조교수급들 학생들이 일본에 가서 직접 기술을 경험하며 익히고 조국으로 돌아와 제 나라의 제조기술 발전에 활용하기를 기대한 장학 제도였다. 그리고 당시 일본의 정밀제조기술을 익히고 한국으로 귀국해 경쟁력 있는 한국 제

품을 만들도록 일본의 日韓經濟協會가 다달이 일화 25만 엔당시 한화
약 300만 원을 일 년간 지원하는 내용으로 후보 선정은 한국 정부가 맡
았다. 그리고 인선을 맡은 과학기술처 장관이 나를 찾아온 것이었다.
나는 김 장관의 제안을 흔쾌히 받아들여 위원회 심사, 대상자를 선정
하는 자리를 맡았다. 당시 상공부에서 오택열 서울대 물리학과 교수
를 끼워 달라고 부탁을 해 와서 끼워 주고, 동경대에서 학위를 딴 자
원과 전 교수와 정밀기계센터, 기계시술협회 등의 장을 모아 위원회
를 구성했다. 회의는 수련생의 모집 상황에 따라 수시로 열었다.

한 예이다.

부산의 어느 대학 여자 조교수 선생이 연수 모집에 지원하여 면접
을 보러 왔었다. 나는 그 여교수의 면접을 담당했다.

"일본어는 어느 정도 하십니까?" 하고 묻자 그 여교수는 웃으며 "쾌
합니다."라는 것이었다.

나는 옆에 있는 신문을 건네면서 "이 부분을 읽어 주세요."라고 마
했다.

그러자 여교수의 얼굴이 빨갛게 변하며 "죄송합니다."라고 사과를
했다.

"그럼 왜 일본에 가려고 하시는 거죠?"라고 묻자 그 여교수는 솔직
하게 이야기했다.

"그 돈으로 남편을 공부시키고 싶어서입니다."

나는 위원들을 쳐다보면서 말했다.

"이것 참 난처하네요. 어떡하죠? 남편을 공부시킨다."

위원들과 의논을 하였다. 모두 침묵하고 있었다. 나는 마음속으로 남편을 대체 얼마나 사랑하면 이런 모험을 나선 것인가 하는 생각이 들었다. 그녀의 행동력에 내 맘이 움직였다. 위원들을 좌우로 살피면서 "저는 보내 드리고 싶은데 어떻습니까 했더니?" "위원장님 뜻대로 하시지요!"라는 소리가 들렸다.

"지금의 맘을 잃지 말고 열심히 해 보세요." 하고 그 여교수를 장학 명단에 올려주었다.

윤석열 대통령의 한일 수교 회복 선언에 공감한 일본의 日韓經濟 協會가 이 장학 제도를 부활시키려는 움직임을 보이고 있다. 희망적 인 동향을 보면서 하나님의 말씀, "네 이웃을 사랑하라."라는 성경 구 절 혼자 중얼거려 본다.

13. 한전 조찬강의

포항제철 건설 당시 서울대 문리대 영문과를 나와 경기중고등학교 영어 교사로 재직 중이던 안병화安秉華는 포항제철 창립 멤버로 신설 되는 국제 계약 담당 부장으로 포항제철소에 입사했다. 그는 나와 함 께 일본의 중개제작소에서 계약 조건을 상담하러 다니기도 했다.

오랜만에 한국에 볼일이 있어 나와 보니 그가 포항제철소 사장, 상 공부 장관을 지내고 있었다. 나는 우연히 그의 장관 축하연에서 그를 다시 만나게 되었다. 서로 무척 반가워하며 지난날 함께 일하던 시절을 상기하며 웃음꽃을 피웠다.

박 사장의 보좌관으로 일할 때 그는 나와 둘이 식사를 하러 가서 내가 식비를 계산하려고 하면 더 비싼 밥을 살 때 이 박사가 내고 이런 밥값은 본인이 내야 한다며 나에게 식사비를 내지 못하게 고집을 부리던 부장이었다.

그가 상공부 장관을 그만두고 한국전력공사 사장이 되었을 때 어느 날 나에 조찬강의를 부탁해 왔다.

새벽같이 삼성역에서 내려 길 건너편의 한전 본관으로 찾아갔다. 직원들이 큰 식당에 모여 있었다.

약속된 시간이 되자 "사장님 오십니다."라는 소리에 직원 일동 기립 자세를 취한다. 나는 몹시 놀랐다. 한전은 좋게 말해서 직원들의 규율과 기강이 잘 잡힌 회사인가? 하는 생각을 하면서 나도 일어났다.

들어오면서 나를 본 사장은 나를 단상으로 데리고 가서 나를 소개했다.

"오늘의 강의는 '정밀 가공과 전압'에 관한 이야기를 하겠습니다." 하고 강연을 시작했다.

"가공은 무언가 만드는 것이고 정밀가공은 만든 것을 더욱 세밀하고 가치 있는 것으로 정성을 들여서 만드는 기술입니다. 상품으로 설명하면 더 비싼 값을 받게 되고 무기로 말하면 명중률이 더 높아지게 됩니다. 우리나라의 상품이나 기계, 국산 무기가 인정을 못 받는 것은 여러분이 보내 주시는 전력의 전압이 적힌 대로 오지 않는 부분에도 원인이 있습니다. 제품의 품질을 높이려면 전력의 전압에 대한 연구가 필요합니다. 전압을 일정하게 보내 주셔야 좋은 제품이 개발되어 나올 수 있는 것입니다.

그러므로 한전의 사명은 전기의 전압을 일정하게 만드는 것이라고 할 수 있습니다. 보이지 않아도 힘을 내는 에너지의 특성을 잘 이해하시고 전압을 일정하게 해 주시는 것이 애국이고 사명이라고 생각하시고 연구해 주십시오."라는 내용의 강의를 했다.

강의를 마치고 나는 사장실로 갔다.

"말 잘했어. 한전의 송전 전압이 일정하지 않은 것은 맞아. 잘 지적했어."

"애들은 어떻게 지내?"

이런저런 사는 이야기, 애들 이야기를 하다가 집으로 돌아왔다.

조찬강의 이후 한전 연구소에 나에게 도움을 청하는 연락이 왔다. 물론 사장이 보냈으니 나를 찾아왔겠지만 그 직원은 지금 하는 연구에 자금을 지원받을 수 있게 도와 달라고 했다.

그리고 새로 진행하는 연구의 어려움을 토로하며 나에게 이 연구에 참여해 줄 수는 없는지 물었다. 그 후 연구가 어떻게 되었는지 기억이 잘 나지 않는다.

사람의 인생은 한 치 앞을 모르는 법이다. 안 사장은 친구 결혼식에 갔다가 자기 승용차 기사의 실수로 차에 치여 지금은 휴양 생활을 하고 있다는 소문을 들었다.

14. 한로 수교 기술시찰단 단장 「러시아 모스크바 방문」

귀국한 지 얼마 지나지 않아 예전에 자주 참석했던 기계공업 진흥회에 나갔다. 오랜만에 만나는 직원들이 나를 보고 반가워했다. 화장실에 들렀는데 내 얼굴을 보고 깜짝 놀라며 언제 귀국했냐. 이제부터 계속 한국에서 계실 거냐며 뭔가 부탁하려는 눈치다. 왜 그렇게 내 거취에 관심이 많으시냐고 물으니 웃으면서 오늘 운수 대통이라고 적임자가 왔다고 나에게 이런 일을 제안해 왔다.

"이 박사님, 혹시 러시아에 가 보지 않으시겠습니까?"

"예? 러시아요?"

그러자 회장이 안 그래도 이 박사 같은 사람을 찾고 있었는데 마침 장본인이 나타났다면서 누군가에게 전화를 걸었다.

회장이 웃으며 말했다.

"이 박사님 같은 분은 직업 수명이 깁니다."라면서 이야기를 꺼냈다.

"방금 전에 장관에게 이 박사님 귀국 이야기를 하니 기뻐하네요. 이 박사님, 우리나라 중소기업 사장들과 연구소 소장들을 데리고 국가 사절로 러시아에 좀 다녀와 주실 수 없으시겠습니까?" 하는 것이었다.

"아니 왜 그런 일을 저에게 시키시려고 하세요?"라고 물었더니 "이 박사님 같은 분이야말로 맡은 일을 정확하게 해 주시기 때문입니다."라는 것이었다.

나는 내심 러시아에 가 보고 싶은 마음이 있어 사절단 단장 일을 맡기로 했다. 회장은 나를 데리고 장관실로 갔다. 거기서 정식으로 '한로 수교' 사절단 단장 임명장을 받았다.

특히 내가 해야 할 일은 한국과 러시아가 수교할 때 러시아가 한국으로부터 차관借款해 간 한 돈을 갚을 길이 막막하니 가능하면 러시아가 지닌 기술로 대채代償하자는 것인데 우리나라에 들여올 만한 기술이 무엇인지 판단하는 것이었다.

일은 빠르게 진행되어 며칠 내에 참가할 회사의 사장, 연구소 소장을 선정하고 사절단 명단을 작성해서 러시아로 출발했다. 그 가운데에는 KIST 시절 내 연구실에 있었던 '김종언' 군이 중소기업의 연구소 소장이 되어 있어 나와 호텔방을 같이 쓰게 되었다. 호텔은 코즈머폴리턴 호텔cosmopolitan이라고 하는 곳이었다. 많은 나라를 다녔지만 러시아는 처음 방문하는 국가였다. 출국 전에 러시아에 갖고 가면 좋은 물건들과 조심해야 할 행동 등에 관해 러시아에 다녀온 사람들로부터 이것저것 행동 요령을 배웠다. 입국할 때 조사관에게 줄 선물이나 호텔에 드나들 때 로비 입구에 있다는 감시인에게 건넬 선물도 준비해 갔다.

드디어 실전이다. 모스크바 공항에 도착하여 입국 수속을 할 때 조사관에게 미국담배 'MALBORO' 한 갑을 건넸다. 그러자 소지품 조사 없이 그냥 통과시켜 주었다. 우리가 투숙할 호텔은 큰 호텔이었다. 프론트 데스크에서 체크인을 하고 투숙할 방의 키를 받아서 계단으로 올라갔는데 입구에는 황소처럼 몸집이 거대한 여인이 앉아 있었다. 스타킹 한 켤레를 건넸지만 기대와는 달리 눈썹 하나 움직이지 않았다. 어쩔 수 없이 아무런 안내도 없이 스스로 투숙방을 찾아가야 했다.

다음 날 이른 아침에는 통역사가 우리를 마중 나왔다. 우리는 통역사가 안내하는 대로 그 유명한 '모스크바대학'을 방문했다. 마중 나온 총장과 인사를 나누고 총장실로 안내받았다.

서로 기념 선물을 교환했는데 총장이 내게 준 것은 '라흐마니노흐의 Piano Concert'였다. 선물 교환이 끝나자 총장은 우리들을 연구실로 안내했다.

그중에서도 내 눈에 띈 것은 '레이저 빔' 연구실이었다. 나는 이미 FANUC에서 개발한 레이저 기계를 보아서 알고 있었다. 일본에서는 이미 상품화까지 되어서 판매되고 있는데 러시아는 연구 단계에서 곧 상품화될 예정이라고 보고받았다.

모스크바 총장의 송별 인사를 받으며 우리는 대학을 떠나 공장으로 향했다.

공장에 도착하니 작업대에서 여공들이 일하고 있었다. 나는 잠시 화장실에 들른다는 것이 그만 실수로 여자 화장실에 들어가게 되었다. 러시아어를 몰라서 일어난 실수였다. 그런데 화장실 구조가 특이했다. 화장실에 개인 칸막이는 없고 일렬로 긴 개방형 콘크리트 좌석에 일렬로 구부리고 앉아서 용변을 보게 되어 있었다. 몸이 그대로 노출이 된 채로 볼일을 봐야 하는 화장실 구조에 무척 놀랐다. 인권이 완전히 무시된 화장실이라 직접 보지 못한 사람은 상상조차 하기 어려울 것이다.

사회주의, 공산주의의 인권에 대한 개념은 도를 넘어선 것이었다.

점심 시간이 되어서 우리 일행은 한국인이 운영하는 식당에 갔다. 주문하고 음식을 기다리는 사이에 러시아 여인들이 LP판을 들고 다니면서 장사를 했다. 1달러에 여러 장을 팔길래 나도 몇 장 샀다. 러시아에서의 1달러의 가치를 알게 되었다. 현재 러시아에서 가장 잘나가는 직업은 통역사라고 안내하는 사람이 설명했다. 그 이유는 달러를 만질 수 있어서라고 설명했다. 우리 일행을 담당한 통역사는 모스크바대학 출신이었는데 기회가 되면 한국에 꼭 놀러 오라고 초대했지만 한국에서 그를 다시 만날 기회는 없었다.

하루가 지나고 저녁 식사 자리에서 중소기업 사장님들이 나더러 함께 술집에 가자고 권했다.

그때 나는 "아니 사장님, 왜 러시아까지 와서 술을 찾습니까?"라고 물었다.

"그럼 저녁 시간에 뭐 하고 지내시려고요?"라고 내게 되물었다.

"여기 아니면 볼 수 없는 공연이 얼마나 많습니까. 모스크바 필하모니나 러시아의 유명한 볼쇼이 발레단 공연 아니면 러시아 서커스를 봐야지요. 여기까지 왔는데 같이 보러 갑시다."라고 말하니 모두 수긍을 했다.

연구소 견학이 끝나고 우리들 일행은 모스크바Moskva 크렘린궁Kremlin을 안내받았다. 교회 테이블에 있는 성경 커버가 금으로 번쩍거렸다. 지팡이도 황금 덩어리였다. 이렇게 정치를 하니 혁명이 일어날 수밖에 없었겠다는 생각이 들었다.

모스크바의 볼일이 끝나고 나는 통역사에게 부탁을 해서 상트페테

르부르크행 항공권과 숙소를 잡았다. 일행을 이끌고 유명한 레닌그라드현 상트페테르부르크, Saint Petersburg에 있는 레닌그라드 필하모닉Leningrad Philharmonic에 데리고 갔다.

우리는 빨간 융단이 깔린 계단을 올라가 입장했다. 공연장에 오는 사람들의 옷차림을 보니 모두 상류층 같아 보였다. 숙소로 돌아온 다음 날 나는 유명한 세계 3대 미술관 중 하나인 '에르미타주 미술관 Hermitage Museum에 갔다. 세계적인 미술관을 둘러보고 작품을 감상하고 기념으로 미술책을 책을 샀다. 그리고 유명한 시인詩人 '푸슈킨' 묘에 갔다. 벽에 쓰여 있는 시詩는 러시아어여서 읽지 못했지만 한국에서 읽은 푸슈킨의 번역시를 떠올리면서 비교하며 감상했다.

숙소에 들어갔는데 호텔에서 쉬고 있겠다던 사람들이 북유럽 사우나를 다녀왔다면서 씩씩거렸다. 왜 그러는지 이유를 물으니 이곳 사우나에서는 남녀가 나체로 사우나를 하길래 쳐다보다가 쫓겨났다고 했다. 북유럽은 비교적 성이 개방적임을 모르고 구경을 하러 온 사람으로 오해를 받은 것이었다. 우리 일행은 파리의 페레 라셰즈 묘지에서 쇼팽Frédéric François Chopin의 묘를 보고 스위스를 거쳐 귀국했다.

나는 스위스에 온 김에 아내에게 줄 선물로 '파텍 필립' 손목시계를 샀다. 이 시계를 본 일행 가운데 한 사장님이 "아니 이런 시계를 사모님이 차고 다니시면 팔목이 잘리는 거 아니에요?"라고 농담을 했다.

고가의 시계라 조금 걱정했지만 일본에서 발급받은 Amex카드로 구입해서 그랬는지 별다른 문제없이 무사히 입국할 수 있었다. 아내에게 선물했던 이 시계를 2016년 아내가 세상을 떠난 후 지금은 장녀 윤지가 차고 있다. 러시아 이야기를 쓰다 보니 시계 이야기까지 길어졌다.

출장에서 돌아오니 어떤 학생에게서 전화가 걸려 올 것이라고 아내가 이야기를 했다. 러시아 출장을 가 있는 동안 나를 애타게 찾았다는 것이다. 아닌 게 아니라 내 귀국일에 정확히 맞춰서 전화가 걸려 왔다.

"선생님 저는 선생님 강의를 등록한 아무개입니다. 이번에는 꼭 학점을 따야 합니다. 안 그러면 이번이 3번째라서 퇴학 처분을 당하게 됩니다."라며 애걸복걸하는 것이다. 듣고 있다가 나는 학생에게 물었다.

"아무개 군! 서울대생이 맞습니까?"

"네, 맞습니다."

"시험은 보았습니까?"

"아니요."

"수업에 들어왔습니까?"

"수강을 못 했습니다."

"왜죠? 학생은 정말로 서울대생이 맞습니까?"

"네."

"서울대생이면 장차 나라의 기둥이 될 사람인데 미안합니다. 서울대생이라서 더더욱 학점을 그냥 드릴 수는 없습니다." 하고 전화를 끊었다. 이들은 김대중 씨가 대통령이 되자 민주화에 기여했다는 구실로 모두 졸업장을 받았다. 그리고 그렇게 졸업한 이들이 지금 이 나라를 망치고 있다.

공부를 안 한 사람이 학사 박사가 되고 정차를 모르는 사람이 대통령이 되는 한 이 세상은 제대로 된 나라가 될 수 없다는 생각을 하면서 글을 마무리한다.

살아온 이야기를 마치며

오는 10월 10일을 생각하니!

유정 詩

사는 일이 너무 바빠서

내 나이 이제야 알았네

나에게는 세월도 없었고

아직도 마음은 청춘인가 보다

꽃은 꽃이고, 하얀 백합과 장미를

좋아하던 꽃이 계절 따라 가니,

무심코 살던 내가

내 나이를 의식해 계절을 찾게 하네!

인생이 다 같다고 한들

가는 계절은 다 다르고

인생이 짧다고 한들 다 하나님의 소관!

나이 관계없이 가는 것을 보니 슬퍼진다

가는 세월 어찌 막으리요

후손을 위해 자서전이나 써 보세!

지난날을 더듬으며 내 生涯를 쓰다 보니

하염없이 눈물이 나네!

봄은 가고 다가올 거울을 생각하니

나도 갈 곳을 찾게 되네

살다 가는 곳, 내 아내가 있는 곳?

단풍 입은 산 맑고 푸른 하늘
단풍잎이 바람을 타고 하늘을 맴도네
생각하니 근심도 내 마리에서 맴돌아
어지러워지네!

2023. 6. 3. 裕庭

감사의 글-나의 인생관人生觀

사람마다 얼굴이 다 다르듯 사는 방법도 모두 다 다릅니다. 그러나 얼굴을 보면 모습이 달라 남이라는 것을 알게 되고 특별한 일이 없다면 가까이할 기회가 없지요.

그러나 핏줄이 이어진 관계라면 어딘가 마음에 끌리는 일이 있습니다. 그래서 제 식구끼리는 싸우면서도 인연을 유지하게 됩니다. 그러나 서로 생각이 다르면 영영 먼 사람이 되어 버리는 것을 경험하고 있습니다. 우리나라에 예부터 내려온 이야기입니다.

'피는 물보다 진하다.'

그러나 저는 인간의 혈연보다 생각을 같이하는 데 삶의 가치가 있다고 생각하는 사람입니다. 그래서 저는 여러 가지 책을 읽어도 공감되는 것과 그렇지 못한 것이 있습니다. 이 중에서 제 생각과 같은 것이 발견되면 선별해서 저의 기억 속에 정리하고 저장해 두었다가 이용하기도 합니다.

나이가 들어서인지 저에게 보내오는 유명 인사, 작가의 이야기를 읽어 볼 기회가 종종 있습니다. 읽는 순간은 이런 생각과 행적 또는 삶도 있구나 하고 공감도 하지만 저와 가치관이 다른 이의 이야기는 효연曉然이 스쳐 버리고 맙니다. 공감도 순간임을 경험하고 있습니다.

저의 경우 저의 인생관은 주님이 주신 재능이 있으면, 아니 재능이 없어도 본인의 의지로 정한 것을 꾸준히 이행하는 제 자신이 되려고 단련하고 있습니다. 이를 유지해 주는 것이 항상 내 몸속에 유숙留宿하고 있는 나의 내적 게으름인 적, 태타怠惰와 싸워서 이기는 제 자신이기를 바라며 나의 인생의 좌우명으로 삼고 살아가고 있습니다. 그래서 저도 베토벤Beethoven처럼 마음에 드는 예쁜 여인이 있으면 실연하는 한이 있다 해도 사랑을 하며 음악 일생을 보냈듯이 저의 생의 가치관을 함께하는 임을 사랑하는 것이 일하는 원동력이라는 신념으로 살고 있습니다. 그러던 어느 날 하나님의 은총으로 우연히 만난 여인과 결혼하여 오늘에 이르게 되었습니다. 아내가 가 버린 자리에 지금도 아내와 흡사한 누군가를 이상형理想 Phantom으로 혼자 사모하며 하나님이 주신 제 자신의 의지와 자그마한 재능을 소화하고 있습니다.

이와 같은 생각을 하게 된 계기는 대학생 1학년 시절에 읽은 로망 롤랑의 《베토벤의 생애生涯》입니다.

베토벤의 정신 '사랑과 믿음'이 제가 가장 지향志向하는 저의 인생관이고 이를 이행하는 것이 저의 인생 목표입니다. 그래서 저는 나이가 들어도 나이에 타협하고 사는 것을 원하지 않습니다. 죽는 날까지 하던 일을 할 수 있는 능력과 기능이 살아 있는 한, 일을 하고 공부하며 이런 기능이 상실되는 날이 제가 아내를 만나러 가는 날이 될 것이라고 생각하고 있습니다. 천국에서도 아내의 칭찬을 받기를 원하는, 어쩌면 실로 소인인지도 모릅니다.

저를 두고 가 버린 아내는 저의 이런 점이 맘에 들었나 봅니다. 은

혜롭게도 저의 혈연에 할머니와 같은 마음과 생각을 공유할 수 있는 손녀 유진이가 있어 주게 감사하고 있습니다.

유진이가 혼자서 누구의 도움도 받는 일 없이 세계적인 명문대에 입학할 수 있었던 것도 모두 하나님의 은총이라고 본인이 고백합니다. 할머니의 지대한 사랑을 받은 손녀라 할머니가 천국에서 자신을 위해 기도하고 있는지도 본인은 알고 하는 고백인 것입니다. 유진이를 아는 할머니 친구분들은 모두 제2의 고의순이라 칭합니다.

그래 할머니와 같은 제2의 고의순이 돼라!

그럼 모두 내내 행복하시기를 기원합니다.

유진 할아버지 유정裕庭 2020. 5. 1.

결혼 초창기에 오늘의 대한민국의 근대화의 일꾼으로 일하는 데 아무런 불편 없이 이해해 주었던 제가 사랑하고도 남음이 없는 저의 처 의순 씨에게 이 자서전을 드립니다. 제 마음을 담아!

이 책은 저의 처와의 즐거웠던 날만 생각해 쓴 책입니다. 사랑하는 저의 의순 씨에게 바치는 글들이 실려 있습니다. 이 책을 읽고 인생살이에 도움이 되는 이야기가 있으면 하고 희망합니다. 감사합니다.

2023. 5. 24. 유정裕庭

후기後記

　무지하고 지도력이 없는 자가 가고 난 후 그가 저지른 일을 정리할
게 많다. 편안히 살려면 이웃을 사랑하라는 성경 말씀은 나에게 힘이
된다. 3.1절 축사에서의 윤석열 대통령이 한일 관계를 원점으로 회복
하자는 교지敎旨에 나는 두 손 들고 환영한다. 일본에서 귀국하여 일
본을 너무나도 잘 아는 나인데 가까이 있는 친한 지성인들도 나를 친
일파라고 한다. 그렇다고 두말할 필요는 없지만 1990년 귀국하자마
자 한국경제신문사 이규행李揆行 사장이 일본에서 경험한 일을 신문지
에 연재해 달라고 해서 '일본식 경영'을 매주 한 번씩 한 페이지를 채
우는 정도의 원고를 보내어 거의 1년 가까이 연재했다. 당시 반응이
좋아 연재한 글을 모아서 책으로 낸《일본식 경영》은 2쇄를 찍어야
할 정도로 교보문고의 진열장에서 베스트 셀러가 되었다. 그 분위기
에 동승해 나는 그러면 하고 쓴 것이《한국식 경영》이라는 책이다. 이
어서 새로운 기업의 엔지니어링 방식을 소개한《Re-Engineering》까
지 3권의 책을 시리즈로 출판했다.

　이후 나는 이 책의 내용을 소개하며 전국의 중소대기업 등에서 초
대받아 강연을 했다. 요즘 우리나라가 지향하는 새로운 정치는《일
본식 경영》다음에 쓴《한국식 경영》의 내용이 오늘날 정치에 참고가

되는 것 같아서 '후기'에 그 내용을 소개하고 싶다.

이하에 옮겨 본다.

1. 우리도 일본日本을 이겨 낼 수 있다

우리도 일본을 이길 수 있다. 그래서 우리도 한국식 경영을 하자!

새로운 세기의 전환기에 기술이 달라지고 있다. 바로 우리는 역사의 전환기에 있다. 세기말 1990년대에 전개된 다품종 소량 생산의 보급은 잉여와 도시 공해라는 새로운 과제를 우리에게 남기고 21세기를 맞이하려 하고 있다.

경제와 기술이 공해의 함수가 되고 있음을 부인하지 못하는 시대가 되고 있다. 필자는 기술과 경제 사회에 대한 인식에서 기술과 경제가 돌아가는 상관관계를 기술記述해 보았다.

1990년대의 기술은 종전의 메트릭 스케일metric scale에서 21세기는 나노미터 스케일nanometer scale로 새로운 정도혁명精度革命이 일어나고 있다고 했다.

그것은 기존의 뉴턴적인 고전 물리 세계에서 양자역학 세계에의 전개됨을 강조한 것으로 뉴턴적인, 고전 물리의 지식은 오차를 인정하는 것이었는데 양자역학, 세계에서는 오차를 인정하지 않는 것을 의미한다. 정도혁명인 것이다.

하이젠베르크가 말하는 불확실성 원리의 세계는 바로 신기술에 대처하는 새로운 신기술 시대가 전개됨을 의미한다. 그 기술은 상품의 잉여를 허용하지 않는 일품 단일 생산 시스템을 추구하는 이상적인 생산기술의 출현을 예견케 한다. 이는 또 필경 도시 공해, 지구 공해를 추방하려는 기술적인 윤리가 강조된 것이기도 하다.

한편 우리는 세기世紀마다 새로운 기술의 출현을 목격하고 사라져 가는 기존의 기술문명이 경기景氣의 순환을 인식해야 한다.

과연 기술혁신은 순환성을 가지고 있을까?를 생각해 보았다. 과학이 어떤 조건에서는 한정된 진리이지만, 기술은 인간적인 요소가 짙다는 것도 생각해 보았다.

그래서 기술혁신은 경제를 자극할 수도 있다는 슘페터의 기술혁신론과도 공명共鳴해 보았다. 그런 의미에서 기술혁신을 주도해 온 인간의 생활 제조문명을 도외시한 한때의 탈공업화론이 얼마나 환상적이고 유행적인 요소를 가지고 있는가를 확인할 수 있었다. 오늘의 세계적인 불경기는 인간 고유의 생활문명의 순리인 만드는 일Manufacturing이 얼마나 허구스러운 것이었던가를 오늘날의 거품bubble 경제의 기폭을 살펴보면 잘 알 수 있다. 사실 생각해 보면 선진국과 우리나라의 내막과 현실이 허구를 놓고 논쟁하며 변명함에 지나지 않는다는 것이 필자만의 생각일까?

20세기 경제대국으로 부상한 비판과 비난의 대국이었던 일본은 과연 21세기 세계의 패권국으로 미국을 대행하는 시대가 도래할 것인가 하는 것이 우리의 관심사라 아니할 수 없다 그러나 나는 그리 생각하지 않는다. 그 이유는 일본 문화를 보고 생각하면 이해가 될 것이다.

지금 우리 주변에는 경제대국이 된 일본에 대에 말이 많다. 시각과 논리가 구구하다.

그래서 필자는 우리도 과연 일본적인 아닌 '일본식 경영'을 할 수 있을까? 하고 생각해 봤다. 왜냐하면 일본식은 말 그대로 일본적이 아닌 글로벌화 시대에 적용하기 위해 일본의 기업인들이 기업 생존을 건 새로운 일본적인 경영이었다. 메이지 유신으로 근대화를 지향했던 당시 일본인은 화혼양재和魂洋才로 서구문명을 도입해 그들의 문화적인 배경 심핵close 審覈 invesigation해 이를 자신들의 문화에 받아들이려는 것이었다. 이는 그들의 세계화를 위한 일본적인 문화다.

당시 일본 문화는 유교적이었다. 그러나 오늘날 일본은 일본적인 것 외에 세계적인 보편성을 추구한다. 바로 일본식이다. 이 구분을 토대로 우리는 韓·美·日 간의 기술적인 경제적 갈등을 생각해 보면 그 차등差等은 역시 세계의 보편적인 관점에서 기업의 기술력과 경쟁력을 간파하지 않으면 안 된다는 것을 알 수 있다.

그러나 이들은 역시 사람이 주체임을 인식할 때 기업용 인재가 필요하다는 것도 알게 된다. 우리는 예나 지금이나 일본과는 희로애락喜怒哀樂관계를 맞는다. 인접 국가이기 때문이다. 언제까지나 이웃과 한恨 맺힌 일만을 재기하는 것은 우리의 열등의식이 표출됨이 아닐까 하고 자성해 본다.

이 잠재적인 우리의 내재적인 열등의식을 청산하려면 우리는 우선 일본을 아는 것이 필요하지 않을까? 그래서 일본의 사회조직 구조가 우리와 다른 점을 찾아보았다. 일본은 그룹, 조직 내의 구성원이 중요한데 우리는 혈연이 더 중요시되는 것을 알 수 있다. 기업의 생산성을 의식할 때 일본의 노동관과 근로관은 우리의 관심사가 아닐 수 없다. 과연 우리는 일본인과 같은 근면 절약에 대한 가치관이 결렬되어 있지는 않을까 하고 자문해 본다. 같은 불교 유교 문화를 갖고 있으나 일본인은 자신을 무신론자라고 자칭하는 데 주저하지 않는다. 그러나 우리는 주저하는 것이 다르다. 서울의 밤거리는 십자가 네온사인이 아름답게 채색한다. 하지만 일본의 밤하늘에는 상업광고 네온으로 요란하고 그 가운데서 십자가를 찾아보기는 힘들다. 날이 밝으면 양국의 공통점은 그저 근대화 기술이 구사構思된 고층 건물이다. 반나절은 한국과 일본의 거리 풍경이 닮았다는 것을 발견할 수 있다. 그러나 일본인은 시간을 오래 두고 타협하는데 우리는 너무 성급하다. 이것은 일본과의 차이점일 것이다. 우리의 방법은 확실히 일본인들의 방법과는 다르다. 결론을 도출해 내는 속도가 빠른 것이 한국의 특징이다. 우리는 일본처럼 이성적이 면도 있는 반면 정서적인 면도 갖고 있다. 잠시 한국은 과연 한국적인 것을 창출해 낼 수 있는지 자문해 본다. 한국은 일본과 닮은 곳이 있다. 한국과 일본의 역사적인 인과因果를 생각하면 당연하다. 한국인에게는 서구적인 합리성을 지향하는 요소가 있다. 일본인은 다다미 넉 장 반의 작은 방에서 하나가 되기를 추구하지만 한국인은 우주 공간이 무궁한 하나를 사모하며 추구한다. 서구적인 요소가 일본보다 짙다. 이 두 요소의 결합은 한국적인 우리의 기업이 글로벌화를 지향하는 한 반드시 배우고 참고해야 될 요소가 아닐까? 우리에게 일본적인 요소가 잠재되어 있기 때문에 우리도 일본과 같이 기술 선진화를 할 수 있는 요소가 충분하다고 생각한다. 지금 우리는 중국의 근대화에 실패한 중체서용中體西用의 문화적인 독선을 버려야 된다. 시대의 변화와 더불어 문화도 기술도 변화한다. 기술 세계에서의 가장 유효한 방법은 우리의 서구적인 의식에 일본식을 혼합한 것이 아닐까? 그것이 바로 필자가 주장하고 싶은 한국식 경영의 모색이다.

Ref. 筆者 著
'韓國式 경영 후기' pp. 378~381. 1993년 한국경제신문사

2. 서양사회西洋社會를 배우는 의미意味

일본의 정치 지도자와 한국의 정치 지도자

극동의 두 나라의 정치학을 보면 유사한 점이 많다. 두 나라는 2대 정당제를 택한 것이 유사하다. 이는 「Duverger's law 法則」이라 하고 대외 정책을 논論할 때 「안전 보장의 Dilemma」가 문제 해결에 대한 2가지 선택이 얽힌다. 예를 들면 마르크스주의, 다원주의, 합리적 선택 이론 등이 화제가 된다.

일본 열도에서 몇천 Km 떨어진 역사와 문화가 다른 토지에서 만들어진 이론을 자국 정치에 어떻게 적용하느냐가 문제인데, 일본은

서양 중심주의를 택하는 한편 자국의 민족 신앙을 않은 편협한 선택이 아니었나 생각한다.

한편 이승만 박사는 좁은 한반도에서 서양 중심주의 정치제를 택했다. 서양 사회에의 의의意義는 인간 사회의 다양성을 받아들인다는 사고방식이다.

예를 들으면 맥스웨버Max Weber의 《프로테스탄티즘의 윤리와 자본주의의 정신The Protestant Ethic and the Spirit of Capitalism(原著 1905년)》는 자본주의의 출현을 종교적 요인으로 설명한 명작으로 알려져 있다.

이 저서는 카톨릭과 프로테스탄트라는 2개 교파敎派의 교양이 생성하는 경제적 행동원리의 차이差異를 그린다. 그 분석이 16세기에 일어난 종교개혁宗敎改革이 각국의 재대로의 발전 경로에 얹어 놓고 있음을 알 수 있다.

노르베르트 엘리아스Norbert Elias의 《문명화 진전》과 더불어 폭력적인 것이 숨겨 있다는 것을 지적한다. 이 책의 전 편은 프랑스와 독일을 비교했다. 프랑스의 궁전귀족宮殿貴族이 부르주아지와의 경쟁 중에 禮儀作法을 洗練시키는 과정이 실려 있고, 후반에는 그 배경으로 중세기 유럽이 장기에 거쳐 전쟁이 반복되는 가운데서 근대近代국가가 탄생되는 내용이 실려 있다.

로마 재국의 붕괴崩壞 후 문화적으로 일체성을 가지고 있던 크리스트교단이 종교개혁으로 갈라지고 프랑스 혁명으로 동요되어 20세기의 2번의 대전으로 파괴된다.

정치의 시대적 변화

후진국이던 동남아시아 제국은 서구의 학문을 많이 받아들이며 발전했다. 1980년까지만 해도 동아시아에서 복수 정당이 자유롭게 경쟁하는 국가는 일본뿐이었다. 산업화에서 일본이 이뤄낸 발전 속도의 차이만 봐도 크다. 그러나 기미야마사시木宮正史의 《日韓關係史(岩波 新書 2021)》를 보면 한국의 사례가 실려 있다. 「잃어버린 30년」이라 일컫는 일본의 경제 정체기가 지속되는 가운데 종래의 전제 조건이 크게 변용되어 대만과 한국이 1990년대에 걸쳐 민주화를 이룩했고 이제 경제 발전 수준은 일본과 대등해졌다고 적혀 있다.

한편 독재체제 속에서도 중국은 빠르게 경제가 발전하고 저출산, 고령화 문제 등 일본이 겪는 사회 문제를 비슷하게 짊어지기 시작했다고 한다. 그런 의미에서는 아직 경제 발전 수준이 낮은 북조선北韓은 예외로 하고, 동아시아 제국을 일본과의 비교 대상에서 제외할 수 없다고 한다. 그래서 지금에 와서는 동아시아 제국에서의 일본의 위치를 재정비해야 한다는 목소리가 나오는 것이다.

국가 정치를 새로운 시각으로 보아야 한다. 앞으로는 미·서구 중심주의와 더불어 자국 중심, 자국만의 길을 택하는 나라國가 보이는 것 같다.

2023. 6. 27. 18:44. pm 裕庭
Ref. Duverger's law. 選擧에 있어서 候補者數가
次第로 收束해 가는 法則

나의 자서전을 마치며

Finishing the writing of my own story

앞서 첫 페이지에 넣은 백합꽃과 나와 아내의 사진 모음을 볼 때 이 두 사진은 지적 탐구를 향한 우리의 삶을 떠올려준다. 나의 인생관을 찍은 사진인 것이다.

인간이 일생을 살아가는 방법은 저마다 다르겠지만, 나의 삶은 아내백합와 살면서 죽음이라는 길 앞에 천국이 있음을 깨닫고 죽음이라는 과정을 지나 새로운 희망을 향해서 나아가는 과정이 나의 항로이며 길이라 아니 할 수 없다.

험난한 등산과도 같은 인생을 경험하고 겨우 산정이 보이고 가까워지니 지금까지 걸어온 길을 내려다보면서 새삼 내 삶을 되돌아보게 된다.

혹시 내가 걸어온 길 가운데 내가 모르는 죄가 있지는 않았을까 생각해 본다.

이것 역시 나의 어지러운眩暈 환상幻想인가?

나의 탓인지 모르겠다.

그러나 나는 영생을 믿는 사람.

모든 것을 주께 감사 기도드린다.

2023. 6. 11. 裕庭

후배들에게 남기고 싶은 당부

　대학에서 배운 내용은 그저 지식과 상식에 머무르는 수준이다. 밖에서 직접 경험을 해야 비로소 참된 본인의 지식으로 발전시킬 수 있다.

　이것이 내가 후배들에게 당부하고 싶은 이야기이다.

2018. 7. 14.

사랑하는 當身에게

    74번째 생일에 맞추어 著書「情報知性 시대」가 出版되어서 무엇보다도 기쁩니다. 創作品이 나와 當身에게 드릴 수 있는 것도 實은 이 몸과 마음이 當身 속에서 生殖되고 있기에 가능한 것입니다.

    사랑의 眞實을 當身의 生日연에 告白할 수 있음을 기쁘게 생각하고 있어요! 그래서 이 책은 50년간 나의 지적 여정의 동반자인 아내 당신에게 바치는 책입니다. 당신은 언제나 나의 지적 호기심을 자극해 주고 격려해 주는 좋은 친구이자 아내였습니다.

    2014년 2월 25일 당신의 생일날에 축하 꽃, 그 화려한 꽃, 꽃바구니를 새삼 상기하면서, 나의 의지를 표현한 글입니다. (a book cover designed Joonwhi.)

情報知性 시대 評

'이봉진 박사님!'

박사님! 책을 보면서 여러 생각을 하게 되었습니다.

아직 완전히 다 보지는 못했지만, 어려운 시기에 우리나라의 지도자에게 영향을 주실 책이네요.

사진이 좀 늦었지요. 동부합니다.

이 엽서는 작년에 스위스 생 모리츠(St. Moritz) 호에서 묵었던 호텔엽서예요.

Grandpa & me in 2002

어린 시절의 유진

2022. 유진이 UC Berkeley졸업식

2023. Singapore 공항에서 유진이와 함께

맑은 가을 밤하늘의 별에

　맑은 가을바람은 정처 없이 꽃잎, 단풍잎들을 맑은 가을 하늘에 휘날려 버린다. 기약 없는 낙엽들은 가을 창공만 맴돌고 있다.

　색색으로 단장한 낙엽들이 창공을 하연이 날아다님을 보고 있으니 역시 언약 없이 가버린 임이 있는 곳 모르네!

　안다고 하면 하늘나라 어느 곳? 그러나 저 푸른 하늘에 있다는 곳의 번지 모르는 나! 잠 못 이루어 가을 밤하늘을 쳐다보고만 있네! 언약 없이 홀로 가 버린 나의 임이여! 가을 밤하늘에 반짝이는 별이 되어 맑은 가을밤에 당신을 찾아볼 수 있게 해 주렴!

　꿈이 아닌 밤하늘에 당신과 서로의 소식이나 나누어 보세!

　당신이 바랐던 우리의 꽃동산 이야기.

　장남 윤철이는, 그의 애 준휘, 예림이는 장녀 윤지는, 용성 군과

　막내 윤혜는, 재형 군과 애들 이야기를 당신과 이야기하고 싶어라.

　그리고 당신이 사랑으로 키운 유진 이야기도 하고!

　그리운 당신, 한껏 우리들의 사랑, 애들 이야기 같이 해요!

2023. 10. 10. 당신의 7회 忌日 당신의 裕庭

허한 마음, 허무하다

마른 잎이 한 잎 두 잎 떨어지는 가을날. 나의 사랑은 낙엽 따라 가 버렸다. 맑은 날 청청 푸른 가을 하늘 높이!

나는 가을바람에 휘날리며 떠나 버린 임이 그리워 그의 모습이 있 는 추모관 유골함에 임의 사진을 보러 아내의 기일에 유토피아 추모 관으로 혼자 떠났다.

오래간만에 추모관을 찾으려 그 근처를 헤맸다. 창공을 날아다니 는 낙엽이 떨어지는 곳을 향해 자가용을 타고 길을 찾으며 6시간 30 분을 헤맸다. 몇 번이나 톨게이트를 돌고 돌았는지!

10월의 교통카드 톨게이트 통행료 고지서는 일만 사천 원, 얼마나 유토피아 근처를 헤매고 있었는지!

톨게이트를 출입(出入)을 되풀이한 것이 몇 번이었는지?

그리운 이 사모하는 사진을 보며 자작(自作)한 시를 눈물로 낭독하 고, 또 하고, 흐르는 눈시울을 손으로 닦으면서 혹 나의 장남 내 아들 내외가 외국에서 와 읽어 볼까 봐 기대하고 납골 창 어머니 사진 옆에 보기 쉽게 붙이고 왔건만 헛수고였다.

맑고 청청한 하늘을 쳐다보며 집에 돌아온 나는 혹시나 하고 자작 시를 붙이고 왔다는 소식을 HP로 전했건만, 어머니 기일에 오겠다는 장남 내 아들 내외는 오지 않았다.

　다음 날이다. HP 메시지를 읽은 아들은 「감사합니다, 못 가서 죄송합니다. 저는 여기서 간단히 추모드리고 지금은 출장 중입니다」 10월 11일 수요일 네덜란드에서.

　소식은 간단명료한 편지(片紙)를 보내온 것뿐.

　참으로 허무하고 허무한 마음 버릴 수 없네!

　어렸을 땐 내가 사랑했던 유일한 아들, 독자. 단 하나의 장남, 첫 애를 얼마나 우리 내외는 사랑했는고!! 나이가 들면 내 애가 아님을 실감한다! 나의 육신이란 다 허무한 존재임을 알게 된다!

　회갑을 앞둔 성인(成人)을 내 아들이라고 사랑했던 나!

　나이 90에 육신의 본능 본심을 체험케 하는구나!

　허무하고 허무한 나의 인생!

　세상(世上)이란 이런 것일까?

　허무한 세상이라 아니 할 수 없다!

2023. 10. 11. 아내의 기일 다음 날

유정(裕庭) 이봉진

사람의 品位

수렵 시대에는 화가 나면 돌을 던졌고,
고대의 Rome 시대에는 몹시 화가 나면 칼을 들었으며,
미국 서부 개척 시대에는 총을 뽑았으나
현대에는 화가 나면 말 폭탄을 던진다.

인격을 모독하는 막말을 일삼는 사람이 있다.
그의 생각이 옳다고 하여도 사용하는 언어가 궤도를 일탈했다면
탈선임이 분명하다.

스페인의 격언 중에 "화살은 심장을 관통하고, 매정한 말은 영혼을
관통한다."란 말이 있다. 화살은 몸에 상처를 내지만, 험한 말은 영혼
에 상처를 남긴다.

'탈무드'에 혀에 관한 우화가 실려 있다.
어느 날 왕이 광대 두 명을 불렀다.
한 광대에게 "세상에서 가장 악(惡)한 것을 찾아오라"고 하고, 다른
광대에게는 "세상에서 가장 선(善)한 것을 가져오라"고 명하였다.

두 광대는 세상 곳곳을 돌아다니다 몇 년 후 왕의 앞에 나타나 찾아온 것을 내놓았다. 공교롭게도 두 사람이 제시한 것은 '혀'였다.

말은 입 밖으로 나오면 허공으로 사라진다고 생각하기가 쉬우나 그렇지가 않다. 말의 진짜 생명은 그때부터 시작된다.

글이 종이에 쓰는 언어라면, 말은 허공에 쓰는 언어이다. 허공에 적은 말은 지울 수도 찢을 수도 없다.

한 번 내뱉은 말은 자체의 생명력으로 공기를 타고 번식한다. 말은 사람의 품격을 측정하는 잣대다.

품격의 품(品)은 입 구(口) 자 셋으로 만든 글자이다.
입을 잘 놀리는 것이 사람의 품위(品位)를 가늠하는 척도라는 것이다. 논어에 입을 다스리는 것을 군자의 덕목으로 꼽았다. 군자의 군(君)을 보면, '다스릴 윤(尹)' 아래에 입 구(口)'가 있다.

입을 다스리는 것이 군자라는 뜻이다.
세치 혀를 간수하면 군자가 되지만, 잘못 놀리면 한 소인으로 추락한다.

공자는 "말하여야 할 사람에게 말하지 않으면 사람을 잃는다. 말하지 말아야 할 사람에게 하면 말을 잃는다."고 하였다.

영국 유명 작가 '조지 오웰'은 "생각이 언어를 타락시키지만 언어도 생각을 타락시킨다."고 했다.

나쁜 말을 자주 하면 생각이 오염되고 그 집에 자신이 살 수밖에 없다.

말을 해야 할 때 하지 않으면 백 번 중에 한 번 후회하지만, 말을 하지 말아야 할 때 하면 백 번 중에 아흔아홉 번 후회한다.

말은 입을 떠나면 책임이라는 추(錘)가 기다리며, 덕담은 많이 할수록 좋지만 잘난 척하면 상대방이 싫어하고 허세는 한 번 속지 두 번 속지 않는다.

그러므로 사람의 품위(品位)는 마음만 가지고 있어서도 안 된다. 반드시 실천에 옮겨야 한다.

앞에서 할 수 없는 말은 뒤에서도 하지 말고 흥분한 목소리보다는 낮은 목소리가 더 위력이 있다는 걸 잊지 말자.

"용기는 압박 아래에서의 품위(品位)이다."
어니스트(Ernist Hemingway)

사람의 품위(品位)는 결점을 보이지 않거나 실수를 하지 않는 것이 아니라 결점과 실수를 다루는 방식에서 드러납니다.

오늘도 하나님이 주신 말의 은사를 잘 사용하여 영광 돌리는 하루가 되길 바랍니다.

언제나 지나가는 가을날 10월 10일

사무치는 그리움만 남겨 놓고 가 버린 사람
가을날 10월 10일이 오면 잠자기를 잊어버린다.
가을 하늘 맑은 밤하늘에 반짝이는 내 별을 찾아.
헤매느라 잠을 잊어버리게 된다.

어쩌다 반짝이는 별을 발견하면
나도 모르는 눈물이 나지요.
여기에 있구나 생각하니
갑자기 하늘이 뿌옇게 변해 버린다.

눈에 고인 눈물은
반짝이는 별을 잃어버려
하염없이 눈시울을 손으로 닦으며
가을 하늘을 쳐다보며 내 님을 찾게 됩니다.

언제나 기러기가 찾아오는 가을 날 10월 10일은
나에겐 그리움이 사무치는 날!

아들? 딸? 마저 부모를 배신하는 아들? 딸들!
내 가슴속엔 "사랑이라는 언어"도 죽어 버렸나 봅니다.

사랑하는 유진아! 하늘에서 할머니의 숨어 있는 숨소리가
비바람 소리로 변해 유진이를 부르네! 하늘에서,
할머니는 유진이를 하늘에서 눈물로 사랑하고
할아버지는 속세에서 유진이를 사랑한답니다.
하고 싶은 공부 잘하세요. 사랑하는 유진아!

한설에 돌아오는 기러기 소리는
할머니의 사랑 소리 전어(傳語)라 믿고
10월 10일을 나와 엄마, 그리고 유진아
우리는 잊지 말자! 10월 10일을. 유진아!

유진이를 하늘같이 사랑하는 할아버지
2023. 10. 25. 수요일. 13℃. 9:08 am

「흰 백합」과 사랑-아내의 미학美學

흰 백합은 원(元)은 아리따운 공주였고 술렁거리는 꽃망울이었다.

불행하게도 6.25 동란으로 어린 나의 소학교 4년에 홀몸이 되었다.

밤이면 빛 아래 낮이면 태양 빛 아래 비바람 눈보라 치는 4기를 홀로 설움을 참으며 외로이 자란 공주였다.

공부는 혼자서 대학도 혼자서 외국 유학도 혼자서!

우연이가! 그의 대학 시절 은사 소개로 만난 우리!

우리는 3일 만에 약혼하고, 외지에서 결혼을 하였다.

깨끗한 사랑의 상징 흰 백합꽃처럼 처신하는 나의 아내!

외로이 살아온 아내는 주변에서 사랑을 많이 받았다….

어느 날이다. YWCA 국제회의를 마치고 돌아오는 길에 차 사고로 외롭고 말없이 쓸쓸히 세상을 떠나갔다.

언제나 일상생활에서도 고요히 지내는 아내의 생활. 그의 생활 습관을 본 나는 아내를 "흰 백합화"와 같은 여인이라 부르기로 했다.

내 마음 깊은 곳에 흰 백합을 평생 간직하고 있다.

6.25로 어머니, 아버지를 잃은 「하얀 백합」. 소학교 4년생으로 홀로 가시밭길을 걸어야 했던 백합. 한 송이 백합으로 조용히 고개 숙여 유년기를 보낸 백합.

밤이면 달빛, 별빛, 낮이면 태양광, 비바람 눈보라 치는 4계절을 넘기며 언제나 고요히 머리 숙여 홀로 바위틈에 피어난 흰 백합화는 재녀(才女)였다.

우연히 만난 백합의 그윽한 네 향기는 나를 순결할라 머리 숙인 흰 백합을 일어서게 했다.

평생 나의 향기가 되어 달라고.

달, 별빛, 태양광 아래, 비바람 눈보라 치는 때도 그는 나의 향이었다.

아직도 아내는 그윽한 네 향기를 영원토록 지키게 한다.

둘이서 같이 살던 아내는 아직도 가시밭의 한 송이 흰 백합의 체험은 나를 키워 준다. 강한 사나이가 되라고!

내 맘속의 흰 백합, 영원하리라!

시들어 버린 흰 백합에도 하늘에서 꽃말.

"우리들의 영원한 사랑의 꽃, 맹세.

기억케 한다.

영원 영생을 믿는 아름다운 우리의 인생.

은총 입은 우리의 신앙은 나의 영원한 "흰 백합".

만남을 추모하는 매일인가!

하얀 백합, 나의 맘속의 나의 영혼 속의 "흰 백합"의 향이여 영원하리라!

2023. 12월 6일 수요일 裕庭

泣き崩れ

新年2024のカレンダーをのぞき見ていると

愛の誕生日2.25が見える

自分も知らぬ間に涙が湧き出る

世を去った我が愛

いまだにこの胸深くに住んでいるのを感じると

我知らぬ涙が湧き出る澄み切った川の流れのように

涙は顔を洗い澄んだ水をのましてくれる様に

ささやく忘れぬ貴女の愛と優しいお言葉

永遠にこの胸に生きて居る

目は曇り我の愛が生きて囁やくを感じ

泣き崩れる日々を生きで居る命

この私なのがな

2024. 2. 2. 金曜日

울음이 터짐

새해 2024 달력을 들여다보고 있으면
사랑하는 아내의 생일 2. 25가 보여
나도 모르는 사이에 눈물이 흐른다
세상을 떠난 내 사랑
아직도 내 가슴 깊이 살아 있음을 느끼고
나도 모르게 눈물이 솟구쳐 맑은 강물처럼
얼굴을 씻어 준다.
강물이 흘러 우리에게 맑은 물을 주듯
속삭이듯 상냥했던 당신의 목소리는
영원히 이 가슴속에 살아
눈앞이 흐려지고 내 사랑이 살아 속삭임을 느낀다
울음을 터져 나오는 나날을 버티며 살아 남아 있는 목숨
그것이 나인가

2024. 2. 4.

사랑하는 손녀로부터

할아버지가 쓰신 자서전 잘 읽었어요.

읽으면서 제가 지금까지 몰랐던 할아버지의 인생을 알게 되었고 참 대단하시다는 생각이 들었어요.

할아버지가 어렸을 때부터 공부를 하겠다는 그 마음가짐으로 일본까지 가서서 돈을 아끼려고 점심도 굶어 가며 공부해서 대학교에 들어가신 게 정말 존경스러워요. 힘들거나 할머니, 할아버지 생각이 날 때, 할아버지 자서전을 꺼내서 종종 다시 읽어 볼 것 같아요. 할아버지처럼 성공하겠다는 목표 하나를 향해서 열심히 노력하는 손녀가 될게요. 항상 감사드리고, 사랑해요.

2023. 7. 3.

교정을 마무리하며

이윤혜

엄마가 돌아가신 이후, 이것저것 소소하게 정리해서 책을 만들거나 엄마와 주고받은 편지, 일기, 단상을 모아 책을 내는 일이 취미가 되어 버린 아버지가 이번에는 당신 자서전을 쓰시겠다고 하셨을 때 연로하신 아버지의 소일거리로 그것 또한 괜찮겠지 정도로 생각했습니다. 그러나 막상 자서전 원고가 완성됐으니 저에게 교정을 봐 달라고 원고를 보내 주셨을 때는 정말로 막막했습니다. 아버지는 이제 타자를 치시기엔 연세가 너무 많으십니다. 문장을 읽다 보면 주어 술어가 맞지 않는 글이 수두룩합니다. 제대로 된 문장을 쓰기가 쉽지 않은데 하고 싶은 말씀이 너무 많아 보였습니다.

아버지의 평생을 보면 누구보다 조국을 사랑하고 나라가 잘되기를 바라는 마음 하나로 열심히 일하셨습니다. 그리고 이렇게 발전해 온 조국이니 젊은이들이 잘 지켜 달라. 앞으로 우리나라가 더 잘되어야 한다는 말씀을 하고 싶으신 것 같습니다.

아버지 기억 속의 치열했던 아버지의 청춘, 6.25 전쟁, 목숨 건 밀항으로 시작한 일본 유학, 대한민국의 발전을 바라며 누구보다 뜨거운 가슴을 안고 해외 유치 과학자로 조국에 돌아와 KIST에서 연구에 매진한 아버지의 일상과 성과, 젊은 시절 연애 에피소드, 저 혼자 읽고 끝내기엔 조금 아까울 정도로 재미있는 이야기였습니다.

저희 아버지는 처세술이라고는 눈 씻고 찾아봐도 없을 만큼 요령이 없고 올곧음이 지나쳐 깐깐하고 성질이 더럽기로도 유명합니다. 아마도 직장에서도 저희 아버지는 많은 분들과 부딪히고 그러면서도 결코 원칙이 아닌 길과는 타협하지 않은, 성질이 대단했던 사람으로 기억될 것입니다. 여기저기에서 너무 많이 싸워서 저는 어릴 때부터 내내 우리 아버지는 도대체 왜 저러시지?라는 생각을 했을 정도입니다. 그러나 저도 50이 넘으니 '아버지의 올곧음과 성질이 곧 아버지고 나에게도 그 고집스러운 성질이 그대로 있구나.' 하고 느끼고 있습니다. 이제야 아버지를 있는 그대로 바라볼 수 있게 되었습니다. 아버지의 꼬장꼬장함과 부지런함을 존경합니다. 돌려 말하는 재주가 없고 있는 그대로 성질을 다 표현해 버리는 우리 아버지.

저는 오랫동안 아버지를 이해하지 못하고 아버지를 무척 어려워했습니다. 그러니 물론 아버지의 다혈질 성질에 질려서 아버지를 싫어하는 분들도 계시겠지만 반대로 아버지의 순수한 마음과 열정을 이해해 주시는 분들도 분명히 계시리라 생각합니다.
자식 된 도리로서 아버지의 파란만장했던 인생 이야기를 들려드리고 싶습니다.

내용이 끝없는 자기 자랑 같아서 부끄럽습니다만 제주도의 말썽꾸러기 골목대장이 괴질병 유행 덕분에 공부에 취미를 붙이고 일본으로 밀항해서 몇 수 끝에 동경대에 입학하고 밀항자 신분임이 들통나 추방당할 뻔했지만 학우들과 교수님의 탄원서 도움으로 학업을 이어가다가 조국의 과학기술 발전을 위해 치열하게 살아온 인생 이야기를 이제는 90이 넘은 할아버지의 옛날 이야기(이런 인생도 있구나) 정도로 너그러운 마음으로 읽어 주시면 감사하겠습니다.

나이가 들면 과거를 산다고 하는 말이 있던데 아버지는 정말로 과거에 많은 일을 하셨기에 지금도 과거 이야기를 자주 하십니다. 저는 어느 정도 그 내용을 알고 있어서 겨우겨우 교정을 보았지만 문장은 정말 서툴고 지루하고 재미없을 것입니다. 가족이나 읽을 만한 내용을 책으로 출판하는 것이 과연 의미가 있을까 고민스럽지만 그래도 저는 아버지의 인생을 이렇게나마 정리해 드리는 것에 의미가 있다고 생각했습니다.

자기 자신과, 그리고 그 어떤 유혹과도 타협하지 않은 채 평생을 열심히 살아오셨고 지금도 하루하루 열심히 살기 위해 노력하고 계신 우리 아버지, 감사하고 존경합니다.

오래오래 건강하세요.

막내 윤혜 올림

기본사항

1. 인적사항

· 성명 : 이봉진(李奉珍), LEE Bong-Jin

· 출생년도 : 1933년

· 현직 : 한국정밀공학회(KSPE) Honorary & Founding President,
Fellow

· 전화 번호/이메일 : 010-2576-1288/bjlee9988@naver.com,
bjlee3113@gmail.com

2. 학력

· 1958. 4.~1962. 2. 일본 동경대학 교양학부, 공학부 기계공작과
졸업

· 1962. 4.~1967. 2. 일본 동경대학 공학계 대학원 기계공학전공
과정 수료

· 1972. 7. 공학박사(Dr. of Engineering) thesis : Computer
Simulation of Computational Method in Fuel Optimal Control

3. 직장 경력

· 1964. 11.~1967. 2. Kowa kokyo 연구개발실장(가스기구제조업)

· 1967. 2.~1968. 2. 서울시 연료과, 도시가스 2만 세대 공급설비자
문(Tokyo Gas 파견)

· 1968. 5~1983. 8. KIST 연구원(전산실), 책임연구원(1970), 자동
제어연구실 실장, 기계공학부 부장, 정밀기계기술센터장

· 1969. 4.~2005. 7. 서울대 공학부 원자력공학과, 계측제어공학
과, 동 대학원 객원교수

· 1974. 8.~1975. 7. Stanford대학 연구소(SRI) 객원 연구원(AI
Robot, flywheel Energy Storage 개발연구 참여)

· 1983. 8~ 현재. 한국 정밀공학회 창립, 초대회장, Fellow

· 1984. 8.~1990. 8. 일본 FANUC사에 스카우트, 상무이사, 生産技
術研究所 所長 基礎技術研究所 副所長 겸 이(李)研究室 室長

· 1990. 9.~2005. 8. 일본 FANUC 非常勤 技術顧問

· 1990. 1.~1992. 2. Kaha Consulting 사장

· 1990~1991(1년) 효성중공업 회장 대행(Kaha Consulting 용역)

· 1992~2005 Lee Engineering 창립, 대표

· 2005~2006. 8. 주식회사 우영 R&D 담당 회장(Lee Engineering
용역)

4. 주요 대외 활동

· 1978~1980 : 한국 기술사 시험 출제위원(총무처)

· 1983. 6. 26.~7. 8. 미 국방성 초청 "NATO Advanced Study Institute on Robotics & Artificial Intelligence" 참석(Hotel IL Ciocco International center (LUCCA), ITALY

· 1986. 10. 27.~28. 生産システム, 現状と将来^について日米共同シンポジウム. FANUC 代表(일본측 전문가 일원으로)

· 1990. 11. 5.~6. Keynote paper presentation, "Requirements for Machine Tool in Globalized Economy Days" at the 4th International Machine Tool Engineers Conference.

· 1990. 12. 한로국교기념 러시아 산업시찰단 단장(상공부, 한국 기계진흥 협화 요청)

· 1990~2000. 한일기술 연수 장학 위원회 의원장(과기처 장관 의뢰)

· 1992. 4. 22.~23. 한국 측 대표 연설 "韓日*日韓間の新しい技術協力" 第24回 民間 合同経済会, 仙台, 日本

· 1992. 7.~27. 基調講演, アジア技術者が語る21世紀の生産技術. SME, 東京支部

· 1993. 장영실상 심사위원

이외 초청 강연, 전문지 기고문 총 313개

5. 학회 및 단체

· 1962~ 현재. 일본. 학사원 회원, 일본 기계학회, 일본 정밀공학회 회원

· 1970~1983. 미국, IEEE (Automation, Control), SME

· 1971~ 현재. 한국 엔지니어링

· 1983~ 현재. 한국 정밀공학회, 창립자, 초대회장, Fellow

· 1989~2000 Japanese Journal of Advanced Automation Technology, Editor Journal of Robotics and Mechatronics. Editor

6. 수상실적

· 1971년. 국무총리 표창

· 1974년. 산업 포상

· 1978년. 대통령상

· 1983년. 5.16 민족상

KIST 재직 시 연구활동

1. 대표적 연구과제 및 수행성과

가. 연구과제(총 62건)

03) 1968. 4.~1969. 10. 제철소의 기계적 문제에 관한 연구(포항제
철소 의탁, KIST)

04) 1968. 4.~1970. 4. 제철소의 공정 자동화에 관한 연구(포항제
철소 의탁, KIST)

05) 1970. 4.~1971. 4. 제철소의 압연자동화에 관한 연구 (포항제
철소 의탁, KIST)

07) 1971. 4.~1971. 8. 서울시 고속전차 차고 및 정비공장 기본 설
계(서울특별시 의탁)

10) 1972. 2.~1972. 5. 대량 미곡 건조 처리 설비 플랜트 기본설계
(농업 진흥공사 의탁)

11) 1972. 2.~1972. 10. 제조공정 자동화에 관한 연구 (농업 진흥공
사 의탁)

13) 1972. 3.~1973. 10. NC공작기계 국산화에 관한 연구(과기처
의탁)

24) 1975. 12.~1976. 7. 국산 선반 NC Retrofit에 관한 연구(KIST)

26) 1976. 1.~1976. 7. NC선반의 국산화 설계 제작에 관한 연구(제
1회 한국 기계 전 시전 출품작, 화천기계 의탁, KIST)

29) 1977. 1.~1977. 8. NC선반의 주축 Single 속도제어에 관한 연
구(화천기계 의탁, KIST 미국 Chicago 제9회 EMO와 일본
Osaka 국제 공작기계 출품용)

이외 기술용역과제 52건

나. 대표적인 연구수행 성과

1) 포스코Posco 열연공장 설비 검토 및 제작 검토를 담당.

자금 사정상 반자동을 택하지만, 장차 전자동화 시 neck point가
될 제어와 신호 문제를 지적, 신 일본제정이 제시한 사양을 개수시켰
다. 이 보고를 받은 박태준 사장이 포상을 주셨다.

2) 서울시 지하철 정비공장 설계.

지하철 제1호선 건설 시 전동차에 관한 지식이 없는 지하철 본부
에 전동차 지식과 정비공장을 설계해 줘 지하철 준공하는 데 기여함.

3) 농업 진흥공사의 미면 36hr의 간척지에 쌀, 곡물 파종, 수확, 저장의 기계화 플랜트-일명 "Country Elevator"-를 한국 시초로 연구개발.

미곡 파종, 수확, 저장 도정의 전 과정을 기계화하는 플랜트 용역

이 약속한 시일 내에 국산화 성공할 수 있었다는 것, 건국 이래 처음으로 농촌의 기계화에 일조를 하였다는 것.

4) 국산 최초의 NC선반 prototype 제작 성공.

Stanford대학 연구소(SRI)에서 1975년 8월 귀국하자 KIST 입소 7년 만에 정부 출연금으로 정부 과제 연구를 하게 되었다. 그래서 익년 1976년에 개발해 낸 것이 Prototype NC선반 Retrofit였다. 이 NC 가공 효능을 본 화천기계 권승관 회장의 용역 부탁으로 산연(産研)공동 개발해 낸 것이 국산 시초의 산업용 CNC선반이다. 이 제품이 제1회 한국 기계전시전과 세계EMO 전시전에 출품하게 된다.

5) 국산 제1호 CNC공작기계 개발.

CNC공작기계가 한국 제1회 기계 전시전에 출품되고, 개발된 이 CNC공작기계가 시카고 EMO전시전에 국산 첨단기계로 전시돼, 공업입국을 지향하는 우리나라의 기술력을 알림.

1976년 초 화천 기계의 요청에 의해 개발된 CNC공작기계를 화천기계가 세계 최고의 권위 있는 EMO 전시장에 출품을 계기로 국내 공작기계 메이커들이 출품하게 되어 우리나라 선진형 제품으로 해외에 수출하고 있다. 결과 CNC공작기계의 세계 수급은 일본, 독일 다음 제3위를 차지하고 있다.

대한중기, 기아기공에 머시닝 센터(MC) 기흥기계에 CNC밀림을 개발해 주어 오늘의 공작기계의 위상을 만드는데 밑거름이 되었음을, 생애의 보람으로 느끼고 있다.

2. 주요 학술발표 및 특허

가. 학술 논문(총 49편)

① KIST재직 시(총 28편)

學術論文

11) 1977年 國産 NC旋盤의 開發製作에 있어서 Systematic 방법, (KNS, Vol. 17, No. 3, 1977)

12) 1978年 平面研削機의 Ball way 組立品에 있어서 最小加工費를 考慮한 部品의 치수 公差부여 方法에 관하여, (KEME, Vol. 18, No. 1, 1978)

13) 1978年 切削標準設定에 관항 研究 (1), (KSME, 秋季學術大會)

14) 1979年 切削標準設定에 관항 研究 (2), (KSME, 秋季學術大會)

15) 1979年 韓·日製鋼材의 切削特性 比較研究, (日本MEL 春季學術大會)

16) 1980年 Robot 와 NC工作機械애 依한 自動化System 研究, (KSME, 春季學術大會)

17) 1981年 工作機械 machine Interface 의 PLC化에 관한 研究, (KSME, 論文集,Vol. 7, No. 4, 1984)

18) 1981年 the Positioning control of Robot using Microcomputer, (the 11th International Symposium on Industrial Robots

(ISIR)10. 7-9, 1981)

19) 1982年 2次元 Contouring을 위한 Interpolation, (KSME, Vol. 6,
    No. 4, 1982)

20) 1983年 國産旋盤의 限界速度를 올리기 爲한 설계와 實驗的 硏
    究, (KSME, 論文集 Vol. 7, No. 4, 1982, 12)

이외 관련 논문 18편

② KIST 퇴직 후(총 29편)

21) 1984年 Interpolation controlled by micro-processor, (14th
    ISIR, Sweden Stockholm 6, 1984)

22) 1984年 Computer application in machine tool, (UNESCO,
    CIRP, Bandon, Indonesia, 1, 1984)

23) 1984年 Microcomputer application in machine tool and its
    Manufacturing, (APO, Hongkong, 5, 1994)

24) 1985年 Application of CAD?CAM for die-making, (UNESCO,
    CIRP, Bangkok Thailand, 2, 1985)

25) 1985年〈特別講演〉現代 機械의 問題點-Cybernetics, 情報機
    械와 Entropy 概念-KSPE 春季學術大會論文抄錄集, pp. 1~8,
    April

26) 1987年 MAPによるFMSの構造と應用, 日本精密工學會, 春期
    學術講演論文集

27) 1988年 On the Architecture Based on MAP and an Automatic Processing scheduling as an Application of Management Function in cell controller, CIRP Annals Vol. 39, 1988, Manufacturing Technology pp. 473~476

28) 1989年 MAP對應 FA構築と Process Scheduling の自動化について, 1988, 日本 精密工學會, 春期 學術講演論文集

29) 1989年 Integrated Sensor Based Intelligence Machining Center, (FANUC Technical Review 1989 春 Vol. 7, NO. 1)

30) 1993年 Introduction to FANUC Cell 60 and in Application on MAP Based Large Manufacturing FA System for 72Hour Continuous Unmanned Operation : A Case Study. Computer Industrial Engineering. Vol. 20, No. 4, pp. 593~605

31) 2017년 Japan's Latest Technology Answer to the 4th Industrial Revolution loT (Internet of Things), International Journal of Engineering and Manufacturing, July 2017, Vol. 18, No. 7, KSPE

이외 관련 논문 18편

나. 특허(FANUC 재직 시)

1) 機上 檢查用揭計測裝置 特願87-171278620710
2) 檢查機能を考慮したFMC構造 特願87-205146620820

3) Expert Systemに基づいた自動加工Scheduling 方法 特願87-
223855620909

4) 加工セル工具の補修情報指示装置 特願87-303326621292

기타 특기사항

1. 저서

가. 전문 도서(총 23권)

1) 1977. 생산 설계공학, 이우출판사

2) 1977. 수치제어 입문, 한국과학기술연구소

3) 1977. NC 가공기술, 현문사

4) 1978. 수치제어, 현문사

5) 1983. 최신 공작기계 강의, 전설분화사

6) 1983. 기계가공의 자동화, KAIST

7) 1983. NC 講義, 성안당

8) 1984. 최신 공작기계, 문운당

9) 1985. 생산 sysytem공학, 기술 정보사

10) 1988. Mechatronics 입문, 기술 정보사

11) 1990. FA시스템공학. 문운당

이외 12권

나. 번역서

1) 1968. Computopia 增田米二著, 이봉진 역

2) 1980. わかりやすいNC讀本 稲葉淸右衛門 著, 이봉진 역 "알기 쉬운 NC讀本, 성안당

3) 1982. The Information Society as Post-Industrial Society. by Y. MZUDA 역 : 이봉진 "정보사회" 전설문화사

4) 1983. Mehanism in Moedern Engineering Design vol! ~7. by LL Artobolevsky 역 : 이봉진 "現代機械設計綜合機構集 7권" 전설문화사

다. 경영공학과 Engineering

1) 1992. 일본식 경영, 한국경제신문

2) 1993. 21세기 신기술 시나리오, 고지, 전자신문

3) 1993. 한국식 경영, 한국경제신문

4) 1993. 리엔지니어링(Re-Engineering), 한국경제신문

외 1권

라. 교양서

1) 1982. 연구실 노트, 한국과학기술연구소 간

2) 1995. 하이테크 사상, 삶과 꿈

3) 2014. 정보지성 시대, 문운당

4) 2016. 나노 기술의 세계, 문운당

5) 2017. AI는 세상을 이렇게 바꾼다, 문운당

6) 2018. 수필집 : 두 거울의 접점에 비친 물체의 실상, 日本 個人書房

7) 2018. 유정(裕庭) 시집, 日本 個人書房

외 2권

2. 기타 활동

1983년 KIST 퇴소 이후

1) Robot Institute of America에서 Joseph F. Engel Berger Awards 에 nominate 되었다.

2) 아카데믹 분야에서의 기조(基調) 연설 : 일본 기계학회, 일본 정밀공학회, 국제 심포 지엄 ISIR, ISPE, ISMT 등

3) 일본의 マシニツト와 같은 전문 잡지사 주관 모임에서 하였다.

4) 한국 기개공업진흥회, 능률협회, 생산성본부, 현대중공업 등 공, 사기업체에서 하였고, 특히 정부 상공부의 특별 초청 서울대학교에서 신기술 ASIC에 관해 강연.

5) 1988년 48시간 무인화 공장 "MAP based FA system 성공으로 세계에 알려져 1999~2000년 BARON, 2000년 MARQUIS Who's who in the world에 등재되었다. 2000/2001년에는 MARQUIS Who's who in Science and Engineering에 과학기술자로 등재,

같은 해 미국 기술 아카데미 Fellow로 nominate 되었다.

· 동경 한인 유학생 모임(1988), KIST 창립 기념일(1993)에도 특별 초청 강연.

· 최근 국내 KSPE 춘계 학술 대회에서 "정보지성 시대"를 테마로 기조 연설.

· 국내외 기조 연설 20여 회.

6) 현재도 엔지니어링 기술 지도를 꾸준히 하고 있다.

2018년 7월 11일에는 창원 두산기계 측 초대를 받아 공장의 현 모습을 보며 씨 뿌린 NC기술이 성장해 이 회사의 CNC공작기계 연 매출이 1조원 넘게 성장하고 상담商談 상대가 외국계 기업임을 강조하는 사장의 설명을 들으니 감회가 새로웠다. 젊은 시절 KIST에서 청춘을 바치며 보급한 NC공작기계 우리나라 산업이 어느새 세계 3위로 자라, 이렇게 커졌나 생각하면서 앞으로 이 세계적인 지위를 유지해 나가려면 하고, 염려하며 귀가해 이 글을 쓰고 있다.

정보情報지성知性 시대
-21세기 인공지능에서 인공지성으로

The Era of Information and Intelligence

The 21Century : From Artificial Intelligence to Artificial
Intellectualism

Bong Jin Lee

이봉진

情報지성(知性) 시대 which a book cover designed by Joonwhi.

情報知性 시대 for Joonwhi Chris, Euginie and Yerim Lee The Era
of Information and Intelligence The 21Century:

From Artificial Intelligence to Artificial Intellectualism

In what ways will the Fusion of scientific and cultual knowledge
transform the 21st century?

An understanding of the current status of science and technology,
no matter how rudimentary, is a sine qua non for knowledge the
present situation. To foresee the future we need to know the ways
in which cutting-edge science can enrich the interaction of the two

cultures. This book hopes to serve as an introduction to scientific culture for the modern man.